董学增　主编

增定词谱全编

第二册

北京燕山出版社

第二册 目录

常用词谱（二）

121. 满路花　　　（三体）……………………………527
122. 满庭芳　　　（一体）……………………………532
123. 梅花引　　　（二体）……………………………537
124. 梦玉人引　　（一体）……………………………541
125. 摸鱼儿　　　（一体）……………………………543
126. 陌上花　　　（一体）……………………………549
127. 蓦山溪　　　（一体）……………………………550
128. 木兰花慢　　（二体）……………………………557
129. 南歌子　　　（三体）……………………………569
130. 南　浦　　　（一体）……………………………576
131. 南乡子　　　（四体）……………………………579
132. 霓裳中序第一（一体）……………………………587
133. 念奴娇　　　（二体）……………………………591
134. 女冠子　　　（一体）……………………………604
135. 女冠子慢　　（一体）……………………………606
136. 抛球乐　　　（二体）……………………………607
137. 品令　　　　（五体）……………………………610
138. 婆罗门引　　（一体）……………………………617
139. 破阵子　　　（一体）……………………………622
140. 扑蝴蝶　　　（二体）……………………………626
141. 菩萨蛮　　　（一体）……………………………629
142. 戚　氏　　　（一体）……………………………638
143. 齐天乐　　　（三体）……………………………641
144. 绮寮怨　　　（一体）……………………………648

145. 绮罗香　　　（一体）·····················651

146. 七娘子　　　（二体）·····················654

147. 千秋岁　　　（二体）·····················657

148. 千秋岁引　　（一体）·····················660

149. 沁园春　　　（二体）·····················662

150. 青门饮　　　（二体）·····················668

151. 青玉案　　　（五体）·····················671

152. 倾杯乐　　　（三体）·····················682

153. 清平乐　　　（一体）·····················687

154. 清平乐令　　（一体）·····················697

155. 清商怨　　　（二体）·····················698

156. 琴调相思引　（一体）·····················701

157. 庆春宫　　　（二体）·····················704

158. 庆清朝　　　（一体）·····················708

159. 秋　霁　　　（一体）·····················710

160. 秋蕊香　　　（一体）·····················713

161. 秋夜雨　　　（一体）·····················715

162. 鹊桥仙　　　（一体）·····················717

163. 人月圆　　　（一体）·····················720

164. 如梦令　　　（一体）·····················722

165. 阮郎归　　　（一体）·····················729

166. 瑞鹤仙　　　（一体）·····················733

167. 瑞龙吟　　　（一体）·····················738

168. 瑞鹧鸪　　　（二体）·····················741

169. 沙塞子　　　（二体）·····················744

170. 塞翁吟　　　（一体）·····················747

171. 塞垣春　　　（一体）·····················749

172. 三部乐　　　（一体）·····················751

173. 三登乐　　　（一体）·····················754

174. 三姝媚　　　（一体）·····················756

175. 三　台　　　（一体）……………………………………759

176. 扫花游　　　（一体）……………………………………762

177. 山花子　　　（一体）……………………………………765

178. 少年游　　　（八体）……………………………………769

179. 哨　遍　　　（一体）……………………………………781

180. 生查子　　　（一体）……………………………………786

181. 声声慢　　　（二体）……………………………………791

182. 石州慢　　　（一体）……………………………………795

183. 侍香金童　　（一体）……………………………………798

184. 疏　影　　　（一体）……………………………………800

185. 双双燕　　　（一体）……………………………………802

186. 霜天晓角　　（一体）……………………………………804

187. 霜叶飞　　　（一体）……………………………………807

188. 水调歌头　　（一体）……………………………………809

189. 水龙吟　　　（一体）……………………………………821

190. 苏幕遮　　　（一体）……………………………………830

191. 诉衷情　　　（四体）……………………………………833

192. 琐窗寒　　　（一体）……………………………………843

193. 踏莎行　　　（二体）……………………………………845

194. 太常引　　　（二体）……………………………………851

195. 摊破南乡子　（一体）……………………………………854

196. 探春令　　　（四体）……………………………………857

197. 探春慢　　　（一体）……………………………………862

198. 探芳信　　　（二体）……………………………………864

199. 唐多令　　　（一体）……………………………………868

200. 桃源忆故人　（一体）……………………………………874

201. 剔银灯　　　（二体）……………………………………877

202. 㑇人娇　　　（二体）……………………………………880

203. 天仙子　　　（二体）……………………………………883

204. 天　香　　　（一体）……………………………………886

205. 添声杨柳枝　　（三体）·····················889

206. 调　笑　　　（一体）·····················894

207. 调笑令　　　（一体）·····················896

208. 万年欢　　　（二体）·····················900

209. 望海潮　　　（一体）·····················904

210. 望远行　　　（一体）·····················909

211. 尾　犯　　　（三体）·····················911

212. 尉迟杯　　　（一体）·····················915

213. 乌夜啼　　　（二体）·····················917

214. 巫山一段云　（二体）·····················921

215. 无闷　　　　（一体）·····················926

216. 武陵春　　　（二体）·····················929

217. 西地锦　　　（一体）·····················933

218. 西　河　　　（二体）·····················935

219. 西江月　　　（一体）·····················939

220. 西平乐慢　　（一体）·····················948

221. 惜分飞　　　（二体）·····················950

222. 惜黄花　　　（一体）·····················954

223. 惜奴娇　　　（一体）·····················956

224. 喜迁莺令　　（一体）·····················958

225. 喜迁莺　　　（一体）·····················962

226. 夏云峰　　　（一体）·····················968

227. 相见欢　　　（一体）·····················970

228. 潇湘神　　　（一体）·····················975

229. 小重山　　　（二体）·····················977

230. 撷芳词　　　（二体）·····················986

231. 谢池春　　　（一体）·····················990

232. 新荷叶　　　（二体）·····················992

233. 新雁过妆楼　（一体）·····················995

234. 行香子　　　（二体）·····················998

常用词谱（二）

121. 满路花 （三体）

正体 又名促拍满路花、促拍花满路、满园花、归去难、一枝花、喝马一枝花，双调八十三字，上下阕各九句，五仄韵

陈允平

仙吕　思情

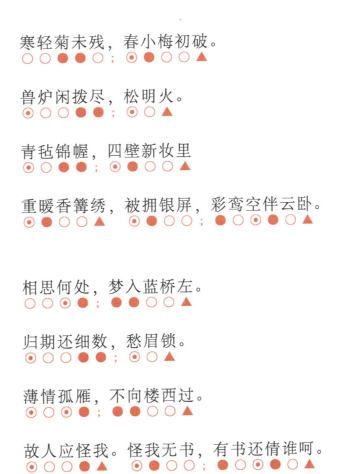

寒轻菊未残，春小梅初破。
○○○●●；⊙●○○▲

兽炉闲拨尽，松明火。
⊙○○●●；○○▲

青毡锦幄，四壁新妆里
⊙○○●；⊙○○●▲

重暖香篝绣，被拥银屏，彩鸾空伴云卧。
⊙●○○▲　●○○●；○○○●○▲

相思何处，梦入蓝桥左。
○○○●●；●●○○▲

归期还细数，愁眉锁。
⊙○○●●；⊙○▲

薄情孤雁，不向楼西过。
⊙○○●；○○○○▲

故人应怪我。怪我无书，有书还情谁呵。
⊙○○●▲　⊙●○○；○○○●○▲

（上下阕句式似同，唯下起较上起减一字。上起平仄秦观、周邦彦别首作：⊙●○⊙●。上阕第七句平仄有：⊙○○●▲。下阕第三句有：

527

⊙●○○●，倒数第三句平仄有作：⊙●○○▲。柳永、袁去华、辛弃疾别首字数、句读有异，不予参校。）

变体一　又名促拍满路花、促拍花满路、满园花、归去难、一枝花、喝马一枝花，双调八十六字，上下阕各九句，四平韵

赵师侠

信丰黄师尹跳珠亭

栽花春烂熳，叠石翠巉岏。
○○○●●；⊙●●○△。

小亭相对倚，数峰寒。
⊙○○●●；●○△。

主人寻胜，接竹引清泉。
○○○●；●●●○△。

凿破苍苔地，一掬泓澄，六花疑是深渊。
⊙●○○●；⊙●○○；●●○●○△。

向闲中、百虑翛然。情事寄鸣弦。
●○○、●●○△。　○●●○△。

炉香陪茗碗，可忘言。
⊙○○●●；●○△。

喷珠溅雪，历历听潺湲。
○○○●；⊙●●○△。

尘世知何计，不老朱颜，静看日月跳丸。
⊙●○○●；⊙○○●；●●●○○△。

（上下阕除起句外句式似同。下阕倒数第二句有作：●○○⊙●。下起可不破读。）

变体二　又名促拍满路花、促拍花满路、满园花、归去难、一枝花、喝马一枝花，双调八十四字，上下阕各九句，四平韵

吕胜已

瑞香

名花无影迹，寒气日凄凉。
○○○●●；⊙●●○△

人间千万树，歇芬芳。
⊙○○●●；●●○△

紫微宫女，仙驭降霓裳。
⊙○○●；⊙●●○△

名在仙班簿，不属尘凡，洞天密锁云窗。
⊙●○○●；●●○○；⊙○●●○△

遗珰连宝珥，人世识天香。
⊙○○●●；⊙●●○△

凝寒承雨露，傲冰霜。
⊙○○●●；●○△

凌波仙子，邂逅水云乡。
⊙○○●；⊙●●○△

更约南枝友，游遍江南，共归三岛扶桑。
⊙●○○●；○○○○；●●⊙●○△

（较变体一，下起减两字。吕渭老词下起减一字；欧阳修词上阕第七句减一字，下起增两字，下阕第三、第四句合并减一字；柳永词上阕第三、第四句合并减一字，末两句重组为六字、四字各一句，下起添一字，下阕第三、第四句合并减一字；廖刚词除下起减两字外，同柳永词。不予参校。）

满路花　（宋词）

方千里

　　帘筛月影金，风卷杨花雪。天边鸿雁少、音尘绝。春光欲暮，客心归心折。江湖波浪阔。目断家山，料应易过佳节。　　柔情千点，杜宇枝头血。危肠馀寸许、谁能接。眠思梦忆，不似今番切。欲对何人说。搅镜沈吟，瘦来须有差别。

满路花　（宋词）

陈允平

　　离歌泣断云，别舞愁飞雪。凤皇台上望、琼箫绝。钗分玉燕，寸寸回肠折。碧空归雁阔。犹有疏梅，岁寒独伴高节。　　鲛绡罗帕，泪洒胭脂血。悠悠江上水、天连接。朱楼遍倚，万里空情切。此恨凭谁说。天若有情，料天须有区别。

满路花　(宋词)

张淑芳

冬

罗襟湿未干，又是凄凉雪。欲睡难成寐、音书绝。窗前竹叶，凛凛狂风折。寒衣弱不胜，有甚遥肠，望到春来时节。　　孤灯独照，字字吟成血。仅梅花知苦、香来接。离愁万种，提起心头切。比霜风更烈。瘦似枯枝，待何人与分说。

满路花　(宋词)

辛弃疾

醉中戏作

千丈擎天手。万卷悬河口。黄金腰下印、大如斗。更千骑弓刀，挥霍遮前后。百计千方久。似鬥草儿童，赢个他家偏有。　　算枉了、双眉长恁皱。白髮空回首。那时闲说向、山中友。看丘陇牛羊，更辨贤愚否。且自栽花柳。怕有人来，但只道、今朝中酒。

122. 满庭芳　（一体）

正体　又名锁阳台、满庭霜、话桐乡、江南好、满庭花、潇湘夜雨、转调满庭芳，双调九十五字，上下阕各十句，四平韵

晏几道

南苑吹花，西楼题叶，故园欢事重重。

凭阑秋思，闲记旧相逢。

几处歌云梦雨，可怜便、流水西东。

别来久，浅情未有，锦字系征鸿。

年光还少味，开残槛菊，落尽溪桐。

漫留得，尊前淡月西风。

此恨谁堪共说，清愁付、绿酒杯中。

佳期在，归时待把，香袖看啼红。

（上下阕后五句句式似同。苏轼、秦观、黄庭坚、晁补之等别首，下起可用短韵：⊙△〇●●；⊙〇●●〇；⊙●●〇△。下阕第四、第五句可重组为五字、四字各一句。上阕第三句平仄多为：⊙〇〇●●〇△，亦有：⊙●●〇●〇△。扬无咎词下阕第二、第三句减一字并为一句；晁端礼、赵长卿及无名氏词下阕第六句添一字；胡翼龙词下阕第五句增两字拆为四字两句；张炎、无名氏词下阕第四、第五句添一字拆为五字两句；无名氏词集词牌名添字、句读变异太多；王子容词上阕第四句添一领字。宋、金元满庭芳共 668 首，以上 9 首不予校订。）

满庭芳　（宋词）

秦　观

其一（三首）

　　山抹微云，天连衰草，画角声断谯门。暂停征棹，聊共引离尊。多少蓬莱旧事，空回首、烟霭纷纷。斜阳外，寒鸦万点，流水绕孤村。　　销魂。当此际，香囊暗解，罗带轻分。谩赢得、青楼薄幸名存。此去何时见也，襟袖上、空惹啼痕。伤情处，高城望断，灯火已黄昏。

满庭芳　（宋词）

辛弃疾

和昌父

　　西崦斜阳，东江流水，物华不为人留。铮然一叶，天下已知秋。屈指人间得意，问谁是、骑鹤扬州。君知我，从来雅意，未老已沧州。　　无穷身外事，百年能几，一醉都休。恨儿曹抵死，谓我心忧。况有溪山杖屦，阮籍辈、须我来游。还堪笑，机心早觉，海上有惊鸥。

满庭芳　　(宋词)

石孝友

次范倅忆洛阳梅

兰畹霜浓，柳溪冰咽，春光先到江梅。瘦枝疏萼，特地破寒开。钩引天涯旧恨，双眉锁、九曲肠回。空销黯，故园何在，风月浸长淮。　　当年吟赏处，醉山颓倒，飞屑成堆。怎奈向而今，雨误云乖。万里难凭驿使，那堪对、别馆离杯。谁知道，洛阳诗老，还有梦魂来。

满庭芳　　(宋词)

戴复古

赤壁矶头，临皋亭下，扁舟两度经过。江山如画，风月奈愁何。三国英雄安在，而今但、一目烟波。风流处，竹楼无恙，相对有东坡。　　登临还自笑，狂游四海，一向忘家。算天寒路远，早早归呵。明日片帆东下，沧洲上、千里芦花。真堪爱，买鱼沽酒，到处听吴歌。

满庭芳　（宋词）

刘　颉

莺老梅黄，水寒烟淡，断香谁与添温。宝缸初上，花影伴芳尊。细细轻帘半卷，凭阑对、山色黄昏。人千里，小楼幽草，何处梦王孙。　　十年羁旅兴，舟前水驿，马上烟村。记小亭香墨，题恨犹存。几夜江湖旧梦，空凄怨、多少销魂。归鸦被，角声惊起，微雨暗重门。

满庭芳　（宋词）

徐君宝妻

汉上繁华，江南上物，尚遗宣政风流。绿窗朱户，十里烂银钩。一旦刀兵齐举，旌旗拥、百万貔貅。长驱入，歌台舞榭，风卷落花愁。　　清平三百载，典章人物，扫地俱休。幸此身未北，犹客南州。破鉴徐郎何在，空惆怅、相见无由。从今后，梦魂千里，夜夜岳阳楼。

满庭芳 （金元词）

段克己

山居偶成，每与文翰二三子论文把酒，歌以侑觞，亦足以自乐也

归去来兮，吾家何在，结茆水际林边。自无人到，门设不须关。蛮触政争蜗角，荣枯事、不到尊前。应堪叹，清溪流水，东去几时还。　此身何处著，从教容与，木雁之间。算躬耕陇亩，在我无难。便把锄头为枕，眠芳草、醉梦长安。烟波客，新来有约，要买钓鱼竿。

满庭芳 （金元词）

许有壬

偕訾士安马明初登荀和叔广思楼

沙路无泥，柳风如水，嫩凉偏入吟鞍。广思楼上，雨后看西山。回首炎氛千丈，便长啸、跳出尘寰。青天外，斜阳淡淡，倦鸟正飞还。　郊原秋色里，望穷霄壤，倚遍阑干。问神仙何处，独占高寒。楼下悠悠洹水，为底事、不暂休闲。吾衰矣，休将旧手，遮日上长安。

123. 梅花引　（二体）

正体　又名贫也乐、小梅花，双调一百十四字，上下阕各十三句，五仄韵、六平韵

贺　铸

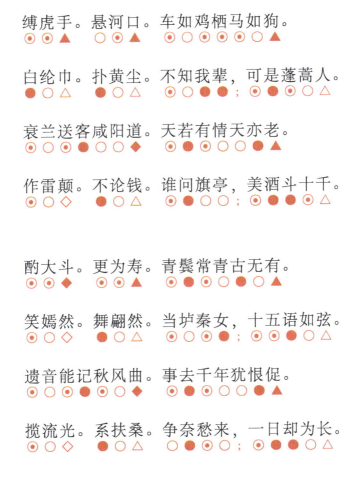

缚虎手。悬河口。车如鸡栖马如狗。
⊙⊙▲　○⊙▲　⊙○○○⊙○▲

白纶巾。扑黄尘。不知我辈，可是蓬蒿人。
●○△　●○△　⊙○⊙●；⊙●○○△

衰兰送客咸阳道。天若有情天亦老。
⊙○⊙●○○◆　⊙●⊙○○●▲

作雷颠。不论钱。谁问旗亭，美酒斗十千。
⊙○◇　●○△　○●○○；⊙●●○△

酌大斗。更为寿。青鬓常青古无有。
⊙⊙◆　⊙○▲　⊙●○○⊙○▲

笑嫣然。舞翩然。当垆秦女，十五语如弦。
⊙○◇　●○△　⊙○○●；⊙●●○△

遗音能记秋风曲。事去千年犹恨促。
⊙○○●○○◆　⊙●○○○●▲

揽流光。系扶桑。争奈愁来，一日却为长。
⊙○◇　●○△　○●○○；⊙●○○△

（上阕第六句平仄有：⊙●●○。第九句平仄有：○○●●○○▲，或：⊙●⊙○○●▲。倒数第二句平仄有：⊙○●●。上结平仄有作：⊙○○△。下阕第三句平仄有：⊙●⊙○○●▲。第八句平仄有：⊙○○●○●◆。第九句平仄有：⊙○○●○○▲。下结平仄亦有：⊙○○●●△。三字句有用叠韵者。无名氏词，下阕第一、第二句添一字组为七字句，第八句减一字，不予参校。）

变体　又名贫也乐、小梅花，双调五十七字，上阕七句三仄韵、三平韵，下阕六句两仄韵、两平韵、一叠韵

王　炎

酒熟未。梅开未。去年迟待重来醉。
◉◉▲　◉◉▲　◉◉◉◉◉○▲

笑当筵。舞当筵。惟有今年。八十是开年。
●○△　●○△　◉●◉○△　◉◉◉○△

参差野袂成归鹤。石鼎未开容剥啄。
◉○◉○●○◆　◉○●◉○○▲

岁开尊。岁添孙。孙又开尊。福曜萃高门。
◉○◇　●○△　○◉◉○△　◉●○○△

（此正体之半也。万俟咏、王炎词起三句用平韵。上结平仄有：◉○○◉●△。下阕第二句平仄有：◉○◉●○○▲。下结有作：◉○◉●△。此体填者较少，或其初创也。）

梅花引　（宋词）

向子諲

戏代李师明作

花如颊。梅如叶。小时笑弄阶前月。最盈盈。最惺惺。闲愁未识、无计定深情。十年空省春风面。花落花开不相见。要相逢。得相逢。须信灵犀，中自有心通。　　同杯勺。同斟酌。千愁一醉都推却。花阴边。柳阴边。几回拟待、偷怜不成怜。伤春玉瘦慵梳掠。抛掷琵琶闲处著。莫猜疑。莫嫌迟。鸳鸯翡翠，终是一双飞。

梅花引　（宋词）

朱　雍

梅亭别。梅亭别。梅亭回首都如雪。粉融融。月濛濛。月上小车，归去小楼空。当时曾傅新妆薄。而今一任花零落。朝随风。暮随风。竹外孤根，犹与幽径通。　　长相忆。无消息。庾岭沉沉云暗碧。玉痕惊。对离情。无奈水遥天阔、隔琼城。年来素袂香不灭。此心无限凭谁说。夜绵绵。路漫漫。愁听枕前，吹彻笛声寒。

梅花引 （宋词）

贺　铸

思前别。记时节。美人颜色如花发。美人归。天一涯。娟娟妲娥，三五满还亏。翠眉蝉鬓生离诀。遥望青楼心欲绝。梦中寻。卧巫云。觉来珠泪，滴向湘水深。　　愁无已。奏绿绮。历历高山与流水。妙通神。绝知音。不知暮雨朝云、何山岑。相思无计堪相比。珠箔雕阑几千里。漏将分。月窗明。一夜梅花忽开、疑是君。

梅花引 （金元词）

王特起

山之麓。河之曲。一湾秀色盘虚谷。水溶溶。雨濛濛。有人行李，萧萧落叶中。人家篱落炊烟湿。天外云峰迷淡碧。野云昏。失前村。溪桥路滑，平沙没旧痕。　　丹枫下。潇湘夜。横披省见王维画。画无声。惨经营。何如幻我，清寒此道行。马头风急催行色。疑是山灵嫌俗客。钓鱼矶。绿蓑衣。有人坐弄，沧浪犹未归。

124.梦玉人引 （一体）

正体　双调八十四字，上阕九句四仄韵，下阕八句四仄韵

李　甲

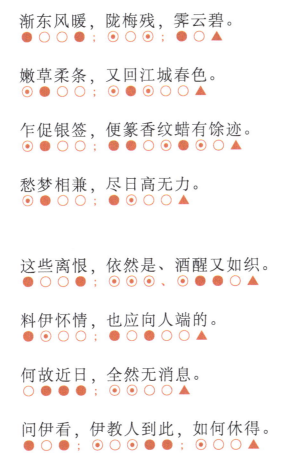

渐东风暖，陇梅残，霁云碧。

嫩草柔条，又回江城春色。

乍促银签，便篆香纹蜡有馀迹。

愁梦相兼，尽日高无力。

这些离恨，依然是、酒醒又如织。

料伊怀情，也应向人端的。

何故近日，全然无消息。

问伊看，伊教人到此，如何休得。

（上阕第七句可做三、五破读，亦有添一字分作五字、四字各一句。下阕第四句平仄有作：●○○○●○▲。第五句平仄有作：●●○○。下阕末三句亦有重组为六字两句者，前六字句可破读作三、三。吕渭老词改为平韵，且字有增减，不予参校。）

梦玉人引　（宋词）

沈　蔚

旧追游处，思前事，俨如昔。过尽莺花，横雨暴风初息。杏子枝头，又自然、别是般天色。好傍垂杨，系画船桥侧。　　小欢幽会，一霎时、光景也堪惜。对酒当歌，故人情分难觅。水远山长，不成空相忆。这归去，重来又却是，几时来得。

梦玉人引　（宋词）

范成大

共登临处，飘风袂、倚空碧。雨卷云飞，长有桂娥看客。箫喜生春，遍锦城如画，雪山无色。一梦才成，恍天涯南北。　　舞馀歌罢，料宣华、回首尽陈迹。万里秦吴，有情应问消息。我欲归耕，如何重来得。故人若望江南，且折梅花相忆。

梦玉人引　（宋词）

陈三聘

别来何处，酒醒后，梦难觅。晚日溪亭，清晓便挂帆席。满载离愁，指去程还作，江南行客。目断层城，数迢迢山驿。　　素巾空染，泪痕斑、应是暗中滴。记得轻分，玉箫犹自凄咽。昨夜东风，梅柳惊春色。料伊也、没心情，过却好天良夕。

125. 摸鱼儿 （一体）

正体　又名买陂塘、陂塘柳、迈陂塘、山鬼谣、双蕖怨，双调一百十六字，
上阕十一句六仄韵，下阕十二句七仄韵

晁补之

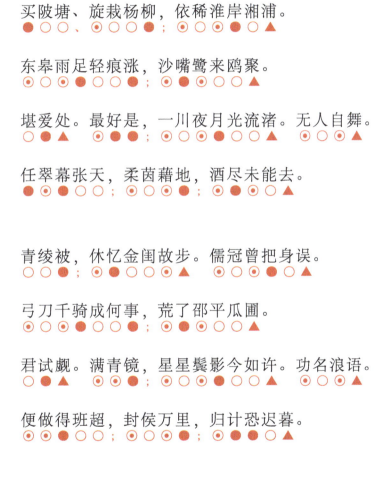

买陂塘、旋栽杨柳，依稀淮岸湘浦。
●○○、⊙○○●；⊙○○⊙○○▲

东皋雨足轻痕涨，沙嘴鹭来鸥聚。
⊙○○●○○●；⊙●●○○▲

堪爱处。最好是，一川夜月光流渚。无人自舞。
○●▲　⊙●●；⊙○⊙●○○▲　○○●▲

任翠幕张天，柔茵藉地，酒尽未能去。
●⊙○○、⊙○⊙●；⊙●●○▲

青绫被，休忆金闺故步。儒冠曾把身误。
○○●；⊙●○○●▲　○○⊙●○▲

弓刀千骑成何事，荒了邵平瓜圃。
⊙○○●○○●；⊙●⊙○○▲

君试觑。满青镜，星星鬓影今如许。功名浪语。
○●▲　⊙○●；⊙○⊙●○○▲　○○●▲

便做得班超，封侯万里，归计恐迟暮。
⊙●●○○；⊙○●●；⊙●●○▲

（上下阕后十句句式似同。上下阕倒数第三句例用一字领。起句可押韵
或上下阕起句俱押韵。上阕第六、第七句，下阕第七、第八句，可重组为五
字两句。刘辰翁词采上阕重复一遍，张榘、邓剡、赵从橐、伍梅城、欧阳朝
阳、伍梅城、静山及无名氏词个别字有增减，王梦应、曾开国词脱漏、增减
较多，二百三十六首宋、金元摸鱼儿中，仅此十一首略异且无规则，皆不予
校订。）

摸鱼儿　(宋词)

辛弃疾

淳熙己亥，自湖北漕移湖南，同官王正之置酒小山亭，为赋

更能消、几番风雨。匆匆春又归去。惜春长恨花开早，何况落红无数。春且住。见说道、天涯芳草迷归路。怨春不语。算只有殷勤，画檐蛛网，尽日惹飞絮。　　长门事，准拟佳期又误。蛾眉曾有人妒。千金纵买相如赋，脉脉此情谁诉。君莫舞。君不见、玉环飞燕皆尘土。闲愁最苦。休去倚危楼，斜阳正在，烟柳断肠处。

摸鱼儿　(宋词)

程　垓

掩凄凉、黄昏庭院，角声何处呜咽。矮窗曲屋风灯冷，还是苦寒时节。凝伫切。念翠被熏笼，夜夜成虚设。倚阑愁绝。听风竹声中，犀影帐外，簌簌酿寒轻雪。　　伤心处，却忆当年轻别。梅花满院初髮。吹香弄蕊无人见，惟有暮云千叠。情未彻。又谁料而今，好梦分胡越。不堪重说。但记得当初，重门锁处，犹有夜深月。

摸鱼儿　（宋词）

李　濱

太湖

又西风、四桥疏柳，惊蝉相对秋语。琼荷万笠花云重，袅袅红衣如舞。鸿北去。渺岸芷汀芳，几点斜阳字。吴亭旧树。又紧我扁舟，渔乡钓里，秋色淡归鹭。　　长干路。草莽疏烟堤断墅。商歌如写羁旅。丹溪翠岫登临事，苔屐尚黏苍士。鸥且住。怕月冷吟魂，婉冉空江暮。明灯暗浦。更短笛衔风，长云弄晚，天际画秋句。

摸鱼儿　（宋词）

柴　望

宝祐甲寅春赋

这情怀、怎生消遣。思量只是凄怨。一春长为花和柳，风雨又还零乱。君试看。便杜牧风流，也则肠先断。更深漏短。更听得杜宇，一声声切，流水画桥畔。　　人间世，本只阴晴易换。斜阳衰草何限。悲欢毕竟年年事，千古漫嗟修短。无处问。是闲倚帘栊，尽日厌厌闷。浮名尽懒。但笑拍阑干，连呼大白，心事付归燕。

摸鱼儿 （宋词）

柴 望

景定庚申会使君陈碧栖

便无他、杜鹃催去，匆匆春事能几。看来不见春归路，飞絮又随流水。留也是。怎禁得、东风红紫还飘坠。天涯万里。怅燕子人家，沉沉夜雨，添得断肠泪。　　嬉游事。早觉相如倦矣。谢娘庭院犹记。闲情已付孤鸿去，依旧被莺呼起。谁料理。正乍暖还寒，未是晴天气。无言自倚。想旧日桃花，而今人面，都是梦儿里。

摸鱼儿 （宋词）

陈允平

西湖送春

倚东风、画阑十二，芳阴帘幕低护。玉屏翠冷梨花瘦，寂寞小楼烟雨。肠断处。怅折柳柔情，旧别长亭路。年华似羽。任锦瑟声寒，琼箫梦远，羞对彩鸾舞。　　文园赋。重忆河桥眉妩。啼痕犹溅纨素。丁香共结相思恨，空托绣罗金缕。春已暮。纵燕约莺盟，无计留春住。伤春倦旅。趁暗绿稀红，扁舟短棹，载酒送春去。

摸鱼儿　（金元词）

邵亨贞

寒食雨中

倚阑干、暮云千里，天涯芳草凄楚。惜惜巷陌重门掩，何况满窗疏雨。江上路。又还见、黄金暗柳千万缕。荒村岁序。纵燕子新来，梨花未埽，好景自虚度。　　江淹老，谁解重吟恨赋。东风依旧南浦。青灯店舍长安道，梦里翠屏朱户。闲院宇。怅犹记、佳人秉烛深夜语。新诗漫与。奈世事驱驰，流光荏苒，回首更延伫。

摸鱼儿　（金元词）

杨　果

同遗山赋雁丘

怅年年、雁飞汾水，秋风依旧兰渚。纲罗惊破双栖梦，孤影乱翻波素。还碎羽。算古往今来，只有相思苦。朝朝暮暮。想塞北风沙，江南烟月，争忍自来去。　　埋恨处。依约并门路。一丘寂寞寒雨。世间多少风流事，天也有心相妒。休说与。还却怕、有情多被无情误。一杯会举。待细读悲歌，满倾清泪，为尔酹黄土。

摸鱼儿　（金元词）

元好问

乙丑岁赴试并州，道逢捕雁者云，今旦获一雁，杀之矣。其脱网者悲鸣不能去，竟自投於地而死。予因买得之，葬之汾水之上，累石为识，号曰雁丘。时同行者多为赋诗，予亦有雁丘辞，旧所作无宫商，今改定之

恨人间、情是何物，直教生死相许。天南地北双飞客，老翅几回寒暑。欢乐趣。离别苦。是中更有痴儿女。君应有语。渺万里层云，千山暮景，只影为谁去。　　横汾路。寂寞当年箫鼓。荒烟依旧平楚。招魂楚些何嗟及，山鬼自啼风雨。天也妒。未信与、莺儿燕子俱黄土。千秋万古。为留待骚人，狂歌痛饮，来访雁丘处。

摸鱼儿　（金元词）

张　翥

春日西湖泛舟

涨西湖、半篙新雨，麴尘波外风软。兰舟同上鸳鸯浦，天气嫩寒轻暖。帘半卷。度一缕、歌云不碍桃花扇。莺娇燕婉。任狂客无肠，王孙有恨，莫放酒杯浅。　　垂杨岸，何处红亭翠馆。如今游兴全懒。山容水态依然好，惟有绮罗云散。君不见。歌舞地、青芜满目成秋苑。斜阳又晚。正落絮飞花，将春欲去，目送水天远。

126.陌上花 （一体）

正体 双调九十九字 上下阕各八句，四仄韵

张 镃

关山梦里，归来还又，岁华催晚。
○○●● ，○○○● ；●○○▲ 。

马影鸡声，谙尽倦邮荒馆。
●●○○ ；●●●○○▲ 。

绿笺密寄多情事，一看一回肠断。
●○●●○○● ；●●●○○▲ 。

待殷勤、寄与旧游莺燕，水流云散。
●○○ 、●●●○○● ；●○○▲ 。

满罗衫是酒，香痕凝处，唾碧啼红相半。
●○○●● ；○○○● ；●●○○○▲ 。

只恐梅花，瘦倚夜寒谁暖。
●●○○ ；●●●○○▲ 。

不成便没相逢日，重整钗鸾筝雁。
●○●●○○● ；○●●○○▲ 。

但何郎、纵有春风词笔，病怀浑懒。
●○○ 、●●●○○● ；●○○▲ 。

（上下阕后六句句式似同。）

127. 蓦山溪 （一体）

正体 又名上阳春，双调八十二字，上下阕各九句，三仄韵

欧阳修

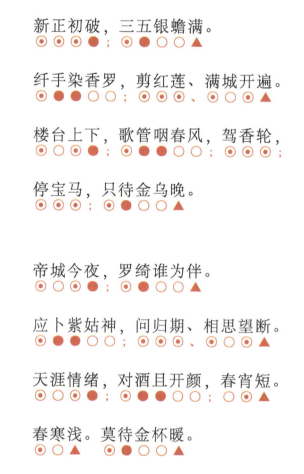

新正初破，三五银蟾满。
⊙⊙⊙●；⊙●○○▲

纤手染香罗，剪红莲、满城开遍。
⊙●●○○；⊙○○、⊙○○▲

楼台上下，歌管咽春风，驾香轮，
⊙○⊙●；⊙●●○○；⊙○○；

停宝马，只待金乌晚。
⊙⊙⊙；⊙●○○▲

帝城今夜，罗绮谁为伴。
⊙○⊙●；⊙●○○▲

应卜紫姑神，问归期、相思望断。
⊙●●○○；⊙●●、⊙○○▲

天涯情绪，对酒且开颜，春宵短。
⊙○⊙●；⊙●●○○；○○▲

春寒浅。莫待金杯暖。
⊙○▲　⊙●○○▲

（上下阕句式似同。上起或下起可用韵，也可上下起句皆用韵。下阕第七句可不用韵。三字句亦有全用韵者。三字句或三字读，其三字不可皆平或皆仄。赵长卿、徐安国、徐观国及无名氏词，上阕第四句减一字，不予校订。）

蓦山溪　（宋词）

周邦彦

楼前疏柳，柳外无穷路。翠色四天垂，数峰青、高城阔处。江湖病眼，偏向此山明，愁无语。空凝伫。两两昏鸦去。　平康巷陌，往事如花雨。十载却归来，倦追寻、酒旗戏鼓。今宵幸有，人似月婵娟，霞袖举。杯深注。一曲黄金缕。

蓦山溪　（宋词）

曹　组

草薰风暖，楼阁笼轻雾。墙短出花梢，映谁家、绿杨朱户。寻芳拾翠，绮陌自青春，江南远，踏青时，谁念方羁旅。　昔游如梦，空忆横塘路。罗袖舞台风，想桃花、依然旧树。一怀离恨，满眼欲归心，山连水，水连云，怅望人何处。

蓦山溪　（宋词）

谢　懋

厌厌睡起，无限春情绪。柳色借轻烟，尚瘦怯、东风卷舞。海棠红皱，不奈晚来寒，帘半卷，日西沉，寂寞闲庭户。　飞云无据。化作冥濛雨。愁里见春来，又只恐、愁催春去。惜花人老，芳草梦凄迷，题欲偏，琐窗纱，总是伤春句。

蓦山溪 （宋词）

张 震

初春

春光如许。春到江南路。柳眼弄晴晖，笑梅老、落英无数。峭寒庭院，罗幕护窗纱，金鸭暖，锦屏深，曾记看承处。　　云边尺素。何计传心缕。无处说相思，空惆怅、朝云暮雨。曲阑干外，小立近黄昏，心下事，眼边愁，借问春知否。

蓦山溪 （宋词）

辛弃疾

停云竹径初成

小桥流水，欲下前溪去。唤取故人来，伴先生、风烟杖屦。行穿窈窕，时历小崎岖，斜带水，半遮山，翠竹栽成路。　　一尊遐想，剩有渊明趣。山上有停云，看山下、濛濛细雨。野花啼鸟，不肯入诗来，还一似，笑翁诗，句没安排处。

蓦山溪　(宋词)

杜　旟

春

　　春风如客，可是繁华主。红紫未全开，早绿遍、江南千树。一番新火，多少倦游人，纤腰柳，不知愁，犹作风前舞。　　小阑干外，两两幽禽语。问我不归家，有佳人、天寒日暮。老来心事，唯只有春知，江头路，带春来，更带春归去。

蓦山溪　(宋词)

宋自逊

自述

　　壶山居士，未老心先懒。爱学道人家，办竹几、蒲团茗碗。青山可买，小结屋三间，开一径，俯清溪，修竹栽教满。　　客来便请，随分家常饭。若肯小留连，更薄酒、三杯两盏。吟诗度曲，风月任招呼，身外事，不关心，自有天公管。

蓦山溪 （宋词）

陈允平

花港观鱼

春波浮渌，小隐桃溪路。烟雨正林塘，翠不碍、锦鳞来去。芹香藻腻，偏爱鲤花肥，檐影下，柳阴中，逐浪吹萍絮。　　宫沟泉滑，怕有题红句。钩饵已忘机，都付与、人间儿女。濠梁兴在，鸥鹭笑人痴。三湘梦，五湖心，云水苍茫处。

蓦山溪 （宋词）

无名氏

前村雪里，漏泄春光早。似待故人来，束芳心、幽香未老。溪边昨夜，雨过却参横，云旖旎，玉玲珑，不遣纤尘到。　　无情有意，寂寞谁知道。幽梦觉来时，淡无言、风清月暸。何郎去后，憔悴少新诗，空怅望，倚楼人，玉笛霜天晓。

蓦山溪 （宋词）

无名氏

竹篱苑舍，底是藏春处。玉蓓锁檀心，带黄昏、轻烟红雨。神清骨莹，端似雪堂仙，临岁晚，傲寒威，寂寞江村住。　　琼林阆苑，有信终归去。冷暖笑凡情，辨南枝、北枝几许。灵芳绝艳，知肯为谁容，东阁里，西湖畔，总与花为主。

蓦山溪　（宋词）

无名氏

集曲名九月廿四

　　菊花新过，秋蕊香犹媚。三八燕山亭，贺圣朝、申生明世。肃霜天晓，正快活年时，庆新寿，万年欢，人醉蓬莱里。　　红衫儿歌，水调夸多丽。仰祝寿星明，指黄河、清年可拟。欢同鱼水，永遇乐倾杯，风流子，洞仙歌，曲唱千秋岁。

蓦山溪　（金元词）

张　野

和卢彦威应奉食柑韵

　　洞庭珍味。唤起愁千里。万颗晓霜余，记当时、小园秋霁。玉织分露，半醉对黄花，惊昨梦，渺前欢，岁月如弹指。　　天涯牢落，无计论心事。冉冉驿尘红，尚依然，袭人芳气。帕罗轻护，不忍破金苞，香簌簌，露霏霏，总是相思泪。

蓦山溪 （金元词）

张中孚

山河百二，自古关中好。壮岁喜功名，拥征鞍、雕裘绣帽。时移事改，萍梗落江湖，听楚语，厌蛮歌，往事知多少。　　苍颜白发，故里欣重到。老马省曾行，也频嘶、冷烟残照。终南山色，不改旧时青，长安道，一回来，须信一回老。

128. 木兰花慢 （二体）

正体　双调一百一字，上阕十句五平韵，下阕十句七平韵

柳　永

坼桐花烂漫，乍疏雨、洗清明。
●○○●●；⊙○●、●○△

正艳杏烧林，缃桃绣野，芳景如屏。倾城。
●●●○○；○○●●；○●○△　○△

尽寻胜赏，骤雕鞍绀幰出郊坰。
●○⊙●；○○○●●○△

风暖繁弦脆管，万家竞奏新声。
⊙●○○●●；⊙○●●○△

盈盈。斗草踏青。人艳冶、递逢迎。
○△　⊙●●△　○●●、●○△

向路傍、往往遗簪堕珥，珠翠纵横。欢情。
●●○、⊙●○○●●；⊙●○△　○△

对佳丽地，信金罍罄竭玉山倾。
●○●●；○○○●●○△

拌却明朝永日，画堂一枕春酲。
⊙●○○●●；⊙○○●○△

（除起句外，上下阕句式似同。短韵可皆不用，但下起含短韵者较多。下阕第二句可不用韵。上阕起句、第三句，上下阕八字句，宜用一字领。上阕第二句可不破读。上下阕八字句亦可句读做三、五。下阕第四、第五句可重组为五字、四字、四字各一句。）

变体　双调一百一字，上阕九句五平韵，下阕十句七平韵

陆　游

阅邯郸梦境，叹绿鬓、早霜侵。
●○○●● ；⊙●○● 、●○△

奈华岳烧丹，青谿看鹤，尚负初心。
●●⊙○○ ；⊙○○● ；⊙●○△

年来向、浊世里，悟真诠秘诀绝幽深。
⊙○● 、⊙●● ；●○○●●○△

养就金芝九畹，种成琪树千林。
⊙●○○●● ；○○●●○△

星坛夜学步虚吟。露冷透瑶簪。
⊙○⊙●●○△ 　⊙●●○△

对翠凤披云，青鸾溯月，宫阙萧森。
●●●○○ ；⊙○○●● ；⊙●●○△

琅函一封奏罢，自钧天帝所有知音。
⊙○○●●● ；●○○●●○△

却过蓬壶啸傲，世间岁月骎骎。
⊙●○○●● ；⊙○○●●○△

（下阕第一、第二、第三句重组为七字、五字各一句，余同正体。上、下阕第六句及下起可含短韵。上阕第六句可不破读。陈与义词上阕第六句增一字，不予参校。此体原可不另设，皆因宋人所咏木兰花慢多作以上两类句读，为方便作者，故分列之。唯独王炎词下起作两字、六字、四字各一句，不予单列。）

木兰花慢 （宋词）

秦 观

过秦淮旷望，迥萧洒、绝纤尘。爱清景风蛮，吟鞭醉帽，时度疏林。秋来政情味淡，更一重烟水一重云。千古行人旧恨，尽应分付今人。　　渔村。望断衡门。芦荻浦、雁先闻。对触目凄凉，红凋岸蓼，翠减汀蘋。凭高正千嶂黯，便无情到此也销魂。江月知人念远，上楼来照黄昏。

木兰花慢 （宋词）

万俟咏

恨莺花渐老，但芳草、绿汀洲。纵岫壁千寻，榆钱万叠，难买春留。梅花向来始别，又匆匆、结子满枝头。门外垂杨岸侧，画桥谁系兰舟。　　悠悠。岁月如流。叹水覆、杳难收。凭画阑，往往抬头举眼，都是春愁。东风晚来更恶，怕飞红、怕絮入书楼。双燕归来问我，怎生不上帘钩。

木兰花慢　（宋词）

陈与义

北归人未老，喜依旧、著南冠。正雪暗溥沱，云迷芒砀，梦绕邯郸。乡心促、日行万里，幸此身、生入玉门关。多少秦烟陇雾，西湖净洗征衫。　　燕山。望不见吴山。回首一归鞍。慨故宫离黍，故家乔木，那忍重看。钧天紫微何处，问瑶池、八骏几时还。谁在天津桥上，杜鹃声里阑干。

木兰花慢　（宋词）

刘仙伦

秋日海棠

渐秋空向晚，被风雨、趱重阳。正木落疏林，海棠枝上，忽见红妆。料应妒他兰菊，任年年、独甚占秋光。故把春风娇面，向人逞艳呈芳。　　看来毕竟此花强。只是欠些香。诮一似当年，五陵公子，却厌膏粱。肯来水边竹下，与幽人、相对说凄凉。只恐夜深花睡，五更微有清霜。

木兰花慢　（宋词）

高似孙

　　对西山摇落，又匹马、过并州。恨秋雁年年报，长空潭潭，事往情留。白头。几回南北，竟何人、谈笑得封侯。愁里狂歌浊酒，梦中锦带吴钩。　　　严城笳鼓动高秋。万灶拥貔貅。觉全晋山河，风声习气，未减风流。风流。故家人物，慨中宵、拊枕忆同游。不用闻鸡起舞，且须乘月登楼。

木兰花慢　（宋词）

戴复古

　　莺啼啼不尽，任燕语、语难通。这一点闲愁，十年不断，恼乱春风。重来故人不见，但依然、杨柳小楼东。记得同题粉壁，而今壁破无踪。　　　兰皋新涨绿溶溶。流恨落花红。念著破春衫，当时送别，灯下裁缝。相思谩然自苦，算云烟、过眼总成空。落日楚天无际，凭栏目送飞鸿。

木兰花慢　(宋词)

陈允平

赋牡丹

杜鹃声渐老，过花信、几番风。爱翠幄笼晴，文梭飏暖，阑槛青红。新妆步摇未稳，捧心娇、乍入馆娃宫。消得金壶万朵，护风帘幄重重。　匆匆。少小忆相逢。诗鬓已成翁。且持杯秉烛，天香院落，同赏芳秾。花应怕春去早，尽迟迟、待取绿阴浓。拚却花前醉也，梦随蝴蝶西东。

木兰花慢　(宋词)

李　珏

寄豫章故人

故人知健否，又过了、一番秋。记十载心期，苍苔茅屋，杜若芳洲。天遥梦飞不到，但滔滔、岁月水东流。南浦春波旧别，西山暮雨新愁。　吴钩。光透黑貂裘。客思晚悠悠。更何处相逢，残更听雁，落日呼鸥。沧江白云无数，约他年、携手上扁舟。鸦阵不知人意，黄昏飞向城头。

木兰花慢　（宋词）

张　炎

为越僧樵隐赋樵山

龟峰深处隐，岩壑静、万尘空。任一路白云，山童休扫，却似崆峒。只恐烂柯人到，怕光阴、不与世间同。旋采生枝带叶，微煎石鼎团龙。　　从容。吟啸百年翁。行乐少扶筇。向镜水传心，柴桑袖手，门掩清风。如何晋人去后，好林泉、都在夕阳中。禅外更无今古，醉归明月千松。

木兰花慢　（宋词）

张　炎

书邓牧心东游诗卷后

采芳洲薜荔，流水外、白鸥前。度万壑千岩，晴岚暖翠，心目娟娟。山川。自今自古，怕依然。认得米家船。明月闲延夜语，落花静拥春眠。　　吟边。象笔蛮笺。清绝处、小留连。正寂寂江潭，树犹如此，那更啼鹃。居廉。闭门隐几，好林泉。都在卧游边。记得当时旧事，误人却是桃源。

木兰花慢　（宋词）

无名氏

　　饱经霜古树，怕春寒、趁腊引青枝。逗一点阳和，隔年信息，远报佳期。凄蒀未容易吐，但凝酥半面点胭脂。山路相逢驻马，暗香微染征衣。　　风前袅袅含情，虽不语、引长思。似怨感芳姿，山高水远，折赠何迟。分明为传驿使，寄一枝春色写新词。寄语市桥官柳，此先占了芳菲。

木兰花慢　（金元词）

白　朴

灯夕到维扬

　　壮东南形胜，淮吐浪、海吞潮。记此日江都，锦帆巡幸，汴水迢遥。迷楼故应不见，见琼花、底事也香消。兴废几更王霸，是非总付渔樵。　　谁能十万更缠腰。鹤驭尽飘飘。正绣陌珠帘，红灯闹影，三五良宵。春风竹西亭上，拌淋漓、一醉解金貂。二十四桥明月，玉人何处吹箫。

木兰花慢　（金元词）

梁　曾

西湖送春

问花花不语，为谁落，为谁开。算春色三分，半随流水，半入尘埃。人生能几欢笑，但相逢、尊酒莫相催。千古幕天席地，一春翠绕珠围。　　彩云回首暗高台。烟树渺吟怀。拚一醉留春，留春不住，醉里春归。西楼半帘斜日，怪衔春、燕子却飞来。一枕青楼好梦，又教风雨惊回。

木兰花慢　（金元词）

刘敏中

代人作

渺云间天淡，离别意、一消魂。忆金缕珠喉，冰弦玉笋，明月幽人。风流旧家心事，指南山、松柏托殷勤。烟草夕阳别浦，梨花暮雨重门。　　浪凭归梦觅行云。肠断几黄昏。甚百种凄凉，一般寂寞，两地平分。多情料应有语，道卿卿、不惜锁窗春。为谢倩桃风柳，不禁鞍马红尘。

木兰花慢 （金元词）

吴　存

春兴

问东君识我，应怪我，鬓将华。甚破帽蹇驴，清明无酒，寒食无家。东风绿芜千里，怕登楼、归思渺天涯。烟外一双燕子，雨中半树梨花。　　日长孤馆小窗纱。新火试团茶。想明月湾头、家家笋蕨，井井桑麻。年华不饶倦客，早青梅如豆柳藏鸦。欲逐梦魂归去，客窗一夜鸣蛙。

木兰花慢 （金元词）

元好问

对西山摇落，又匹马，过并州。恨秋雁年年，长空澹澹，事往情留。白头。几回南北，竟何人、谈笑得封侯。愁里狂歌浊酒，梦中锦带吴钩。　　岩城笳鼓动高秋。万灶拥貔貅。觉全晋山河，风声习气，未减风流。风流。故家人物，慨中宵、抚枕忆同游。不用闻鸡起舞，且须乘月登楼。

木兰花慢　（金元词）

张可久

维扬怀古

笑多情明月，又随我，上扬州。爱十里珠帘，千锺美酒，百尺危楼。风流。聒天箫鼓，记茱萸、漫下菊花酒。淮水东来渺渺，夕阳西去悠悠。　　巡游。当日锦帆收。翠柳缆龙舟。但老树寒蝉，荒祠野鼠，古渡闲鸥。娇羞。美人如玉，算吹箫、座客不胜愁。未可腰钱鹤背，且将十万缠头。

木兰花慢　（金元词）

张　野

端午发松江

恨无情画舸，载离思，各西东。正佳节惊心，故人回首，应念匆匆。殷勤彩丝系臂，问如何、不系片帆风。醉里阳关历历，望中烟树蒙蒙。　　驿亭榴火照尘容。依约舞裙红。纵旋采香蒲，自斟芳酒，酒薄愁浓。功名事，浑几许，甚半生、长在别离中。不似东来潮信，日斜还过吴淞。

木兰花慢　（金元词）

郑　禧

任东风老去，吹不断，泪盈盈。记春浅春深，春寒春暖，春雨春晴。都来杀诗人兴，更落花、无定挽春情。芳草犹迷舞蝶，绿杨空语流莺。　　玄霜着意捣初成。回首失云英。但如醉如痴，如狂如舞，如梦如惊。香魂只今迷恋，问真仙、消息最分明。后夜相逢何处，清风明月蓬瀛。

129. 南歌子 （三体）

正体 又名南柯子、春宵曲、水晶帘、碧窗梦、十爱词、望秦川、风蝶令，
双调五十二字，上下阕各四句三平韵

辛弃疾

散发披襟处，浮瓜沉李时。
⊙●○○●；○○⊙●△

涓涓流水细侵阶。凿个池儿、唤个月儿来。
⊙○○●●○△　⊙●⊙○、⊙●●○△

画栋频摇动，红蕖尽倒开。
⊙●○○●；○○●●△

斗匀红粉照香腮。有个人儿、把个镜儿猜。
⊙○⊙●●○△　⊙●○○、⊙●●○△

（上下阕句式似同。两结可读作六、三，亦可一作六、三，一作四、五。
仲殊、周邦彦、杨无咎别首，两结添一字分为六字、四字各一句，侯寘词上
下阕第三句均减一字，另有石孝友仄韵一首，不予校订。）

变体一　　又名南柯子、春宵曲、水晶帘、碧窗梦、十爱词、望秦川、风蝶令，
　　　　　　单调二十三字，四句三平韵

温庭筠

手里金鹦鹉，胸前绣凤凰。
●●○○○；○○●●△

偷眼暗形相。不如从嫁与、作鸳鸯。
○●●○△　●○●●、●○△

变体二　　又名南柯子、春宵曲、水晶帘、碧窗梦、十爱词、望秦川、风蝶令，
　　　　　　单调二十六字，四句三平韵

张　泌

锦荐红鸂鶒，罗衣绣凤凰。
●●●○○；○○●●△

绮疏飘雪北风狂。帘幕昼垂无事、郁金香。
◉○○◉●○△　○●○○●、●○△

（唯第三句添两字，第四句添一字，余同变体一。此重复一阕，即得正体。
宋后罕有填变体者。）

南歌子　（宋词）

欧阳修

凤髻金泥带，龙纹玉掌梳。走来窗下笑相扶。爱道画眉深浅、入时无。　　弄笔偎人久，描花试手初。等闲妨了绣功夫。笑问双鸳鸯字、怎生书。

南歌子　（宋词）

苏　轼

云鬟裁新绿，霞衣曳晓红。待歌凝立翠筵中。一朵彩云何事、下巫峰。　　趁拍鸾飞镜，回身燕漾空。莫翻红袖过帘栊。怕被杨花勾引、嫁东风。

南歌子　（宋词）

黄庭坚

槐绿低窗暗，榴红照眼明。玉人邀我少留行。无奈一帆烟雨、画船轻。　　柳叶随歌皱，梨花与泪倾。别时不似见时情。今夜月明江上、酒初醒。

南歌子 （宋词）

秦 观

其三（三首）

香墨弯弯画，燕脂淡淡匀。揉蓝衫子杏黄裙。独倚玉阑无语、点檀唇。　　人去空流水，花飞半掩门。乱山何处觅行云。又是一钩新月、照黄昏。

南歌子 （宋词）

田 为

春思

团玉梅梢重，香罗芰扇低。帘风不动蝶交飞。一样绿阴庭院、锁斜晖。　　对月怀歌扇，因风念舞衣。何须惆怅惜芳菲。拌却一年憔悴、待春归。

南歌子 （宋词）

李清照

天上星河转，人间帘幕垂。凉生枕簟泪痕滋。起解罗衣、聊问夜何其。　　翠贴莲蓬小，金销藕叶稀。旧时天气旧时衣。只有情怀、不似旧家时。

南歌子　（宋词）

陈与义

塔院僧阁

矫矫千年鹤，茫茫万里风。阑干三面看秋空。背插浮屠千尺、冷烟中。　　林坞村村暗，溪流处处通。此间何似玉霄峰。遥望蓬莱依约、晚云东。

南歌子　（宋词）

吕渭老

片片云藏雨，重重雾隐山。可怜新月似眉弯。今夜断肠凝望、小楼寒。　　梦断云房远，书长蜡炬残。夜妆应罢短屏间。都把一春心事、付梅酸。

南歌子　（宋词）

范成大

槁项诗馀瘦，愁肠酒后柔。晚凉团扇欲知秋。卧看明河银影、界天流。　　鹤警人初静，虫吟夜更幽。佳辰只合算花筹。除了一天风月、更何求。

南歌子 （宋词）

程　垓

早春

　　梅坞飞香定，兰窗翠色齐。水边沙际又春归。领略东风、能有几人知。　　爱月眠须晚，寻花去未迟。谁家庭院更芳菲。费尽才情、休负一春诗。

南歌子 （宋词）

赵师侠

送朱辰州千方壶小隐

　　木落千山瘦，风微一水澄。清霜暖日快归程。唤渡沙头、款款话离情。　　傍岸渔舟集，横空雁字轻，凭阑凝望眼增明。一片潇湘、真个画难成。

南歌子 （宋词）

陈　亮

　　池草抽新碧，山桃褪小红。寻春闲过小园东。春在乱花深处、鸟声中。　　游鐙归敲月，春衫醉舞风。谁家三弄学元戎。吹起闲愁、容易上眉峰。

南歌子　（宋词）

吴　潜

　　池水凝新碧，阑花驻老红。有人独立画桥东。手把一枝杨柳、系春风。　　鹊绊游丝坠，蜂拈落蕊空。秋千庭院小帘栊。多少闲情闲绪、雨声中。

130. 南 浦 （一体）

正体 双调一百五字，上阕八句四仄韵，下阕十句五仄韵

程 垓

金鸭懒熏香，向晚来、春醒一枕无绪。
⊙●●○○；●⊙○、⊙○⊙●▲

浓绿涨瑶窗，东风外、吹尽乱红飞絮。
⊙●●○○；○⊙●、○⊙⊙●▲

无言伫立，断肠惟有流莺语。
⊙○⊙●；⊙○○●●▲

碧云欲暮空惆怅，韶华一时虚度。
⊙○⊙●○○●；○○⊙○⊙▲

追思旧日心情，记题叶西楼，吹花南浦。
○○●●○○；●⊙○○、○⊙○▲

老去觉欢疏，伤春恨、都付断云残雨。
⊙●●○○；○○●、⊙○●○○▲

黄昏院落，问谁犹在凭阑处。
⊙○⊙●；●⊙○●○○▲

可堪杜宇，空只解声声，催他春去。
⊙○⊙●；⊙○●○○、●○○▲

（下阕第二句例用一字领。下阕末三句，周邦彦词为五字、四字、四字各一句。上阕末两句可重组为四字、五字、四字各一句，一如下结。下阕末三句可重组为七字、六字各一句，一如上结。下阕第二句平仄有作：●○○○⊙●。上下阕末两句平仄唯张炎词作：○●⊙○○●●；⊙●⊙○○○▲，不必遵之。孔夷一百零二字词句读迥然不同，不予校订。）

南浦　（宋词）

周邦彦

中吕

　　浅带一帆风，向晚来、扁舟稳下南浦。迢递阻潇湘，衡皋迥，斜舣蕙兰汀渚。危樯影里，断云点点遥天暮。菡萏里风，偷送清香，时时微度。　　吾家旧有簪缨，甚顿作天涯，经岁羁旅。羌管怎知情，烟波上，黄昏万斛愁绪。无言对月，皓彩千里人何处。恨无凤翼身，只待而今，飞将归去。

南浦　（宋词）

张　炎

春水

　　波暖绿粼粼，燕飞来、好是苏堤才晓。鱼没浪痕圆，流红去、翻笑东风难扫。荒桥断浦，柳阴撑出扁舟小。回首池塘青欲遍，绝似梦中芳草。　　和云流出空山，甚年年净洗，花香不了。新渌乍生时，孤村路、犹忆那回曾到。馀情渺渺。茂林觞咏如今悄。前度刘郎归去后，溪上碧桃多少。

南浦　（宋词）

王沂孙

春水

柳下碧粼粼，认曲尘乍生，色嫩如染。清溜满银塘，东风细、参差縠纹初遍。别君南浦，翠眉曾照波痕浅。再来涨绿迷旧处，添却残红几片。　　葡萄过雨新痕，正拍拍轻鸥，翩翩小燕。帘影蘸楼阴，芳流去、应有泪珠千点。沧浪一舸，断魂重唱蘋花怨。采香幽径鸳鸯睡，谁道湔裙人远。

南浦　（金元词）

张　萧

舣舟南浦因赋题

花落楚江流，过西山、雨涨渔村无路。双桨载愁来，苹沙外、惟有盟鸥相觑。春波碧草，送君曾是伤情处。依旧朝云飞画栋，秋满鹤汀凫渚。　　斜阳三两人家，见青旗影里，炊烟一缕。弦索夜深船，凄凉听、还似西风溢浦。征鸿去尽，梦回明月生烟树。如此山川无限恨，都付一尊怀古。

131. 南乡子 （四体）

正体 双调五十六字，上下阕各五句四平韵

冯延巳

细雨湿流光。芳草年年与恨长。
⊙●●○△　⊙●○○⊙●△

回首凤楼无限事，茫茫。鸾镜鸳衾两断肠。
⊙●⊙○○●●；○△　⊙●○○⊙●△

魂梦任悠扬。睡起杨花满绣床。
⊙●●○△　⊙●○○●●△

薄幸不来门半掩，斜阳。负你残春泪几行。
⊙●⊙○○●●；○△　⊙●○○⊙●△

变体一　单调二十七字，五句两平韵、三仄韵

冯延巳

细雨泣秋风。金凤花残满地红。
⊙●●○△　　⊙●○○●●△

闲蹙黛眉慵不语。情绪。寂寞相思知几许。
⊙●⊙○○●▲　　○▲　　⊙●○○⊙●▲

变体二　单调二十七字，五句两平韵、三仄韵

欧阳炯

洞口谁家。木兰船系木兰花。
●●○△　⊙○⊙●●○△

红袖女郎相引去。游南浦。笑倚春风相对语。
⊙●⊙○○●▲　○○▲　⊙●⊙○⊙●▲

（第四句有减一字者。）

变体三　单调三十字，六句两平韵、三仄韵

李　珣

烟漠漠，雨凄凄。岸花零落鹧鸪啼。
⊙⊙●；●○△　⊙○○●●○△

远客扁舟临野渡。思乡处。潮退水平春色暮。
⊙●⊙○○●▲　⊙⊙▲　⊙●⊙○⊙●▲

（第四句平仄有作：⊙○○●○○▲。）

南乡子 （宋词）

王安石

自古帝王州，郁郁葱葱佳气浮。四百年来成一梦，堪愁。晋代衣冠成古丘。　　绕水恣行游。上尽层城更上楼。往事悠悠君莫问，回头。槛外长江空自流。

南乡子 （宋词）

晏几道

花落未须悲。红蕊明年又满枝。惟有花间人别后，无期。水阔山长雁字迟。　　今日最相思。记得攀条话别离。共说春来春去事，多时。一点愁心入翠眉。

南乡子 （宋词）

苏　轼

集句

怅望送春杯。渐老逢春能几回。花满楚城愁远别，伤怀。何况清丝急管催。　　吟断望乡台。万里归心独上来。景物登临闲始见，徘徊。一寸相思一寸灰。

南乡子 （宋词）

叶梦得

自后圃晚步湖上

小院雨新晴。初听黄鹂第一声。满地绿阴人不到，盈盈。一点孤花尚有情。　　却傍水边行。叶底跳鱼浪自惊。日暮小舟何处去，斜横。冲破波痕久未平。

南乡子 （宋词）

太学诸生

洪迈被拘留。稽首垂哀告彼酋。七日忍饥犹不耐，堪羞。苏武争禁十九秋。　　厥父既无谋。厥子安能解国忧。万里归来夸舌辨，村牛。好摆头时便摆头。

南乡子 （宋词）

朱 熹

次张安国韵

落日照楼船。稳过澄江一片天。珍重使君留客意，依然。风月从今别一川。　　离绪悄危弦。永夜清霜透幕毡。明日回头江树远，怀贤。目断晴空雁字连。

南乡子　（宋词）

辛弃疾

登京口北固亭有怀

何处望神州。满眼风光北固楼。千古兴亡多少事，悠悠。不尽长江衮衮流。　　年少万兜鍪。坐断东南战未休。天下英雄谁敌手。曹刘。生子当如孙仲谋。

南乡子　（宋词）

陈　亮

风雨满蘋洲。绣阁银屏一夜秋。当日袜尘何处去，溪楼。怎对烟波不泪流。　　天际目归舟。浪卷涛翻一叶浮。也似我侬魂不定，悠悠。宋玉方悲庾信愁。

南乡子　（宋词）

孙惟信

璧月小红楼。听得吹箫忆旧游。霜冷阑干天似水，扬州。薄幸声名总是愁。　　尘暗鹔鹴裘。针线曾荣玉指柔。一梦觉来三十载，休休。空为梅花白了头。

南乡子　（宋词）

陈允平

　　归雁转西楼。薄幸音书日日收。旧恨却凭红叶去，飕飕。春水多情日夜流。　　杨柳曲江头。烟里青青恨不休。九十韶光风雨半，回眸。一片花飞一片愁。

南乡子　（宋词）

黎延瑞

乌衣园

　　醉罢黑瑶池。渺渺春云海峤归。画栋珠帘成昨梦，谁知。百姓人家几度非。　　相对语斜晖。肠断江城柳絮飞。再见玉郎应不认，堪悲。也被缁尘染素衣。

132. 霓裳中序第一 （一体）

正体 双调一百一字，上阕十句七仄韵，下阕十一句八仄韵

姜 夔

　　丙午岁，留长沙，登祝融，因得其祠神之曲曰黄帝盐、苏合香。又于乐工故书中得商调霓裳曲十八阕，皆虚谱无辞。按沈氏乐律，霓裳道调，此乃商调。乐天诗云："散序六阕"，此特两阕，未知孰是。然音书闲雅，不类今曲。予不暇尽作，作中序一阕传于世。予方羁游，感此古音，不自知其辞之怨抑也。

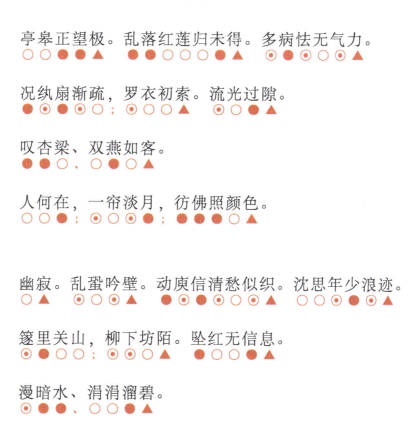

亭皋正望极。乱落红莲归未得。多病怯无气力。

况纨扇渐疏，罗衣初索。流光过隙。

叹杏梁、双燕如客。

人何在，一帘淡月，彷佛照颜色。

幽寂。乱蛩吟壁。动庾信清愁似织。沈思年少浪迹。

篆里关山，柳下坊陌。坠红无信息。

漫暗水、涓涓溜碧。

漂零久，而今何意，醉卧酒垆侧。

　　（宜用入声韵。上阕第四句，下阕第三句例用一字领。罗志仁词下阕第二句添两字；应法孙词下阕第五句添一领字，下阕第八句减一字；詹玉词较应法孙词，上阕第三句添一字。此三首不予参校。）

587

霓裳中序第一　（宋词）

胡翼龙

江郊雨正歇。燕子飞来人忆别。未了残梅怨结。渺野色波光，春与天接。相思辽阔。怕柳风、吹老吟髭。关情处，满汀芳草，遮莫是鹧鸪。　　时节。一饷愁绝。谩料理、新翻几阕。山尊堪共谁设。梦到断桥，飞絮仍雪。岁华休省阅。早霍地、小园花发。已办著、海棠开后，独立半廊月。

霓裳中序第一　（宋词）

应法孙

愁云翠万叠。露柳残蝉空抱叶。帘卷流苏宝结。乍庭户嫩凉，阑干微月。玉纤胜雪。委素纨、尘锁香奁。思前事、莺期燕约，寂寞向谁说。　　悲切。漏签声咽。渐寒灺、兰缸未灭。良宵长是闲别。恨酒凝红绡，纷浣瑶珠。镜盟鸾影缺。吹笛西风数阕。无言久，和衣成梦，睡损缕金蝶。

霓裳中序第一　　（宋词）

周　密

次笘房韵

　　湘屏展翠叠。恨入宫沟流怨叶。釭冷金花暗结。又雁影带霜，蛩音凄月。珠宽腕雪。叹锦笺、芳字盈箧。人何在，玉箫旧约，忍对素娥说。　　愁切。夜砧幽咽。任帐底、沈烟渐灭。红兰谁采赠别。洛汜分绡，汉浦遗珏。舞鸾光半缺。最怕听、离弦乍阕。凭阑久，一庭香露，桂影弄栖蝶。

霓裳中序第一　　（宋词）

詹　玉

至元间，监醮长春宫，偶见羽士丈室古镜，状似秋叶，背有金刻宣和玉宝四字，有感因赋

　　规古蟾魄。瞥过宣和几春色。知那个、柳松花怯。曾磋玉团香，涂云抹月。龙章凤刻。是如何、儿女消得。便孤了、翠鸾何限，人更在天北。　　磨灭。古今离别。幸相从、蓟门仙客。萧然林下秋叶。对云淡星疏，眉青影白。佳人已倾国。赢得痴铜旧画。兴亡事，道人知否，见了也华髮。

霓裳中序第一　（金元词）

邵亨贞

中秋后二夕对月

秋堂气渐肃。暮角吹来声断续。凭遍阑干几曲。又凉战庭梧，风敲檐竹。多情宋玉。对楚天、无奈幽独。中秋过，月华未阙，夜色灿如烛。　　空谷。美人羁束。又老尽、江南草木。愁来心绪易触。目断瑶台，梦绕金屋。雁归犹未卜。且漫放、题红去速。凄迷处，年来诗鬓，换动镜中绿。

133. 念奴娇　（二体）

正体　又名大江东去、酹江月、赤壁词、酹月、壶中天、壶中天慢、大江西上曲、太平欢、寿南枝、古梅曲、湘月、淮甸春、白雪词、百字令、百字谣、无俗念、千秋岁、庆长春、杏花天，双调一百字，上阕十句四仄韵，下阕十一句四仄韵

苏　轼

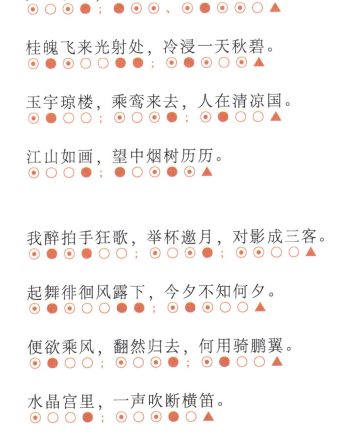

凭空眺远，见长空、万里云无留迹。
⊙○○●；●●○、⊙●○●○▲

桂魄飞来光射处，冷浸一天秋碧。
⊙●○○○●●；●●⊙○○▲

玉宇琼楼，乘鸾来去，人在清凉国。
⊙●○○；⊙○○●；⊙○○●○▲

江山如画，望中烟树历历。
⊙○○●；●○⊙●⊙▲

我醉拍手狂歌，举杯邀月，对影成三客。
⊙●●●○○；⊙○○●；⊙●○○▲

起舞徘徊风露下，今夕不知何夕。
⊙●○○○●●；⊙○●○○▲

便欲乘风，翻然归去，何用骑鹏翼。
⊙●○○；⊙○○●；○●○○▲

水晶宫里，一声吹断横笛。
⊙○○●；⊙○○●○▲

（念奴娇宜用入声韵。上下阕后七句句式似同。上阕第二句也可作：⊙○○⊙●，⊙○○○▲。此外，极少数词仅有个别句式差异：

1、上阕第三、四句重组为：⊙●○○，○●●、⊙●○⊙○▲；
2、下阕第四、五句重组为：⊙●⊙○，○●●、⊙●⊙○○▲；
3、上阕第三、四句及下阕第四、五句皆重组。）

变体 又名大江东去、酹江月、赤壁词、酹月、壶中天、壶中天慢、大江
西上曲、太平欢、寿南枝、古梅曲、湘月、淮甸春、白雪词、百字令、
百字谣、无俗念、千秋岁、庆长春、杏花天，双调一百字，上下阕
各十句，四平韵

陈允平

汉江露冷，是谁将瑶瑟，弹向云中。
⊙○⊙● ；● ⊙○○● ；⊙ ⊙○△

一曲清泠声渐杳，月高人在珠宫。
⊙●○○○● ；⊙ ⊙○● ○△

晕额黄轻，涂腮粉艳，罗带织青葱。
⊙● ○○ ；⊙ ● ○● ；⊙ ○○○△

天香吹散，佩环犹自丁东。
⊙○○● ；⊙ ●● ○△

回首杜若汀洲，金钿玉镜，何日得相逢。
○⊙ ⊙○○ ；⊙ ●● ；⊙ ● ● ○△

独立飘飘烟浪远，罗袜羞溅春红。
⊙● ○○○● ；⊙ ●○● ○△

渺渺予怀，迢迢良夜，三十六陂风。
⊙● ○○ ；⊙ ○○ ；⊙ ●● ○△

九嶷何处，断云飞度千峰。
⊙○○● ；⊙ ○○● ○△

（平韵词句读同仄韵词。填者甚少。）

念奴娇 （宋词）

苏　轼

赤壁怀古

　　大江东去，浪淘尽、千古风流人物。故垒西边，人道是、三国周郎赤壁。乱石穿空，惊涛拍岸，卷起千堆雪。江山如画，一时多少豪杰。　　遥想公瑾当年，小乔初嫁了，雄姿英发。羽扇纶巾，谈笑间、樯橹灰飞烟灭。故国神游，多情应笑我，早生华发。人生如梦，一尊还酹江月。

念奴娇 （宋词）

秦　观

过小孤山

　　长江滚滚，东流去、激浪飞珠溅雪。独见一峰青崒嵂，当住中流万折。应是天公，恐他澜倒，特向江心设。屹然今古，舟郎指点争说。　　岸边无数青山，萦回紫翠，掩映云千叠。都让洪涛恣汹涌，却把此峰孤绝。薄暮烟扉，高空日焕，谙历阴晴彻。行人过此，为君几度击楫。

念奴娇　（宋词）

范成大

　　吴波浮动，看中流翻月，半江金碧。醉舞空明三万顷，不管姮娥愁寂。指点琼楼，凭虚有路，鲸背横东极。水云飘荡，阑干千丈无力。　　家世回首沧洲，烟波渔钓，有鸱夷仙迹。一笑闲身游物外，来访扁舟消息。天上今宵，人间此地，我是风前客。涛生残夜，鱼龙惊听横笛。

念奴娇　（宋词）

张孝祥

过洞庭

　　洞庭青草，近中秋、更无一点风色。玉鉴琼田三万顷，著我扁舟一叶。素月分辉，明河共影，表里俱澄澈。悠然心会，妙处难与君说。　　应念岭海经年，孤光自照，肝肺皆冰雪。短髪萧骚襟袖冷，稳泛沧浪空阔。尽吸西江，细斟北斗，万象为宾客。扣舷独笑，不知今夕何夕。

念奴娇　（宋词）

辛弃疾

书东流村壁

野棠花落，又匆匆、过了清明时节。划地东风欺客梦，一夜云屏寒怯。曲岸持觞，垂杨系马，此地曾轻别。楼空人去，旧游飞燕能说。　　闻道绮陌东头，行人长见，帘底纤纤月。旧恨春江流未断，新恨云山千叠。料得明朝，尊前重见，镜里花难折。也应惊问，近来多少华髪。

念奴娇　（宋词）

程　垓

秋风秋雨，正黄昏、供断一窗愁绝。带减衣宽谁念我，难忍重城离别。转枕蓑帷，挑灯整被，总是相思切。知他别后，负人多少风月。　　不是怨极愁浓，只愁重见了，相思难说。料得新来魂梦里，不管飞来蝴蝶。排闷人间，寄愁天上，终有归时节。如今无奈，乱云依旧千叠。

念奴娇　(宋词)

陈三聘

　　水空高下，望沉沉一色，浑然苍碧。天籁不鸣凉有露，金气横秋寂寂。玉宇琼楼，望中何处，月到天中极。御风归去，不愁衣袂无力。　　此夜飘泊孤篷，短歌谁和，自笑狂踪迹。咫尺蓝桥仙路远，窅窅云英消息。疏影婆娑，恍然身世，我是尊前客。一声凄怨，倚楼谁弄长笛。

念奴娇　(宋词)

姜　夔

　　予客武陵，湖北极宪治在焉。古城野水，乔木参天。予与二三友日荡舟其间，薄荷花而饮。意象幽闲，不类人境。秋水且涸，荷叶出地寻丈，因列坐其下。上不见日，清风徐来，绿云自动。间于疏处窥见游人画船，亦一乐也。揭来吴兴，数得相羊荷花中。又夜泛西湖，光景奇绝。故以此句写之

　　闹红一舸，记来时、尝与鸳鸯为侣。三十六陂人未到，水佩风裳无数。翠叶吹凉，玉容销酒，更洒菰蒲雨。嫣然摇动，冷香飞上诗句。　　日暮青盖亭亭，情人不见，争忍凌波去。只恐舞衣寒易落，愁入西风南浦。高柳垂阴，老鱼吹浪，留我花间住。田田多少，几回沙际归路。

念奴娇　（宋词）

杜　旟

石头城

　　江山如此，是天开、万古东南王气。一自髯孙横短策，坐使英雄鹊起。玉树声消，金莲影散，多少伤心事。千年辽鹤，并疑城郭非是。　　当日万驷云屯，潮生潮落处，石头孤峙。人笑褚渊今齿冷，只有袁公不死。斜日荒烟，神州何在，欲堕新亭泪。元龙老矣，世间何限馀子。

念奴娇　（宋词）

林正大

括酹江月（东坡前赤壁赋）

　　泛舟赤壁，正风徐波静，举尊属客。渺渺予怀天一望，万顷凭虚独立。桂桨空明，洞箫声彻，怨慕还凄恻。星稀月淡，江山依旧陈迹。　　因念酾酒临江，赋诗横槊，好在今安适。谩寄蜉蝣天地尔，瞬目盈虚消息。江上清风，山间明月，与子欢无极。翻然一笑，不知东方既白。

念奴娇 （宋词）

葛长庚

武昌怀古

汉江北泻，下长淮、洗尽胸中今古。楼橹横波征雁远，谁见鱼龙夜舞。鹦鹉洲云，凤凰池月，付与沙头鹭。功名何处，年年惟见春絮。　　非不豪似周瑜，壮如黄祖，亦随秋风度。野草闲花无限数，渺在西山南浦。黄鹤楼人，赤乌年事，江汉亭前路。浮萍无据，水天几度朝暮。

念奴娇 （宋词）

王　澜

避地溢江，书于新亭

凭高远望，见家乡、只在白云深处。镇日思归归未得，孤负殷勤杜宇。故国伤心，新亭泪眼，更洒潇潇雨。长江万里，难将此恨流去。　　遥想江口依然，鸟啼花谢，今日谁为主。燕子归来，雕梁何处，底事呢喃语。最苦金沙，十万户尽，作血流漂杵。横空剑气，要当一洗残虏。

念奴娇　（宋词）

李曾伯

见郑文昌于上柏

　　平生宦海，是几番风雨，几番霜雪。绿野来归身强健，镜里微添华发。剑束床头，书寻架上，富贵轻于叶。南坡石竹，年来尤更清绝。　　好是梅坞松关，对湘溪一曲，翠屏千叠。柱杖蓝舆诗卷里，尚小东山勋业。只恐鸥盟，难忘鹤怨，未是闲时节。片云收却，照人依旧明月。

念奴娇　（宋词）

方　岳

梦雪

　　问天何事，雪垂垂欲下，又还晴却。春到梅梢香逗也，尽有心情行乐。刬曲舟回，灞桥诗在，一笑人如昨。此情分付，暮天寒月残角。　　谁道飞梦江南，群山如画，一一琼瑶琢。中有玉田三万顷，云是幼舆丘壑。招我归来，和春醉去，休跨扬州鹤。万花曾约，酒醒当有新作。

念奴娇 （宋词）

柴 望

山河

登高回首，叹山河国破，于今何有。台上金仙空已去，零落逋梅苏柳。双塔飞云，六桥流水，风景还依旧。凤笙龙管，何人肠断重奏。　　闻道凝碧池边，宫槐叶落，舞马衔杯酒。旧恨春风吹不断，新恨重重还又。燕子楼高，乐昌镜远，人比花枝瘦。伤情万感，暗沾啼血襟袖。

念奴娇 （宋词）

文天祥

驿中言别友人

水天空阔，恨东风、不借世间英物。蜀鸟吴花残照里，忍见荒城颓壁。铜雀春情，金人秋泪，此恨凭谁雪。堂堂剑气，斗牛空认奇杰。　　那信江海馀生，南行万里，属扁舟齐发。正为鸥盟留醉眼，细看涛生云灭。睨柱吞嬴，回旗走懿，千古冲冠发。伴人无寐。秦淮应是孤月。

念奴娇　（宋词）

黎延瑞

题项羽庙

鲍鱼腥断，楚将军、鞭虎驱龙而起。空费咸阳三月火，铸就金刀神器。垓下兵稀，阴陵道隘，月黑云如垒。楚歌哄发，山川都姓刘矣。　　悲泣呼醒虞姬，和伊死别，雪刃飞花髓。霸业休休雏不逝，英气乌江流水。古庙颓垣，斜阳老树，遗恨鸦声里。兴亡休问，高陵秋草空翠。

念奴娇　（金元词）

张可久

舟泊小金山下，客有歌大江东去词者，喜而为赋

片帆摇曳，喜东风吹雨，秋容新沐。一带长江青未了，天际乱峰如簇。浮玉山空，梧桐人去，月冷神仙屋。停舟吊古，斟泉三酹寒菊。　　犹记邂逅桓郎，驿楼残照里，倚阑吹竹。南去北来人自唤，老树柳丝长绿。倦客能吟，倚歌而和，醉写沧浪曲。今宵何处，钓鱼台下寻宿。

念奴娇 （金元词）

张可久

春日湖上

扣舷惊笑，想当年行乐，绿朝红暮。麴院题诗人去远，别换一番歌舞。鸥占凉波，莺巢小树，船阁鸳鸯浦。画桥疏柳，风流不似张绪。　　闲问苏小楼前，夕阳花外，归燕曾来否。古井香泉秋菊冷，坡后神仙何许。醉眼观天，狂歌喝月，夜唤西林渡。穿云笛响，背人老鹤飞去。

念奴娇 （金元词）

张　野

和金直卿冬日述怀

冻云垂野，乍乾坤惨淡，冰花飞落。卷地朔风寒彻骨，且把貂裘重着。美酒千锺，清歌一曲，未用伤飘泊。君看席上，玉人娇胜花萼。　　自笑老矣元龙，黄尘两鬓，镜里今非昨。不愿腰间悬斗印，不愿身骑黄鹤。非俗非仙，半醒半醉，只恐人猜却。锺期安在，为谁重理弦索。

念奴娇 （金元词）

张玉娘

中秋月次姚孝宁韵

冰轮驾海，破寒烟、万点苍山凝绿。清逼嫦娥秋殿静，桂树香飘金粟。万顷琉璃，一天素练，光彻飞琼屋。楚云无迹，萧萧梦断银竹。　　都胜三五寻常夜，高河新泻下，雪波霜瀑。臂冷香销成独坐，顾影□愁千斛。燕子楼空，凤箫人远，幽恨悲黄鹄。夜阑漏尽，梅花声动湘玉。

念奴娇 （宋词）

无名氏

日长晴昼。厌厌地、懒向窗前絣绣。因倚屏风无意绪，□把眉儿双皱。似醉还醒，才眠又起，频捻梨花嗅。看他儿女，闲寻百草来鬭。　　相思能几何时，料归期不到，清和时候。生怕鸳鸯香被冷，旋爇沉檀薰透。欲把单衣，鼎新裁剪，又怕供春瘦。试看今夜，孤灯还有花否。

134. 女冠子　（一体）

正体　双调四十一字，上阕五句两仄韵、两平韵，下阕四句两平韵

温庭筠

含娇含笑。宿翠残红窈窕。
⊙⊙⊙▲　⊙●⊙⊙⊙▲

鬓如蝉。寒玉簪秋水，轻纱卷碧烟。
●○△　⊙●○○●；○○●●△

雪肌鸾镜里，琪树凤楼前。
⊙○○●●；⊙●●○△

寄语青娥伴，早求仙。
⊙●○⊙●；●○△

（唯李珣词上阕第二句平仄有异：⊙○○⊙○⊙●。）

女冠子　（唐词）

韦　庄

四月十七。正是去年今日。别君时。忍泪佯低面，含羞半敛眉。　　不知魂已断，空有梦相随。除却天边月，没人知。

女冠子　（五代词）

欧阳炯

秋宵风月。一朵荷花初发。照前池。摇曳熏香夜，婵娟对镜时。　　蕊中千点泪，心里万条丝。恰似轻盈女，好风姿。

女冠子　（五代词）

李　珣

春山夜静。愁闻洞天疏磬。玉堂虚。细雾垂珠佩，轻烟曳翠裾。　　对花情脉脉，望月步徐徐。刘阮今何处，绝来书。

135. 女冠子慢　（一体）

正体　双调一百十二字，上阕十一句六仄韵，下阕十二句七仄韵

蒋　捷

电旆飞舞。双双还又争渡。

湘漓云外，独醒何在，翠药红蕣，芳菲如故。

深衷全未语。不似素车白马，卷潮起怒。

但悄然、千载旧迹，时有闲人吊古。

生平惯受椒兰苦。甚魄沈寒浪，更被馋蛟妒。

结琼纫璐。料贝阙隐隐，骑鲸烟雾。

楚妃花倚暮。琼箫吹了，溯波同步。

待月明洲渚，小留旌节，朗吟骚赋。

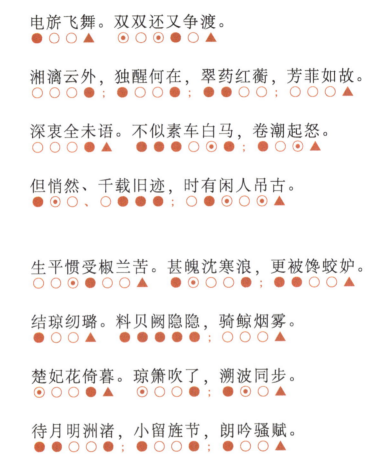

（上阕第三句可用韵。下阕第二、第五、第十句例用一字领。蒋捷词下阕第八句增两字，柳永词上阕第八句减两字，第九句减一字，下阕起句、第十句各添一字。不予参校。另柳永两首及无名氏一首，字数、句读各异，无从校订。）

136. 抛球乐　　（二体）

正体　又名莫思归、怨回纥，单调三十字，六句四平韵

刘禹锡

五色绣团圆。登君玳瑁筵。
⊙●⊙○△　　○○●●△

最宜红烛下，偏称落花前。
●○○●●；⊙●●○△

上客如先起，应须赠一船。
●●○○●；⊙○⊙●△

（此乃五言三联小律也。第二句后有添一三字叠韵者：●●△。）

变体 又名莫思归、怨回纥，单调四十字，六句四平韵

冯延巳

霜积秋山万树红。倚岩楼上挂朱栊。
⊙●○○⊙●△　⊙○○●●○△

白云天远重重恨，黄叶烟深渐渐风。
⊙○⊙●●○●；⊙●○⊙●●△

仿佛凉州曲，吹在谁家玉笛中。
⊙●○○●；⊙●○○⊙●△

（此乃七言三联小律且第五句省去两字。无名氏词平仄异，不予校订。）

抛球乐　（唐词）

刘禹锡

春早见花枝。朝朝恨发迟。及看花落后，却忆未开时。幸有抛球乐，一杯君莫违。

抛球乐　（五代词）

冯延巳

尽日登高兴未残。红楼人散独盘桓。一钩冷雾悬珠箔，满面西风凭玉阑。归去须沉醉，小院新池月乍寒。

抛球乐　（敦煌曲子词）

珠泪纷纷湿绮罗。少年公子负恩多。当初姊姊分明道，莫把真心过与他。子细思量着，淡薄知闻解好麽。

137. 品令 （五体）

正体 双调五十二字，上阕五句三仄韵，下阕四句两仄韵

曹　组

乍寂寞。帘栊静，夜久寒生罗幕。
⊙⊙▲　⊙⊙●；⊙●○○○▲

窗儿外、有个梧桐树，早一叶、两叶落。
⊙⊙●、⊙●●○；●⊙●、⊙●▲

独倚屏山欲寐，月转惊飞乌鹊。
⊙●●○⊙●；●●●○⊙○▲

促织儿、声响虽不大，敢教贤、睡不著。
⊙⊙●、⊙●⊙○●；●●○、⊙⊙▲

　　（此谱多用俚语，平仄往往不拘。秦观别首上阕第三句缺一字，石孝友词上阕脱漏过多，未予校订。）

变体一　双调五十五字，上阕五句四仄韵，下阕五句五仄韵

周邦彦

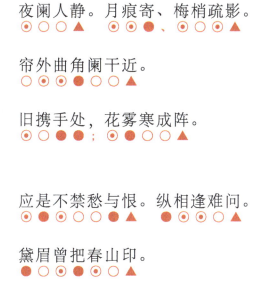

夜阑人静。月痕寄、梅梢疏影。
⊙○○▲　⊙⊙●、⊙○⊙▲

帘外曲角阑干近。
○⊙⊙●○○▲

旧携手处，花雾寒成阵。
⊙○●●；⊙●○○▲

应是不禁愁与恨。纵相逢难问。
⊙●⊙○○●▲　●⊙⊙○▲

黛眉曾把春山印。
●○⊙●⊙○▲

后期无定。肠断香销尽。
●○○▲　⊙●●○▲

（下阕第二句例用一字领。）

变体二　双调五十一字，上阕五句三仄韵，下阕四句两仄韵

张　先

芳菲节。芳菲节。天意应不虚设。
⊙⊙▲　⊙⊙▲　⊙●○⊙●▲

对酒高歌玉壶阙。慎莫负、狂风月。
●●○○●●▲　●⊙●、⊙○▲

人间万事何时歇。空赢得、鬓成雪。
○○●●○○●；⊙⊙●、⊙○▲

我有闲愁与君说。且莫用、轻离别。
●●○○●○▲　●⊙●、⊙⊙▲

　　（下起可不用韵。赵长卿词上阕第四句，下阕第一、第三句平仄有异，张先别首为平韵词。）

变体三 双调六十四字，上下阕各七句，四仄韵

《梅苑》无名氏

山重云起。断桥外、池塘水。
◉○◉▲　　●◉●、○○▲

晚来风定，竹枝相亚，残阳影里。
◉○◉●；◉○◉●；◉○◉▲

多少风流，都在冷香疏蕊。
◉●○○；◉●●○◉▲

江南千里。问折得、谁能寄。
○○◉▲　　●◉●、○○▲

几番归去，酒醒月满，阑干十二。
◉○◉●；◉○◉●；◉○◉▲

且隐深溪，免笑等闲桃李。
◉●○○；◉●◉○◉▲

变体四　双调六十五字，上下阕各七句，四仄韵

李清照

急雨惊秋晓。今岁较、秋风早。
●●○○▲　　⊙⊙●、○○▲

一觞一咏，更须莫负，晚风残照。
⊙○⊙●；●○○●●；●○○▲

可惜莲花已谢，莲房尚小。
●●○○⊙●；⊙⊙⊙▲

汀蘋岸草。怎称得、人情好。
⊙○○▲　　●●●、⊙○▲

有些言语，也待醉折，荷花向道。
●●○○；●●●●；○○⊙▲

道与荷花，人比去年总老。
●●○○；○●●⊙●▲

（一作无名氏词。）

品令 （宋词）

颜博文

舟次五羊

夜萧索。侧耳听、清海楼头吹角。停归棹、不觉重门闭，恨只恨、暮潮落。　　偷想红啼绿怨，道我真个情薄。纱窗外、厌厌新月上，也应则、睡不著。

品令 （宋词）

杨无咎

水寒江静。浸一抹、青山影。楼外指点渔村近。笛声谁喷。惊起宾鸿阵。　　往事总归眉际恨。这相思、□□谁问。泪痕空把罗襟印。泪应尽。争奈情无尽。

品令 （宋词）

韩淲

送赵永兴宰

晚秋烟渚。更舟倚、萧萧雨。水痕清泛，迤逦渐整，云帆西去。三叠阳关，留下别离情绪。　　溪南一坞。对风月、谁为主。酒徒诗社，自此冷落，胸怀尘土。目送鸿飞，莫听数声柔橹。

品令　(宋词)

辛弃疾

迢迢征路。又小舸、金陵去。西风黄叶，淡烟衰草，平沙将暮。回首高城，一步远如一步。　　江边朱户。忍追忆、分携处。今宵山馆，怎生禁得，许多愁绪。辛苦罗巾，揾取几行泪雨。

品令　(宋词)

无名氏

雪花飞坠。有人报、江南意。博山炉畔，砚屏风里，铜鬵寒水。赋得幽香，疏淡数枝相倚。　　绛肤黄蕊。另一种、高标致。笛中芳信，岭头春色，不传红紫。寂寞闲亭，月下夜阑影碎。

138.婆罗门引 （一体）

正体 又名婆罗门、望月婆罗门引，双调七十六字，上阕七句四平韵，下阕七句五平韵

曹　组

涨云暮卷，漏声不到小帘栊。
⊙○⊙●；⊙○○●●○△

银河淡扫澄空。
⊙○⊙●○△

皓月当轩高挂，秋入广寒宫。
⊙●○○●●；⊙●●○△

正金波不动，桂影朦胧。
●⊙○○●；⊙●●○△

佳人未逢。叹此夕、与谁同。
⊙○●△　●⊙●、●○△

望远伤怀对景，霜满秋红。
⊙●●○○●；⊙●○△

南楼何处，想人在、长笛一声中。
⊙○⊙●；⊙○○、⊙○⊙●○△

凝泪眼、立尽西风。
⊙⊙●、⊙○●○△

（上阕第六句例用一字领。下起可不用韵，下阕第五句可用韵。陈允平词上阕第三、第四两句重组为四字三句。王奕词上阕第三句、下阕第二句各少一字；熊禾词上阕第三句多一字；无名氏词上阕第三句多一字，下阕第六句少一字；均不予校订。）

婆罗门引 （宋词）

蔡 伸

再游仙潭薛氏园亭

素秋向晚，岁华分付木芙蓉。萧萧红蓼西风。记得当时撷翠，拥手绕芳丛。念吹箫人去，明月楼空。　　遥山万重。望寸碧、想眉峰。翠钿琼珰谩好，谁适为容。凄凉怀抱，算此际、唯我与君同。凝泪际、目送征鸿。

婆罗门引 （宋词）

辛弃疾

别叔高。叔高长于楚词

落花时节，杜鹃声里送君归。未消文字湘累。只怕蛟龙云雨，后会涉难期。更何人念我，老大伤悲。　　已而已而。算此意、只君知。记取岐亭买酒，云洞题诗。争如不见，才相见、便有别离时。千里月、两地相思。

婆罗门引　（宋词）

严　仁

春情

　　花明柳暗，一天春色绕朱楼。断鸿声唤人愁。欲问归鸿何处，身世自悠悠。正东风留滞，楚尾吴头。　　追思旧游。叹双鬓、飒惊秋。可惜等闲孤了，酒令花筹。断弦难续，谩题诗、分付水东流。流不到、蓬岛瀛洲。

婆罗门引　（宋词）

陈允平

两峰插云

　　髻鬟对耸，万松扶玉上青冥。西风共倚，烟南水北，石荒苔老，三十六梯平。爱翠尖如削，天外亭亭。　　高寒梦惊。是何夕堕双星。无限苍崖紫岫，谁扪棱层。薜萝深处，算少年、游屐几番登。河汉近、疑在蓬瀛。

婆罗门引 （宋词）

无名氏

　　江南地暖，数枝先得岭头春。分付似、剪玉裁冰。素质偏怜匀澹，羞杀寿阳人。算多情留意，偏在东君。　　暗香旋生。对澹月与黄昏。寂寞谁家院宇，斜掩重门。墙头半开，却望雕鞍无故人。断肠处、容晚飘零。

婆罗门引 （金元词）

段成己

清明后醉书於史氏之别墅

　　东风袅袅，飞花一片点征衣。等闲耗损香霏。春去春来无迹，静里几人知。问沈郎何事，带减腰围。　　功名愿违。算此计、未应非。剩把闲愁孅酒，幽兴裁诗。溪山好在，怅眼中、渺渺故人稀。回首处、清泪如丝。

婆罗门引　（金元词）

刘敏中

送李士元之荆南提刑经历

京华逆旅，转头岁月十年中。悠悠真赏难逢。牢落黄金已尽，仆马亦龙锺。但平生豪气，未减元龙。　　临江故封。吴与蜀，渺西东。此幕聊堪一笑，且叹途穷。扁舟南下，正霜落、荆门江树空。诗有兴、说与飞鸿。

139. 破阵子　（一体）

正体　又名十拍子，双调六十二字，上下阕各五句，三平韵

晏　殊

海上蟠桃易熟，人间秋月长圆。
⊙●⊙○●；⊙○⊙●○△

惟有擘钗分钿侣，离别常多会面难。
⊙●⊙○○●●；⊙●○○⊙●△

此情须问天。
⊙○○●△

蜡烛到明垂泪，熏炉尽日生烟。
⊙●⊙○●●；⊙○⊙●○△

一点凄凉愁绝意，漫道秦筝有剩弦。
⊙●⊙○○●●；⊙●○○●●△

何曾为细传。
⊙○⊙●△

（上下阕句式似同。）

622

破阵子　（敦煌曲子词）

风送征轩迢递，参差千里馀。目断妆楼相忆苦，鱼雁百水鳞迹疏。和愁封去书。　　春色可堪孤枕，心焦梦断□初。早晚三边无事了，香被重眠比目鱼。双眉应自舒。

破阵子　（五代词）

李　煜

四十年来家国，三千里地山河。凤阁龙楼连霄汉，琼枝玉树作烟萝。几曾识干戈。　　一旦归为臣虏，沈腰潘鬓消磨。最是仓皇辞庙日，教坊犹奏别离歌。垂泪对宫娥。

破阵子　（宋词）

晏几道

柳下笙歌庭院，花间姊妹秋千。记得春楼当日事，写向红窗夜月前。凭谁寄小莲。　　绛蜡等闲陪泪，吴蚕到了缠绵。绿鬓能供多少恨，未肯无情比断弦。今年老去年。

破阵子 （宋词）

辛弃疾

为孙同甫赋壮语以寄

　　醉里挑灯看剑，梦回吹角连营。八百里分麾下炙，五十弦翻塞外声。沙场秋点兵。　　马作的卢飞快，弓如霹雳弦惊。了却君王天下事，赢得生前身后名。可怜白髪生。

破阵子 （宋词）

程　垓

　　小小红泥院宇，深深翠色屏帏。簇定熏炉酥酒软，门外东风寒不知，恰疑三月时。　　钗影半敧绿子，歌声轻度红儿。醉里不愁更漏断，更要梅花看几枝。起来霜月低。

破阵子　（金元词）

梁　寅

黯黯凄凄草色，狼狼藉藉花枝。江上烟波天共远，树外云山路更迷。故人音信稀。　　因病纵教废酒，非愁自懒题诗。芍药荼蘼开渐近，蹴踘秋千乐有谁。雨僝风僽时。

破阵子　（金元词）

张　翥

七夕戏咏

此夕天孙河鼓，多情呆女痴儿。鹊驾年年仍远渡，蛛合家家长巧丝。星期莫怨咨。　　迢递金钗私语，凄凉纨扇宫词。奔月姮娥催去路，行雨巫山空梦思。都无重会时。

140. 扑蝴蝶　（二体）

正体　又名扑蝴蝶近，双调七十七字，上阕七句四仄韵，下阕八句五仄韵

邵叔齐

兰摧蕙折，霜重晓风恶。
〇〇◉●；◉●◉〇▲

长安何处，孤根谩自托。
〇〇◉●；◉〇〇●▲

水寒断续溪桥，月破黄昏院落。
◉〇◉●〇〇；◉●〇〇●▲

相逢俨然瘦削。
〇〇●〇◉▲

最萧索。星星蓬鬓，杳杳家山路正邈。
●〇▲　◉〇〇●；◉◉〇〇◉●▲

攀枝嗅蕊，露陪清泪阁。
◉〇●●；◉〇〇●▲

已无蝶使蜂媒，不共莺期燕约。
●●〇〇；◉●◉〇〇▲

甘心伴人淡泊。
〇〇●●◉▲

（史浩词下阕第六句多一字，不予校订。）

变体 又名扑蝴蝶近，双调七十五字，上阕七句三仄韵，下阕八句四仄韵

曹　组

人生一世，思量争甚底。
○○⊙●；○○⊙●▲

花开十日，已随尘逐水。
○○⊙●；⊙○○●▲

且看欲尽花枝，未厌伤多酒盏，何须细推物理。
⊙○⊙●○○；⊙○⊙●●○；○○⊙●⊙▲

幸容易。有人争奈，只知名与利。
●○▲　⊙○⊙●；⊙○○●▲

朝朝日日，忙忙劫劫地。
⊙○○●●；⊙○○●▲

待得一晌闲时，又却三春过了，何如对花沈醉。
●⊙⊙●○○；⊙●⊙●⊙●；○○●○⊙▲

（上阕第六句、下阕第七句可用韵。）

扑蝴蝶　(宋词)

晏几道

风梢雨叶，绿遍江南岸。思归倦客，寻芳来最晚。酒边红日初长，陌上飞花正满。凄凉数声弦管。　　怨春短。玉人应在，明月楼中画眉懒。鱼笺锦字，多时音信断。恨如去水空长，事与行云渐远。罗衾旧香馀暖。

扑蝴蝶　(宋词)

吕渭老

分钗缩髻，洞府难分手。离觞短阕，啼痕冰舞袖。马嘶霜滑，桥横路转，人依古柳。晓色渐分星斗。　　怎分剖。心儿一似，倾入离愁万千斗。垂鞭伫立，伤心还病酒。十年梦里婵娟，二月花中豆蔻。春风为谁依旧。

扑蝴蝶　(宋词)

丘崈

蜀中作

鸣鸠乳燕。春在梨花院。重门镇掩。沉沉帘不卷。纱窗红日三竿，睡鸭馀香一线。佳眠悄无人唤。　　谩消遣。行云无定，楚雨难凭梦魂断。清明渐近，天涯人正远。尽教闲了秋千，觑著海棠开遍。难禁旧愁新怨。

141. 菩萨蛮 （一体）

正体 又名重叠金、子夜歌、菩萨鬘、花间意、梅花句、花溪碧、一箩金、
晚云烘日，双调四十四字，上下阕各四句，两仄韵、两平韵

李　白

平林漠漠烟如织。寒山一带伤心碧。
⊙○⊙●○○▲　⊙○⊙●○○▲

暝色入高楼。有人楼上愁。
⊙●●○△　⊙○⊙●△

玉阶空伫立。宿鸟归飞急。
⊙○○●◆　⊙●●○▲

何处是归程。长亭更短亭。
⊙●●○◇　⊙○○●△

（下阕可不换韵。可用叶韵。）

菩萨蛮　（宋词）

张　先

簟纹衫色娇黄浅。钗头秋叶玲珑翦。轻怯疲腰身。纱窗病起人。　　相思魂欲绝。莫话新秋别。何处断离肠。西风昨夜凉。

菩萨蛮　（宋词）

魏夫人（曾布妻）

东风已绿瀛洲草。画楼帘卷清霜晓。清绝比湖梅。花开未满枝。　　长天音信断。又见南归雁。何处是离愁。长安明月楼。

菩萨蛮　（宋词）

陈师道

七夕

行云过尽星河烂。炉烟未断蛛丝满。想得两眉颦。停针忆远人。　　河桥知有路。不解留郎住。天上隔年期。人间长别离。

菩萨蛮　（宋词）

祖　可

西风簌簌低红叶。梧桐影里银河匜。梦破画帘垂。月明乌鹊飞。　　新愁知几许。却似丝千缕。雁已不堪闻。砧声何处村。

菩萨蛮　（宋词）

毛　滂

富阳道中

春潮曾送离魂去。春山曾见伤离处。老去不堪愁。凭阑看水流。　　东风留不住。一夜檐前雨。明日觅春痕。红疏桃杏村。

菩萨蛮　（宋词）

叶梦得

湖光亭晚集

平波不尽蒹葭远。清霜半落沙痕浅。烟树晚微茫。孤鸿下夕阳。　　梅花消息近。试向南枝问。记得水边春。江南别后人。

菩萨蛮　（宋词）

邓　肃

腰肢欲趁杨花去。歌声能遏行云住。杯酒醉东风。羁愁一洗空。　　谪仙清饮露。意在飞琼侣。未醉即求归。新词句欲飞。

菩萨蛮　（宋词）

朱淑真

山亭水榭秋方半。凤帏寂寞无人伴。愁闷一番新。双蛾只旧颦。　　起来临绣户。时有疏萤度。我谢月相怜。今宵不忍圆。

菩萨蛮　（宋词）

朱淑真

咏梅

湿云不渡溪桥冷。娥寒初破东风影。溪下水声长。一枝和月香。　　人怜花似旧，花不知人瘦。独自倚阑干，夜深花正寒。

菩萨蛮　（宋词）

张孝祥

雪消墙角收灯后。野梅官柳春全透。池阁又东风。烛花烧夜红。　　一尊留好客。敧尽阑干月。已醉不须归。试听乌夜啼。

菩萨蛮　（宋词）

赵长卿

七夕

绮楼小小穿针女。秋光点点蛛丝雨。今夕是何宵。龙车乌鹊桥。　　经年谋一笑。岂解令人巧。不用问如何。人间巧更多。

菩萨蛮　（宋词）

辛弃疾

书江西造口壁

郁孤台下清江水。中间多少行人泪。西北是长安。可怜无数山。　　青山遮不住。毕竟东流去。江晚正愁予。山深闻鹧鸪。

菩萨蛮 （宋词）

辛弃疾

赠周国辅侍人

画楼影醮清溪水。歌声响彻行云里。帘幕燕双双。绿杨低映窗。　　曲中特地误。要试周郎顾。醉里客魂消。春风大小乔。

菩萨蛮 （宋词）

程　垓

访江东外家作

画桥拍拍春江绿。行人正在春江曲。花润接平川。有人花底眠。　　东风元自好。只怕催花老。安得万垂杨。系教春日长。

菩萨蛮　（宋词）

张　镃

鸳鸯梅

前生曾是风流侣。返魂却向南枝住。疏影卧晴溪。恰如沙暖时。　绿窗娇插鬓。依约犹交颈。微笑语还羞。愿郎同白头。

菩萨蛮　（宋词）

刘　翰

去时满地花阴月。归来落尽梧桐叶。帘外小梅残。绿窗幽梦寒。　明朝提玉勒。又作江南客。芳草遍长亭。东风吹恨生。

菩萨蛮　（宋词）

方千里

黄鸡晓唱玲珑曲。人生两鬓无重绿。官柳系行舟。相思独倚楼。　来时花未发。去后纷如雪。春色不堪看。萧萧风雨寒。

菩萨蛮　　（宋词）

许　玠

　　西风又转芦花雪。故人犹隔关山月。金雁一声悲。玉腮双泪垂。　　绣衾寒不暖。愁远天无岸。夜夜卜灯花。几时郎到家。

菩萨蛮　　（宋词）

留元崇

　　江头日落孤帆起。归心拍拍东流水。山远不知名。为谁迢递青。　　危桥来处路。尚带潇湘雨。楚尾与吴头。一生离别愁。

菩萨蛮　（宋词）

王氏（张熙妻）

西湖曲

　　横湖十顷琉璃碧。画桥百步通南北。沙暖睡鸳鸯。春风花草香。　　闲来撑小艇。划破楼台影。四面望青山。浑如蓬莱间。

菩萨蛮　（宋词）

无名氏

　　江城烽火连三月。不堪对酒江亭别。休作断肠声。老来无泪倾。　　风高帆影疾。目送舟痕碧。锦字几时来。薰风无雁回。

142. 戚 氏 （一体）

正体 又名梦游仙，三段二百十二字，前段十五句九平韵，中段十三句六平韵，后段十四句六平韵、两叶韵

柳 永

晚秋天。一霎微雨洒庭轩。
●○△　⊙○○●●△

槛菊萧疏，井梧零乱惹残烟。
●●○○；●○⊙●●○△

凄然。望江关。飞云黯淡夕阳间。
○△　●○△　○○●●●○△

当时宋玉悲感，向此临水与登山。
○○●●○●；●⊙○○●○△

远道迢递，行人凄楚，倦听陇水潺湲。
⊙●○●；○○○●；○●⊙○●○△

正蝉鸣败叶，蛩响衰草，相应声喧。
●○○●●；○●⊙○●；⊙●○○△

孤馆度日如年。风露渐变，悄悄至更阑。
○●●●○△　○⊙●●　●●○●○△

长天静，绛河清浅，皓月婵娟。思绵绵。
○○●；●○⊙●；●●○△　●○○△

夜永对景，那堪屈指，暗想从前。
●●●●；○○●●；●●○○△

未名未禄，绮陌红楼，往往经岁迁延。
●○●●；●●○○；⊙●⊙●○○△

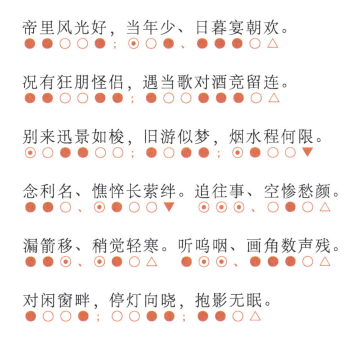

帝里风光好，当年少、日暮宴朝欢。
●●○○●；⊙○●、●●●○△

况有狂朋怪侣，遇当歌对酒竞留连。
●●○○●；●○○●●○△

别来迅景如梭，旧游似梦，烟水程何限。
⊙○●●○○；●○●●；⊙●●○▼

念利名、憔悴长萦绊。追往事、空惨愁颜。
●●○、⊙●●○▼　⊙●○、○●○○△

漏箭移、稍觉轻寒。听呜咽、画角数声残。
●●⊙、⊙●○△　●○●、●●●○△

对闲窗畔，停灯向晓，抱影无眠。
●○○●；○○●●；●●○△

（前段第十三句，后段第四、第十二句，例用一字领。后段第二句可重组为四字两句并用一字领。苏轼词后段第六、第九句各添一字。）

戚氏 （宋词）

苏 轼

此词始终指意，言周穆王宾于西王母事

玉龟山。东皇灵媲统群山。绛阙岧峣，翠房深迥倚霏烟。幽闲。志萧然。金城千里锁婵娟。当时穆满巡狩，翠华曾到海西边。风露明霁，鲸波极目，势浮舆盖方圆。正迢迢丽日，玄圃清寂，琼草芊绵。　　争解绣勒香鞯。鸾辂驻跸，八马戏芝田。瑶池近、画楼隐隐，翠鸟翩翩。肆华筵。间作脆管鸣弦。宛若帝所钧天。稚颜皓齿，绿髪方瞳，圆极恬淡高妍。　　尽倒琼壶酒，献金鼎药，固大椿年。缥缈飞琼妙舞，命双成、奏曲醉留连。云璈韵响泻寒泉。浩歌畅饮，斜月低河汉。渐渐绮霞、天际红深浅。动归思、回首尘寰。烂漫游、玉辇东还。杏花风、数里响鸣鞭。望长安路，依稀柳色，翠点春妍。

143. 齐天乐 　（三体）

正体 又名台城路、如此江山、五福降中天，双调一百二字，上阕十句五仄韵，下阕十一句五仄韵

周邦彦

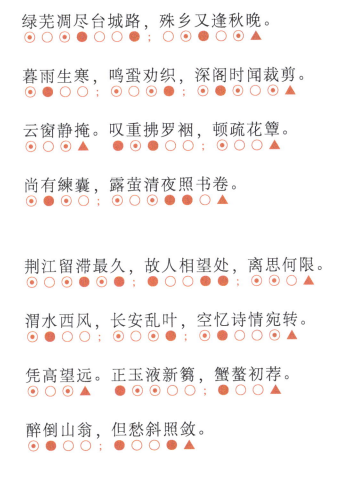

绿芜凋尽台城路，殊乡又逢秋晚。
⊙○⊙●○○▲；○○⊙●○○▲

暮雨生寒，鸣蛩劝织，深阁时闻裁剪。
⊙●○○；○○⊙●；⊙○⊙●○○▲

云窗静掩。叹重拂罗裀，顿疏花簟。
⊙○⊙▲。●○○⊙●；⊙○⊙▲

尚有練囊，露萤清夜照书卷。
⊙●○○，⊙○○●●○▲

荆江留滞最久，故人相望处，离思何限。
⊙○⊙●●○；⊙○○●●，⊙●○○▲

渭水西风，长安乱叶，空忆诗情宛转。
⊙●○○；⊙○⊙●；○●○○●▲

凭高望远。正玉液新篘，蟹螯初荐。
⊙○⊙▲　●⊙●○○；⊙○○▲

醉倒山翁，但愁斜照敛。
⊙●○○；⊙○○●●▲

（此体填者最多。上阕第七句，下阕第八句、结句，例用一字领。诸体中上阕皆无变化。衰长吉、朱涣、赵师律、李寅仲及无名氏词一首，下阕字数、句读随意，不予校订。）

变体一 又名台城路、如此江山、五福降中天，双调一百三字，上阕十句五仄韵，下阕十一句六仄韵

陆 游

左绵道中

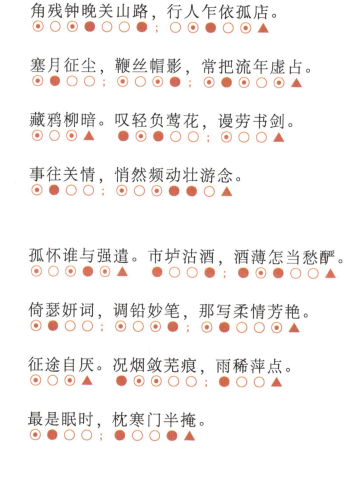

角残钟晚关山路，行人乍依孤店。

塞月征尘，鞭丝帽影，常把流年虚占。

藏鸦柳暗。叹轻负莺花，谩劳书剑。

事往关情，悄然频动壮游念。

孤怀谁与强遣。市垆沽酒，酒薄怎当愁酽。

倚瑟妍词，调铅妙笔，那写柔情芳艳。

征途自厌。况烟敛芜痕，雨稀萍点。

最是眠时，枕寒门半掩。

（陆游别首及曹勋词可校。）

变体二　又名台城路、如此江山、五福降中天，双调一百四字，上阕十句五仄韵，下阕十一句五仄韵

方千里

碧纱窗外黄鹂语，声声似愁春晚。
◎○○●○●；○◎●●◎▲

岸柳飘绵，庭花堕雪，惟有平芜如剪。
◎●○○；◎○◎●；◎●○○◎▲

重门尚掩。看风动疏帘，浪铺湘簟。
◎○◎▲　◎○●○○；◎○◎▲

暗想前欢，旧游心事寄诗卷。
◎●○○；◎○○●●○▲

鳞鸿音信未睹，梦魂寻访后，关山又隔无限。
◎○◎●●▲　◎○○●●；○○●◎●▲

客馆愁思，天涯倦迹，几许良宵展转。
◎●○○；◎○◎●；○◎○○◎▲

闲情意远。记密閤深闺，绣衾罗荐。
◎○◎▲　●◎○○；◎○○▲

睡起无人，料应眉黛敛。
◎●○○；●◎○●▲

（吕渭老、卫元卿词可校。吕渭老词，下阕第二、第三句平仄略异，不予参校。）

齐天乐 （宋词）

高观国

碧云阙处无多雨，愁与去帆俱远。倒苇沙闲，枯兰溆冷，寥落寒江秋晚。楼阴纵览。正魂怯清吟，病多依黯。怕挹西风，袖罗香自去年减。　　风流江左久客，旧游得意处，朱帘曾卷。载酒春情，吹箫夜约，犹忆玉娇香软。尘栖故苑，叹璧月空檐，梦云飞观。送绝征鸿，楚峰烟数点。

齐天乐 （宋词）

张　辑

西风扬子江头路。扁舟雨晴呼渡。岸隔瓜洲，津横蒜石，摇尽波声千古。诗仙一去。但对峙金焦，断矶青树。欲下斜阳，长淮渺渺正愁予。　　中流笑与客语。把貂裘为浣，半生尘土。品水烹茶，看碑忆鹤，恍似旧曾游处。聊凭陆谞。问八极神游，肯重来否。如此江山，更苍烟白露。

齐天乐 （宋词）

方 岳

和楚客赋芦

孤蓬夜傍低丛宿，萧萧雨声悲切。一岸霜痕，半江烟色，愁到沙头枯叶。澹云没灭。黯西风吹老，满汀新雪。天岂无情，离骚点点送归客。　　归去来兮怎得，尽鹭翘鸥倚，乍寒时节。秋晚山川，夕阳浦溆，赢得别肠千结。涛翻浪叠。那得似西来，一筇横绝。搔首江南，雁衔千里月。

齐天乐 （宋词）

吴文英

黄钟宫，俗名正宫　与冯深居登禹陵

三千年事残鸦外，无言倦凭秋树。逝水移川，高陵变谷，那识当时神禹。幽云怪雨。翠萍湿空梁，夜深飞去。雁起青天，数行书似旧藏处。　　寂寥西窗久坐，故人悭会遇，同翦灯语。积藓残碑，零圭断璧，重拂人间尘土。霜红罢舞。漫山色青青，雾朝烟暮。岸锁春船，画旗喧赛鼓。

齐天乐　（宋词）

王月山

　　夜来疏雨鸣金井，一叶舞空红浅。莲渚收香，兰皋浮爽，凉思顿欺班扇。秋光菁菁。任老却芦花，西风不管。清兴难磨，几回有句到诗卷。　　长安故人别后，料征鸿声里，画阑凭遍。横竹吹商，疏砧点月，好梦又随云远。闲愁似线。甚系损柔肠，不堪裁剪。听著鸣蛩，一声声是怨。

齐天乐　（宋词）

周　密

次二隐寄梅

　　护春帘幕东风里，当年问花曾到。玉影孤搴，冰痕半拆，漠漠冻云迷道。临流更好。正雪意逢迎，阴光相照。梦入罗浮，古苔啁哳翠禽小。　　一枝空念赠远，溯波流不到，心事谁表。倚竹天寒，吟香夜冷，几度月昏霜晓。寻芳欠早。怕鹤怨山空，雁归书少。不恨春迟，恨春容易老。

齐天乐　(宋词)

张　炎

为湖天赋

　　扁舟忽过芦花浦。闲情便随鸥去。水国吹箫，虹桥问月，西子如今何许。危阑谩抚。正独立苍茫，半空飞露。倒影虚明，洞庭波映广寒府。　　鱼龙吹浪自舞。渺然凌万顷，如听风雨。夜气浮山，晴晖荡日，一色无寻秋处。惊凫自语。尚记得当时，故人来否。胜景平分，此心游太古。

144. 绮寮怨 （一体）

正体 双调一百四字，上阕八句四平韵，下阕九句七平韵

周邦彦

上马人扶残醉，晓风吹未醒。
●●○○●；●○○●△

映水曲、翠瓦朱檐，垂杨里、乍见津亭。
⊙⊙●、⊙○○●；⊙○●、⊙●○△

当时曾题败壁，蛛丝罩、淡墨苔晕青。
○○○●●；○○●、⊙●○○△

念去来、岁月如流，徘徊久、叹息愁思盈。
●⊙○、●●○○；○○●、⊙●○⊙△

去去倦寻路程。江陵旧事，何曾再问杨琼。
⊙●⊙○●△　○○○●；⊙○●●○△

旧曲凄清。敛愁黛、与谁听。
⊙●○△　⊙⊙●、●○△

尊前故人如在，想念我、最关情。
○○○○●●；⊙●●、●○△

何须渭城。歌声未尽处、先泪零。
○○●△　⊙●○⊙●、○○△

（结句有读作：⊙○●、⊙●○●△。赵功可词，上结平仄有异：○○●、●●○○●△；鞠华翁词，结句减一字，不予参校。）

绮寮怨　（宋词）

陈允平

满院荼蘼开尽，杜鹃啼梦醒。记晓月、绿水桥边，东风又、折柳旗亭。蒙茸轻烟草色，疏帘净、乱织罗带青。对一尊、别酒初斟，征衫上、点滴香泪盈。　　几度恨沉断云，飞鸾何处，连环尚结双琼。一曲琵琶，溢江上、惯曾听。依依翠屏香冷，听夜雨、动离情。春深小楼，无心对锦瑟、空涕零。

绮寮怨　（宋词）

刘辰翁

青山和前韵忆旧时学馆，因复感慨同赋

漫道十年前事，闷怀天又阴。何须恨、典了西湖，更笑君、宴罢琼林。闲时数声啼鸟，凄然似、上阳宫女心。记断桥、急管危弦，歌声远、玉树金楼沉。　　看万年枝上禽。徊徨落月，断肠理绝弦琴。魂梦追寻。挥泪赋、白头吟。当年未知行乐，无日夜、望乡音。何期至今。绿杨外、芳草庭院深。

绮寮怨　（宋词）

赵功可

和儿韵

忽忽东风又老，冷云吹晚阴。疏帘下、茶鼎孤烟，断桥外，梅豆千林。江南庾郎憔悴，睡未醒、病酒愁怎禁。倚阑干、一扇凉风，看平地、落花如雪深。　　千曲囊中古琴。平泉金谷，不堪旧事重寻。当日登临。都化作、梦销沉。元龙丘坟无恙，谁唤起、共论心。哀歌怨吟。问何似、啼鸟枝上音。

145. 绮罗香 （一体）

正体 双调一百四字，上下阕各九句，四仄韵

史达祖

做冷欺花，将烟困柳，千里偷催春暮。
⊙●○○；○○○●；⊙●○○○▲

尽日冥迷，愁里欲飞还住。
⊙●○○；⊙●●○○▲

惊粉重、蝶宿西园，喜泥润、燕归南浦。
⊙○●、●○○○；●○●、○○○▲

最妨他、佳约风流，钿车不到杜陵路。
●⊙●、⊙○○○；○○●●○▲

沈沈江上望极，还被春潮晚急，难寻官渡。
○○○●⊙●；○●○○●●；⊙●⊙○▲

隐约遥峰，和泪谢娘眉妩。
●●○○；⊙●●○○▲

临断岸、新绿生时，是落红、带愁流处。
⊙○⊙、⊙●○○；⊙●○、●○○▲

记当日、门掩梨花，剪灯深夜语。
⊙⊙⊙、⊙●○○；●○○●▲

（赵珑象词平仄多有异，句读亦有异，不予校订。）

绮罗香 （宋词）

陈　著

咏柳外闻蝉三章之三

霁晓楼台，斜阳渡口，凉腋新声初到。占断清阴，随意自成宫调。看取次、颤引薰风，想无奈、露餐清饱。有时如、柔袅琴丝，忽如笙咽转娇妙。　　谁知忧怨极处，轻把宫妆蜕了，飞吟枝杪。耳畔如今，凄感又添多少。愁绪正、萦绕妆台，怎更禁、被他相恼。送残音、立尽黄昏，月明深院悄。

绮罗香 （宋词）

张　磐

渔浦有感

浦月窥檐，松泉漱枕，屏里吴山何处。暗粉疏红，依旧为谁匀注。都负了、燕约莺期，更闲却、柳烟花雨。纵十分、春到邮亭，赋怀应是断肠句。　　青青原上荠麦，还被东风无赖，翻成离绪。望极天西，惟有陇云江树。斜照带、一缕新愁，尽分付、暮潮归去。步闲阶、待卜心期，落花空细数。

绮罗香　（宋词）

王沂孙

秋思

屋角疏星，庭阴暗水，犹记藏鸦新树。试折梨花，行入小阑深处。听粉片、簌簌飘阶，有人在、夜窗无语。料如今，门掩孤灯，画屏尘满断肠句。　　佳期浑似流水，还见梧桐几叶，轻敲朱户。一片秋声，应做两边愁绪。江路远、归雁无凭，写绣笺、倩谁将去。谩无聊，犹掩芳樽，醉听深夜雨。

146. 七娘子　（二体）

正体　双调六十字，上下阕各五句，四仄韵

毛　滂

山屏雾帐玲珑碧。更绮窗、临水新凉入。
◉○◉●●○○▲　　●◉○、◉○●○○▲

雨短烟长，柳桥萧瑟。这番一日凉一日。
◉●○○；◉○◉●▲　　◉○○◉●○◉▲

离多绿鬓年时白。这离情、不似而今惜。
◉○◉●○○▲　　●○○、◉○●○○▲

云外长安，斜晖脉脉。西风吹梦来无迹。
◉◉○○；◉○◉○▲　　◉○○●○○▲

（上下阕句式似同。无名氏词起句漏一字，不予校订。）

变体 双调五十八字，上下阕各五句，四仄韵　　　蔡　伸

天涯触目伤离绪。登临况值秋光暮。
◉○◉●○○▲　　◉○◉●○○▲

手捻黄花，凭谁分付。雍雍雁落蒹葭浦。
◉●○◉；◉○◉●▲　　◉○○●○◉▲

凭高目断桃溪路。屏山楼外青无数。
◉○◉●○○▲　　◉○◉●○○▲

绿水红桥，锁窗朱户。如今总是销魂处。
◉◉○◉；◉○○▲　　◉○◉●○○▲

（较正体，上下阕第二句皆减一字。有吴申词可校。）。

七娘子　（宋词）

向子諲

山围水绕高唐路。恨密云、不下阳台雨。雾阁云窗，风亭月户。分明携手同行处。　　而今不见生尘步。但长江、无语东流去。满地落花，漫天飞絮。谁知总是离愁做。

七娘子　（宋词）

无名氏

清香浮到黄昏，向水边、疏影梅开尽。溪畔清蕊，有如浅杏。一枝喜得东君信。　　风吹只怕霜侵损。更新来、插向多情鬓。寿阳妆鉴，雪肌玉莹。岭头别后微添粉。

147. 千秋岁 （二体）

正体 又名千秋节，双调七十一字，上下阕各八句、五仄韵

秦 观

柳边沙外。城郭轻寒退。花影乱，莺声碎。
⊙⊙⊙▲　⊙⊙●⊙▲　⊙⊙●；○○▲

飘零疏酒盏，离别宽衣带。
⊙○○●●；⊙●○○▲

人不见，碧云暮合空相对。
⊙⊙●；⊙○○●○○▲

忆昔西池会。鸳鹭同飞盖。携手处，今谁在。
⊙●○○▲　⊙●○○▲　⊙⊙●；○○▲

日边清梦断，镜里朱颜改。
⊙○○●●；⊙●○○▲

春去也，落红万点愁如海。
○⊙●；⊙○○●○○▲

（除下起较上起增一字外，其余句式似同。无名氏词一首上阕第三、第四句并为一句。）

变体 又名千秋节，双调七十二字，上阕七句五仄韵，下阕八句五仄韵

欧阳修

数声鶗鴂。又报芳菲歇。惜春更把残红折。
⊙○⊙▲　⊙●○○▲　⊙○○○●○○▲

雨轻风色暴，梅子青时节。
⊙○○●●；⊙●●○○▲

永丰柳，无人尽日飞花雪。
⊙●●；⊙○○●○○▲

莫把幺弦拨。怨极弦能说。天不老，情难绝。
⊙●○○▲　⊙●○○▲　⊙⊙●；○○▲

心似双丝网，中有千千结。
⊙●○○●；⊙●○○▲

夜过也，东窗未白孤灯灭。
⊙●●；⊙○○⊙●○○▲

　　（正体上阕第三、第四句合并且添一字。下阕第五句平仄异于正体。无名氏词一首上阕第三句减两字，不予校订。）

千秋岁 （宋词）

谢 逸

棟花飘砌。薮薮清香细。梅雨过，蘋风起。情随湘水远，梦绕吴峰翠。琴书倦，鹧鸪唤起南窗睡。　　密意无人寄。幽恨凭谁洗。修竹畔，疏帘里。歌馀尘拂扇，舞罢风掀袂。人散后，一钩淡月天如水。

千秋岁 （宋词）

吴 泳

寿友人

松舟桂楫。苕霅溪头别。秋后雨，春前雪。书凭湖雁寄，手把江蓠折。人未老，相看元似来时节。　　芳草鸣鹢鸠。野菜飞黄蝶。时易去，愁难说。析波浮玉醴，换火翻银叶。拼醉也，马蹄归踏梨花月。

148. 千秋岁引 （一体）

正体　双调八十二字，上阕八句四仄韵，下阕八句五仄韵

王安石

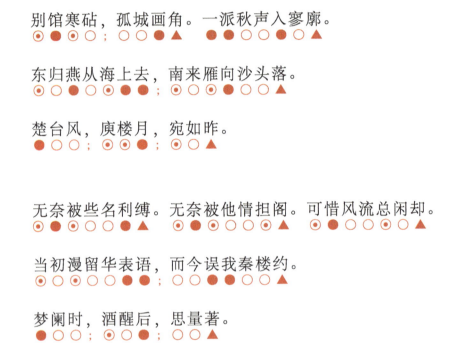

别馆寒砧，孤城画角。一派秋声入寥廓。
⊙●⊙○；○○●▲　●●○●●○▲

东归燕从海上去，南来雁向沙头落。
⊙○●○○●●；⊙○⊙●●○▲

楚台风，庾楼月，宛如昨。
●○○；⊙●●；⊙○▲

无奈被些名利缚。无奈被他情担阁。可惜风流总闲却。
⊙●⊙○○●▲　●●○●○○▲　⊙●○●⊙○▲

当初漫留华表语，而今误我秦楼约。
⊙○⊙○○●●；○○●●○▲

梦阑时，酒醒后，思量著。
●○○；⊙●●；○○▲

（下阕较上阕第一、二句各多三字，其余句式似同。上下阕第四句平仄多作：⊙○⊙●⊙○●。李冠、无名氏词一首，无名氏词别首，字数、句读、平仄略异，不予参校。魏了翁平韵词一首，不予校订。）

千秋岁 　（宋词）

陈德武

濯锦丰姿，新凉台阁。懊悔巫云太轻薄。琵琶未诉衣衫湿，菱花不照胭脂落。凤凰池，鸳鸯殿，重金钥。　　春色画船何处泊。秋色丹青人难摸。可惜风流总闲却。此情不与人知道，知时只恐人挠著。碧窗前，银灯下，陪孤酌。

千秋岁 　（宋词）

无名氏

想风流态，种种般般媚。恨别离时大容易。香笺欲写相思意。相思泪滴香笺字。画堂深，银烛暗，重门闭。　　似当日、欢娱何日遂。愿早早相逢重设誓。美景良辰莫轻拌，鸳鸯帐里鸳鸯被。鸳鸯枕上鸳鸯睡。似恁地，长恁地，千秋岁。

149. 沁园春 （二体）

正体 又名瑶池月，双调一百十四字，上阕十三句四平韵，下阕十二句五平韵

苏 轼

孤馆灯青，野店鸡号，旅枕梦残。

渐月华收练，晨霜耿耿，云山摛锦，朝露溥溥。

世路无穷，劳生有限，似此区区长鲜欢。

微吟罢，凭征鞍无语，往事千端。

当时共客长安。似二陆、初来俱少年。

有笔头千字，胸中万卷，致君尧舜，此事何难。

用舍由时，行藏在我，袖手何妨闲处看。

身长健，但优游卒岁，且斗尊前。

（上下阕后十句句式似同。上阕第四、第十二句，下阕第三、第十一句，例用一字领。下起有用短韵者。下阕第二句可用一字领七字句。不做三、五破读。上阕第十句，下阕第九句，偶有添一字者。上阕第二句不可连用三平或三仄。方岳两首，陈彦章妻词，无名氏两首，上下阕倒数第二句皆减一字；无名氏别首上下阕末两句重组为四字、五字各一句。苏轼、王千秋、林正大词，上阕第六句添一字；林正大别首，上阕第六句、下阕第五句各添一字。刘过词上阕第四句添一字。辛弃疾别首下阕脱漏过多。皆不予参校。）

变体 又名瑶池月，双调一百十二字，上阕十二句四平韵，下阕十一句四平韵

程　垓

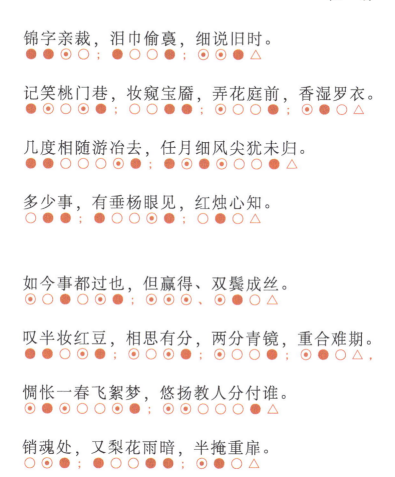

锦字亲裁，泪巾偷裛，细说旧时。

记笑桃门巷，妆窥宝靥，弄花庭前，香湿罗衣。

几度相随游冶去，任月细风尖犹未归。

多少事，有垂杨眼见，红烛心知。

如今事都过也，但赢得、双鬟成丝。

叹半妆红豆，相思有分，两分青镜，重合难期。

惆怅一春飞絮梦，悠扬教人分付谁。

销魂处，又梨花雨暗，半掩重扉。

（下阕第二句前三字平仄不连用两平即可。吴泳两首、魏了翁三首、刘光祖及无名氏词下阕第八句皆添一领字。秦观、黄人杰词下阕第二句且添两字拆为五字、四字各一句。李吕、宋先生词上阕倒数第二句减一字。不予参校。）

沁园春　（宋词）

辛弃疾

将止酒戒酒杯使勿近

　　杯汝来前，老子今朝，点检形骸。甚长年抱渴，咽如焦釜，于今喜睡，气似奔雷。汝说刘伶，古今达者，醉后何妨死便埋。浑如此，叹汝于知已，真少恩哉。　　更凭歌舞为媒。算合作平居鸩毒猜。况怨无大小，生于所爱，物无美恶，过则为灾。与汝成言，勿留亟退，吾力犹能肆汝杯。杯再拜，道麾之即去，招则须来。

沁园春　（宋词）

刘　过

寄稼轩承旨

　　斗酒彘肩，风雨渡江，岂不快哉。被香山居士，约林和靖，与东坡老，驾勒吾回。坡谓西湖，正如西子，浓抹淡妆临镜台。二公者，皆掉头不顾，只管衔杯。　　白云天竺飞来。图画里、峥嵘楼观开。爱东西双涧，纵横水绕，两峰南北，高下云堆。通曰不然，暗香浮动，争似孤山先探梅。须晴去，访稼轩未晚，且此徘徊。

沁园春　（宋词）

刘克庄

梦孚若

何处相逢，登宝钗楼，访铜雀台。唤厨人斫就，东溟鲸脍，圉人呈罢，西极龙媒。天下英雄，使君与操，馀子谁堪共酒杯。车千两，载燕南赵北，剑客奇才。　　饮酣画鼓如雷。谁信被晨鸡轻唤回。叹年光过尽，功名未立，书生老去，机会方来。使李将军，遇高皇帝，万户侯何足道哉。披衣起，但凄凉感旧，慷慨生哀。

沁园春　（宋词）

吴　潜

多景楼

第一江山，无边境界，压四百州。正天低云冻，山寒木落，萧条楚塞，寂寞吴舟。白鸟孤飞，暮鸦群注，烟霭微茫锁戍楼。凭阑久，问匈奴未灭，底事菟裘。　　回头。祖敬何刘。曾解把功名谈笑收。算当时多少，英雄气概，到今惟有，废垅荒丘。梦里光阴，眼前风景，一片今愁共古愁。人间事，尽悠悠且且，莫莫休休。

沁园春　（宋词）

吴　潜

江西道中

　　落雁横空，乱鸦投树，孤村暮烟。有渔翁拖网，牧儿戴笠，行从水畔，唱过山前。雨阁还垂，云低欲堕，何处行人唤渡船。萧萧处，更柴门草店，竹外松边。　　凄然。倚马停鞭。叹客袂征衫岁月迁。既不缘富贵，功名系绊，非因妻子，田宅萦牵。只有寸心，难忘斯世，磊块轮囷知者天。愁无奈，且三杯浊酒，一枕酣眠。

沁园春　（宋词）

吴景伯

登凤凰台

　　再上高台，访谪仙兮，仙何所之。但石城西踞，潮平白鹭，浮图南峙，云淡乌衣。凤鸟不来，长安何处，惟有碧梧三数枝。兴亡事，对江山休说，谁是谁非。　　庭花飘尽胭脂。算结绮、繁华能几时。问何人重向，新亭挥泪，何人更到，别墅围棋。笑拍阑干，功名未了，宁肯绿蓑寻钓矶。深深饮，任玉山醉倒，明月扶归。

沁园春 （宋词）

王炎午

又是年时，杏红欲脸，柳绿初芽。奈寻春步远，马嘶湖曲，卖花声过，人唱窗纱。暖日晴烟，轻衣罗扇，看遍王孙七宝车。谁知道，十年魂梦，风雨天涯。　　休休何必伤嗟。谩赢得、青青两鬓华。且不知门外，桃花何代，不知江左，燕子谁家。世事无情，天公有意，岁岁东风岁岁花。拚一笑，且醒来杯酒，醉后杯茶。

150. 青门饮 （二体）

正体 一名青门引，双调一百七字，上阕十二句四仄韵，下阕十一句五仄韵

秦 观

风起云间，雁横天末，严城画角，梅花三奏。

塞草西风，冻云笼月，窗外晓寒轻透。

人去香犹在，孤衾拥、长闲余绣。

恨与宵长，一夜熏炉，添尽香兽。

前事空劳回首。虽梦断春归，相思依旧。

湘瑟声沈，庾梅信断，谁念画眉人瘦。

一句难忘处，怎忍辜、耳边轻咒。

任人攀折，可怜又学，章台杨柳。

（上阕倒数第二句平仄或作：⊙○●●。曹组词末两句减两字并为一句，不予校订。）

668

变体　一名青门引，双调一百六字，上阕十三句四仄韵，下阕十一句五仄韵

贺　铸

叠鼓嘲喧，彩旗挥霍，蘋汀薄晚，兰舟催解。

别浦潮平，小山云断，十幅饱帆风快。

回想牵衣，愁掩啼妆，一襟香在。

纨扇惊秋，菱花怨晚，谁共蛾黛。

何处玉尊空对，松陵正美，鲈鱼瓜菜。

露洗凉蟾，潦吞平野，三万顷非尘界。

览胜情无奈。恨难招、越人同载。

会凭紫燕，西飞更约，黄鹂相待。

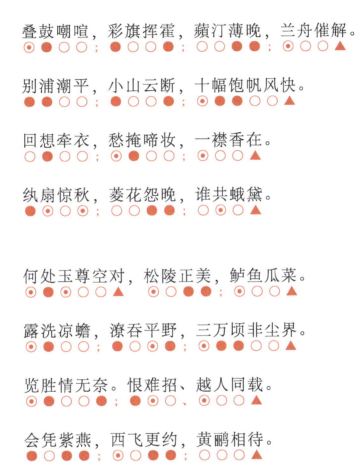

（较正体，唯上阕第八、第九句合并重组为四字三句，下阕第二句减一领字且平仄转换。）

青门饮 （宋词）

时　彦

寄宠人

胡马嘶风，汉旗翻雪，彤云又吐，一竿残照。古木连空，乱山无数，行尽暮沙衰草。星斗横幽馆，夜无眠、灯花空老。雾浓香鸭，冰凝泪烛，霜天难晓。　　长记小妆才了。一杯未尽，离怀多少。醉里秋波，梦中朝雨，都是醒时烦恼。料有牵情处，忍思量、耳边曾道。甚时跃马归来，认得迎门轻笑。

青门饮 （金元词）

无名氏

题古阳关

凭雁书迟，化蝶梦速，家遥夜永，翻然已到。稚子欢呼，细君迎迓，拭去故袍尘帽。问我假使万里封侯，何如归早。归运且宜斟酌。　　富贵功名，造求非道。靖节田园，子真岩谷，好记古人真乐。此言良可取，被驴嘶、恍然惊觉。起来时，欲话无人，赋与黄沙衰草。

151. 青玉案 （五体）

正体 又名西湖路，双调六十七字，上下阕各六句、五仄韵

贺　铸

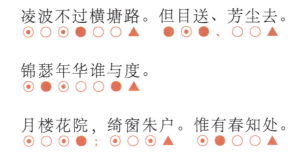

凌波不过横塘路。但目送、芳尘去。
⊙○⊙●○○▲　●⊙●、○○▲

锦瑟年华谁与度。
⊙○⊙●○○▲

月楼花院，绮窗朱户。惟有春知处。
⊙○⊙●；⊙○⊙▲　⊙●○○▲

碧云冉冉蘅皋暮。
⊙○冉冉●○▲

彩笔空题断肠句。试问闲愁知几许。
⊙●○○●○▲　⊙○⊙●○○▲

一川烟草，满城风絮。梅子黄时雨。
⊙○⊙●；⊙○⊙▲　⊙●○○▲

（有皆用韵者，亦有上下阕第五句不用韵者。以下诸体同。下阕第二句平仄有作：⊙●○○○●▲。无名氏词别首下结添一字，向滈词上下结皆添一字，不予校订。）

变体一　又名西湖路，双调六十六字，上下阕各六句、四仄韵

毛　滂

新凉

芙蕖花上濛濛雨。又冷落、池塘暮。
⊙○○●○○▲　　●⊙●、○○▲

何处风来摇碧户。
⊙●⊙○○●▲

卷帘凝望，淡烟疏柳，翡翠穿花去。
⊙○○●；⊙○○●；⊙●○○▲

玉京人去无由驻。恁独坐、凭阑处。
⊙○○●○○▲　　⊙●●、○○▲

试问绿窗秋到否。
⊙●●○○●▲

可人今夜，新凉一枕，无计相分付。
⊙○⊙●；⊙○○●；⊙●○○▲

变体二　又名西湖路，双调六十八字，上下阕各六句、四仄韵

赵长卿

梅黄又见纤纤雨。客里情怀两眉聚。
⊙○⊙●○○▲　⊙●○●○●▲

何处烟村啼杜宇。
⊙●⊙○○●▲

劝人归去，早思家转，听得声声苦。
⊙○⊙●；⊙○⊙●；⊙●○○▲

利名萦绊何时住。恼乱愁肠成万缕。
⊙○⊙●○○▲　⊙●○●○○▲

满眼兴亡知几许。
⊙●⊙○○●▲

不如寻个，老松石畔，作个柴门户。
⊙○⊙●；⊙○⊙●；⊙●○○▲

（上阕第二句平仄可作：⊙●⊙○○●▲。下阕第二句平仄可作：⊙●○○●○▲。）

变体三　又名西湖路，双调六十八字，上下阕各六句、四仄韵

李弥逊

杨花尽做难拘管。也解趁、飞红伴。
⊙⊙○●⊙○▲　　●⊙○●、○○▲

骢马无情人渐远。
⊙●⊙○○⊙▲

沙平浅渡，雨湿孤村，何处长亭晚。
⊙○○●；⊙●⊙○；⊙●○○▲

欲凭桃叶传春怨。算不似、斜风情双燕。
⊙○○●⊙○▲　　⊙⊙●、○○●○▲

纵得书来春又换。
⊙●○○●○▲

只将心事，分付眉尖，寂寞梨花院。
⊙○○●；⊙●⊙○；⊙●○○▲

（毛滂词下阕第二句平仄作：⊙⊙○●、○○●●▲，仅此，恐误。）

变体四　又名西湖路，双调六十五字，上下阕各六句、五仄韵

赵长卿

和压波觞客

恍如辽鹤归华表。阅尽人间巧。
⊙○⊙●○○▲　　●●○○▲

天乞一堂山对绕。
⊙●⊙○○●▲

微波不动，岸巾时照。照见星星好。
⊙○○●；⊙○⊙●▲　⊙●●○▲

舞风荷盖从欹倒。碧树生凉自天杪。
⊙○⊙●○○▲　⊙●○○●○▲

谁识元龙胸次浩。
⊙●●○○●▲

骑鲸欲去，引杯独啸。醉眼青天小。
⊙○⊙●；⊙○⊙▲　⊙●⊙○○▲

青玉案　（宋词）

韩　淲

西湖路

苏公堤上西湖路。柳外跃、青骢去。多少韶华惊暗度。南山游遍，北山归后，总是题诗处。　　如今老矣伤春暮。泽畔行吟漫寻句。落拓情怀空自许。小园芳草，短篱修竹，点点飞花雨。

青玉案　（宋词）

吴　潜

十年三过苏台路。还又是、匆匆去。迅景流光容易度。鹭洲鸥渚，苇汀芦岸，总是消魂处。　　苍烟欲合斜阳暮。付与愁人砌愁句。为问新愁愁底许。酒边成醉，醉边成梦，梦断前山雨。

青玉案　（宋词）

谢　逸

芦花飘雪迷洲渚。送秋水、连天去。一叶小舟横别浦。数声鸿雁，两行鸥鹭。天淡潇湘暮。　　蓬窗醉梦惊箫鼓。回首青楼在何处。柳岸风轻吹残暑。菊开青蕊，叶飞红树。江上潇潇雨。

青玉案　（宋词）

朱　熹

雪消春水东风猛。帘半卷、犹嫌冷。怪是春来常不醒。杨柳堤边，杏花村里，醉了重相请。　　而今白髮羞垂领。静里时将旧游省。记得孤山山畔景，一湾流水，半痕新月，画作梅花影。

青玉案　（宋词）

赵长卿

春暮

天涯目断江南路。见芳草、迷风絮。绿暗花梢春几许。小桃寂寞，海棠零乱，飞尽胭脂雨。　　子规声里山城暮。月挂西南梦回处。满抱离愁推不去。双眉百皱，寸肠千缕，若事凭鳞羽。

青玉案　（宋词）

辛弃疾

元夕

　　东风夜放花千树。更吹落、星如雨。宝马雕车香满路。凤箫声动，玉壶光转，一夜鱼龙舞。　　蛾儿雪柳黄金缕。笑语盈盈暗香去。众里寻他千百度。蓦然回首，那人却在，灯火阑珊处。

青玉案　（宋词）

吴文英

重游黢葵园

　　东风客雁黢边道。带春去、随春到。认得踏青香径小。伤高怀远，乱云深处，目断湖山杳。　　梅花似惜行人老。不忍轻飞送残照。一曲秦娥春态少。幽香谁采，旧寒犹在，归梦啼莺晓。

青玉案　（宋词）

陈允平

采莲女

凉亭背倚斜阳树。过几阵、菰蒲雨。自棹轻舟穿柳去。绿裙红袂，与花相似，撑入花深处。　　妾家住在鸳鸯浦。妾貌如花被花妒。折得花归娇厮觑。花心多怨，妾心多恨，胜似莲心苦。

青玉案　（宋词）

无名氏

年年社日停针线。怎忍见、双飞燕。今日江城春已半。一身犹在，乱山深处，寂寞溪桥畔。　　春衫著破谁针线。点点行行泪痕满。落日解鞍芳草岸。花无人戴，酒无人劝，醉也无人管。

青玉案　（宋词）

黄公度

邻鸡不管离怀苦。又还是、催人去。回首高城音信阻。霜桥月馆，水村烟市，总是思君处。　　襄残别袖燕支雨。谩留得、愁千缕。欲倩归鸿分付与。鸿飞不住。倚栏无语。独立长天暮。

青玉案　（宋词）

曹　组

碧山锦树明秋霁。路转陡、疑无地。忽有人家临曲水。竹篱茅舍，酒旗沙岸，一簇成村市。　　凄凉只恐乡心起。凤楼远、回头谩凝睇。何处今宵孤馆里。一声征雁，半窗残月，总是离人泪。

青玉案　（宋词）

李弥逊

杨花尽做难拘管。也解趁、飞红伴。骢马无情人渐远。沙平浅渡，雨湿孤村，何处长亭晚。　　欲凭桃叶传春怨。算不似、斜风情双燕。纵得书来春又换。只将心事，分付眉尖，寂寞梨花院。

青玉案　（宋词）

无名氏

一年春事都来几。早过了、三之二。绿暗红嫣浑可事。绿杨庭院，暖风帘幕，有个人憔悴。　　买花载酒长安市。又争似、家山见桃李。不枉东风吹客泪，相思难表，梦魂无据，惟有归来是。

152. 倾杯乐 （三体）

正体　又名倾杯、古倾杯，双调一百六字，上阕十一句五仄韵，下阕八句六仄韵

柳　永

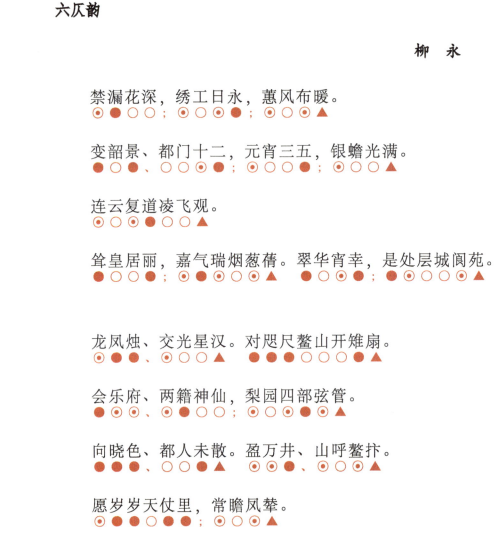

禁漏花深，绣工日永，蕙风布暖。
⊙●○○；⊙○○●；⊙○○▲

变韶景、都门十二，元宵三五，银蟾光满。
●○●、○○○●；○○○●；⊙○○▲

连云复道凌飞观。
⊙○●●●○▲

耸皇居丽，嘉气瑞烟葱蒨。翠华宵幸，是处层城阆苑。
●○○●，○●○○●▲　●○○●；⊙○○○⊙▲

龙凤烛、交光星汉。对咫尺鳌山开雉扇。
⊙●●、⊙○○▲　●●●○○○▲

会乐府、两籍神仙，梨园四部弦管。
●⊙●、○○○○；⊙○○●●●▲

向晓色、都人未散。盈万井、山呼鳌抃。
●●●、○○○▲　⊙○●、⊙○⊙▲

愿岁岁天仗里，常瞻凤辇。
⊙●●○○；⊙○⊙▲

（下阕第二句例用一字领。上阕第九句曾觌词平仄为：⊙○●○○⊙▲。下阕倒数第二句程垓词平仄为：○●●●○○。）

变体一 又名倾杯、古倾杯，双调一百四字，上阕十句四仄韵，下阕十一句五仄韵

柳　永

楼锁轻烟，水横斜照，遥山半隐愁碧。

片帆岸远，行客路杳，簇一天寒色。

楚梅映雪数枝艳，报青春消息。

年华梦促，音信断、声远飞鸿南北。

算伊别来无绪，翠消红减，双带长抛掷。

但泪眼沈迷，看朱成碧，惹闲愁堆积。

雨意云心，酒情花态，辜负高阳客。

恨难极。和梦也、多时间隔。

（此调柳永《乐章集》中凡八首，各注宫调，字句参差。唯正体有杨无咎、曾觌、程珌词可校。变体一有柳永别首可校。柳永其余五首不予参校。）

变体二　又名倾杯、古倾杯，双调一百七字，上阕十三句四仄韵，下阕九句六仄韵

张　先

飞云过尽，明河浅，天无畔。
○○●● ；○○● ；○○▲

草色栖萤，霜华清暑，轻飔弄袂，澄澜拍岸。
⊙●○○ ；⊙○○● ；⊙○●● ；○○●▲

宴玉尘谭宾，倚琼枝、秀挹雕觞满。
●⊙●○○ ；●○○、●●○▲

午夜中秋，十分圆月，香槽拨凤，朱弦轧雁。
⊙●○○ ；⊙○○● ；○○●● ；○○●▲

正是欲醒还醉，临空怅远。壶更叠换。
●●●○○● ；○○●▲ 　○○●▲

对东西、数里回塘，恨零落芙蓉春不管。
●○○、●●○○ ；⊙●●○○●▲

笼灯待散。谁知道、座有离人，目断双歌伴。
○○●▲ 　○○●、●●○○ ；⊙●○○▲

烟江艇子归来晚。
⊙○●●○○▲

（张先别首可校。下阕第五句可破读为三、五。沈蔚、林季仲词，不予参校。）

倾杯乐　（宋词）

曾　觌

仙吕　席上赏雪

锦帐寒添，画檐雀噪，冻云布野。望空际、瑶峰微吐，琼花初绽，江山如画。裁冰剪水装鸳瓦。杳旗亭路，依稀管弦台榭。倚楼佳兴，一行珠帘不下。　　随缕板、歌声闲暇。傍翠袖云鬟怜艳冶。似伴醉、不耐娇羞，浓欢旋学风雅。向暝色、双鸾舞罢。红兽暖、春生金斝。但噀饮香雾卷，壶天不夜。

倾杯乐　（宋词）

柳　永

鹜落霜洲，雁横烟渚，分明画出秋色。暮雨乍歇。小楫夜泊，宿苇村山驿。何人月下临风处，起一声羌笛。离愁万绪，闻岸草、切切蛩吟如织。　　为忆芳容别后，水遥山远，何计凭鳞翼。想绣阁深，争知憔悴，损天涯行客。楚峡云归，高阳人散，寂寞狂踪迹。望京国。空目断、远峰凝碧。

倾杯乐 （宋词）

张 先

吴兴

横塘水静，花窥影、孤城转。浮玉无尘，五亭争景，画桥对起，垂虹不断。爱溪上琼楼，凭雕阑、久□飞云远。人在虚空，月生溟海，寒渔夜泛，游鳞可辨。　　正是草长蘋老，江南地暖。汀洲日晚。更茶山、已过清明，风雨暴千岩、啼鸟怨。芳菲故苑。深红尽、绿叶阴浓。青子枝头满。史君莫放寻春缓。

153. 清平乐 （一体）

正体 又名清平乐令、忆梦月、醉东风，双调四十六字，上阕四句四仄韵，
下阕四句三平韵

张　先

屏山斜展。帐卷红绡半。
⊙○⊙▲　⊙●○○▲

泥浅曲池飞海燕。风度杨花满院。
⊙●⊙○○⊙▲　⊙⊙●⊙○⊙▲

云情雨意空深。觉来一枕春阴。
⊙○⊙●○△　⊙○⊙●⊙△

陇上梅花落尽，江南消息沉沉。
⊙●○○⊙●；⊙○⊙●○△

（下起第二字唐五代有作仄声者。唯李白"画堂晨起"别首，下阕除首
句不用韵外，后三句俱押仄韵，不予参校。）

清平乐 （宋词）

晏　殊

金风细细。叶叶梧桐坠。绿酒初尝人易醉。一枕小窗浓睡。　　紫薇朱槿花残。斜阳却照阑干。双燕欲归时节，银屏昨夜微寒。

清平乐 （宋词）

晏　殊

红笺小字。说尽平生意。鸿雁在云鱼在水。惆怅此情难寄。　　斜阳独倚西楼。遥山恰对帘钩。人面不知何处，绿波依旧东流。

清平乐 （宋词）

晏几道

幺弦写意。意密弦声碎。书得凤笺无限事。犹恨春心难寄。　　卧听疏雨梧桐。雨馀淡月朦胧。一夜梦魂何处，那回杨叶楼中。

清平乐　（宋词）

黄庭坚

春归何处。寂寞无行路。若有人知春去处。唤取归来同住。　　春无踪迹谁知。除非问取黄鹂。百啭无人能解，因风飞过蔷薇。

清平乐　（宋词）

晁端礼

深沈玉宇。枕簟清无暑。睡起花阴初转午。一霎飞云过雨。　　雨馀隐隐残雷。夕阳却照庭槐。莫把绣帘垂下，妨它双燕归来。

清平乐　（宋词）

贺　铸

小桃初谢。双燕还来也。记得年时寒食下。紫陌青门游冶。　　楚城满目春华。可堪游子思家。惟有夜来归梦，不知身在天涯。

清平乐　(宋词)

谢　逸

花边柳际，已渐知春意。归信不知何日是。旧恨欲拚无计。　　故人零落西东，题诗待倩归鸿。惟有多情芳草，年年处处相逢。

清平乐　(宋词)

朱敦儒

相留不住。又趁东风去。楼外夕阳芳草路。今夜短亭何处。　　杏花斜压阑干。朱帘不卷春寒。惆怅黄昏前后，离愁酒病厌厌。

清平乐　(宋词)

吕本中

故人何处。同在江南路。百种旧愁分不去。枉被落花留住。　　旧愁百种谁知。除非是见伊时。最是一春多病，等闲过了酴醾。

清平乐　（宋词）

李　邴

闺情

露花烟柳。春思浓如酒。几阵狂风新雨后。满地落红铺绣。　　风流何处疏狂。厌厌恨结柔肠。又是危阑独倚，一川烟草斜阳。

清平乐　（宋词）

李弥逊

春晚

一帘红雨。飘荡谁家去。门外垂杨千万缕。不把东风留住。　　旧巢燕子来迟。故园绿暗残枝。肠断画桥烟水，此情不许春知。

清平乐 　(宋词)

李　鼐

乱云将雨。飞过鸳鸯浦。人在小楼空翠处。分得一襟离绪。　　片帆隐隐归舟。天边雪卷云浮。今夜梦魂何处，青山不隔人愁。

清平乐 　(宋词)

赵长卿

早起闻莺

绮疏新晓。学语雏莺巧。烟暖瑶阶梧叶老。满地东风芳草。　　少年不合风流。偿他酒债花愁。望断绿芜春去，销魂懒上层楼。

清平乐 　(宋词)

辛弃疾

茅檐低小。溪上青青草。醉里蛮音相媚好。白髮谁家翁媪。　　大儿锄豆溪东。中儿正织鸡笼。最喜小儿亡赖，溪头卧剥莲蓬。

清平乐　（宋词）

石孝友

天涯重九。独对黄花酒。醉捻黄花和泪嗅。忆得去年携手。　　去年同醉流霞。醉中折尽黄花。还是黄花时候，去年人在天涯。

清平乐　（宋词）

赵师侠

阳春亭

一宵风雨。春与人俱去。春解再来花作主。只有行人无据。　　殷勤满酌离觞。阳关唱起愁肠。苦恨无情杜宇，声声叫断斜阳。

清平乐　（宋词）

刘　翰

萋萋芳草。怨得王孙老。瘦损腰围罗带小。长是锦书来少。　　玉箫吹落梅花。晓寒犹透轻纱。惊起半屏幽梦，小窗淡月啼鸦。

清平乐　（宋词）

黄　机

江上重九

　　西风猎猎。又是登高节。一片情怀无处说。秋满江头红叶。　　谁怜鬓影凄凉。新来更点吴霜。孤负茱囊菊璇，年年客里重阳。

清平乐　（宋词）

刘克庄

　　风高浪快。万里骑蟾背。曾识姮娥真体态。素面元无粉黛。　　身游银阙珠宫。俯看积气濛濛。醉里偶摇桂树，人间唤作凉风。

清平乐　（宋词）

赵崇嶓

怀人

　　莺歌蝶舞。池馆春多处。满架花云留不住。散作一川香雨。　　相思夜夜情悰。青衫泪满啼红。料想故园桃李，也应怨月愁风。

清平乐　（宋词）

李莱老

绿窗初晓。枕上闻啼鸟。不恨王孙归不早。只恨天涯芳草。　　锦书红泪千行。一春无限思量。折得垂杨寄与，丝丝都是愁肠。

清平乐　（宋词）

黎延瑞

雨中春怀呈準轩

清明寒食。过了空相忆。千里音书无处觅。渺渺乱芜摇碧。　　苍天雨细风斜。小楼燕子谁家。只道春寒都尽，一分犹在桐花。

清平乐　（宋词）

张　炎

候蛩凄断。人语西风岸。月落沙平江似练。望尽芦花无雁。　　暗教愁损兰成，可怜夜夜关情。只有一枝梧叶，不知多少秋声。

清平乐　（宋词）

张　炎

采芳人杳。顿觉游情少。客里看春多草草。总被诗愁分了。　　去年燕子天涯。今年燕子谁家。三月休听夜雨，如今不是催花。

清平乐　（宋词）

无名氏

辛卯清明日

风不定。舞碎海棠红影。数点雨声池上听。湿尽一庭花冷。　　倚阑多少心情。轻寒未放春晴。谁管天涯憔悴，楚乡又过清明。

154. 清平乐令　（一体）

正体　又名江亭怨、荆州亭，双调四十六字，上下阕各四句，三仄韵

无名氏

帘卷曲阑独倚。江展暮云无际。
○●●○●▲　○●●○○▲

泪眼不曾晴，家在吴头楚尾。
●●●○○；○●●○○●▲

数点落花乱委。扑漉沙鸥惊起。
●●●○●▲　○●●○○▲

诗句欲成时，没入苍烟丛里。
○●●○○；●●●○○▲

（上下阕句式似同。此调宋唯见此作，填者遵之。）

155. 清商怨 （二体）

正体　又名关河令、伤情怨，双调四十三字，上下阕各四句，三仄韵

晏　殊

关河愁思望处满。渐素秋向晚。
⊙○○●⊙●▲　●⊙○⊙▲

雁过南云，行人回泪眼。
⊙●○○；○○○●▲

双鸾衾裯悔展。夜又永、枕孤人远。
⊙○○⊙●▲　●●●、●○○▲

梦未成归，梅花闻塞管。
●●○○；○○○●▲

（一作欧阳修词。上阕第二句例用一字领。起句第四字唯贺铸别首作平声。下起第五字唯赵师侠别首作平声。）

变体　又名关河令、伤情怨，双调四十二字，上下阕各四句，三仄韵

晏几道

庭花香信尚浅。最玉楼先暖。
○○◉●●▲　◉●○○▲

梦觉春衾，江南依旧远。
◉●○○；◉○○●▲

回纹锦字暗翦。漫寄与、也应归晚。
○○◉●●▲　●◉●、◉○○▲

要问相思，天涯犹自短。
●●○○；○○○●▲

（唯起句减一字，余同正体。上阕第二句平仄唯方千里词作：
●○○○▲。沈蔚词上下阕皆添一字，惠洪词下起添一字，不予参校。）

清商怨 （宋词）

周邦彦

　　秋阴时晴向暝。变一庭凄冷。伫听寒声，云深无雁影。　　更深人去寂静。但照壁、孤灯相映。酒已都醒，如何消夜永。

清商怨 （宋词）

沈　蔚

　　城上鸦啼斗转。渐渐玉壶冰满。月淡寒梅，清香来小院。　　谁遣鸾笺写怨。翻锦字、叠叠如愁卷。梦破胡笳，江南烟树远。

清商怨 （宋词）

赵师侠

清远轩晚望

　　亭皋霜重飞叶满。听西风断雁。闲凭危阑，斜阳红欲敛。　　行人归期太晚。误仿佛、征帆几点。水远连天，愁云遮望眼。

156.琴调相思引　　（一体）

正体　又名玉交枝、定风波令、相思引，双调四十六字，上阕四句三平韵，下阕四句两平韵

袁去华

晓鉴胭脂拂紫绵。未忺梳掠鬓云偏。
⊙●○○⊙●△　⊙○○●●○△

日高人静，沈水袅残烟。
⊙○⊙●；⊙●●○△

春老菖蒲花未著，路长鱼雁信难传。
⊙●⊙○○●●；⊙○⊙●●○△

无端风絮，飞到绣床边。
⊙○⊙●；⊙●●○△

（上下阕句式似同。）

琴调相思引 （宋词）

周邦彦

生碧香罗粉兰香。冷绡缄泪倩谁将。故人何在，烟水隔潇湘。　　花落燕□春欲老，絮吹思浪日偏长。一些儿事，何处不思量。

琴调相思引 （宋词）

周紫芝（误题《定风波令》）

梅粉梢头雨未干。淡烟疏日带春寒。暝鸦啼处，人在小楼边。　　芳草只随春恨长，塞鸿空傍碧云还。断霞销尽，新月又婵娟。

琴调相思引 （宋词）

许　棐

组绣盈箱锦满机。倩谁缝作护花衣。恐花飞去，无复上芳枝。　　已恨远山迷望眼，不须更画远山眉。正无聊赖，雨外一鸠啼。

琴调相思引　（宋词）

汪元量

越上赏花

晓拂菱花巧画眉。猩罗新剪作春衣。恐春归去，无处看花枝。　　已恨东风成去客，更教飞燕舞些时。惜花人醉，头上插花归。

琴调相思引　（宋词）

无名氏

胆样瓶儿几点春。剪来犹带水云痕。且移孤冷，相伴最深樽。　　每为惜花无晓夜，教人甚处不销魂。为君惆怅，独自倚黄昏。

157. 庆春宫　　（二体）

正体　又名庆宫春，双调一百二字，上阕十一句四平韵，下阕十一句五平韵

周邦彦

云接平冈，山围寒野，路回渐转孤城。
◉●○○；○○○●；●○○●○△

衰柳啼鸦，惊风驱雁，动人一片秋声。
◉●○○；◉○○●；◉○○◉○△

倦途休驾，澹烟里、微茫见星。
●○○●；●◉●、○○●△

尘埃憔悴，生怕黄昏，离思牵萦。
◉○○●；○●●○；◉●○△

华堂旧日逢迎。花艳参差，香雾飘零。
◉○●○○△　○●○○；●●○△

弦管当头，偏怜娇凤，夜深簧暖笙清。
◉●○○；◉○○●；◉○○●○△

眼波传意，恨密约、匆匆未成。
◉○○●；●◉●、○○●△

许多烦恼，只为当时，一饷留情。
◉○◉●；◉●◉○；◉●●○△

（上下阕后八句句式似同，前三句唯第三句与第一、第二句互换耳。）

变体 又名庆宫春，双调一百二字，上下阕各十一句，四仄韵

姜　夔

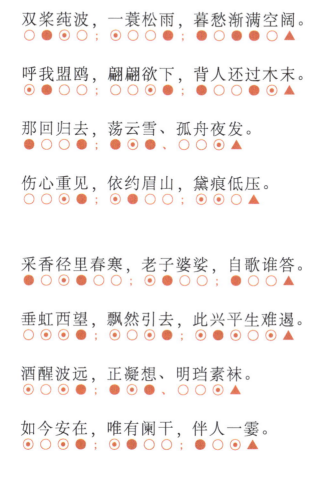

双桨莼波，一蓑松雨，暮愁渐满空阔。

呼我盟鸥，翩翩欲下，背人还过木末。

那回归去，荡云雪、孤舟夜发。

伤心重见，依约眉山，黛痕低压。

采香径里春寒，老子婆娑，自歌谁答。

垂虹西望，飘然引去，此兴平生难遏。

酒醒波远，正凝想、明珰素袜。

如今安在，唯有阑干，伴人一霎。

（较正体，唯换做入声韵，下起不用韵。以入代平也。一说王沂孙作。）

庆春宫　(宋词)

方千里

宿霭笼晴。层云遮日，送春望断愁城。篱落堆花，帘栊飞絮，更堪远近莺声。岁华流转，似行蚁、盘旋万星。人生如寄，利锁名缰，何用萦萦。　　骎骎皓髪相迎。斜照难留，朝雾多零。宜趁良辰，何妨高会，为酬月皎风清。舞台歌榭，遇得旅、欢期易成。莫辞杯酒，天赋吾曹，特地钟情。

庆春宫　(宋词)

吴文英

残叶翻浓，馀香栖苦，障风怨动秋声。云影摇寒，波尘锁腻，翠房人去深扃。昼成凄黯，雁飞过、垂杨转青。阑干横暮，酥印痕香，玉腕谁凭。　　菱花乍失娉婷。别岸围红，千艳倾城。重洗清杯，同追深夜，豆花寒落愁灯。近欢成梦，断云隔、巫山几层。偷相怜处，熏尽金篝，销瘦云英。

庆春宫 （宋词）

王易简

谢草窗惠词卷

　　庭草春迟，汀蘋香老，数声珮悄苍玉。年晚江空，天寒日暮，壮怀聊寄幽独。倦游多感，更西北、高楼送目。佳人不见，慷慨悲歌，夕阳乔木。　　紫霞洞窅云深，袅袅馀香，凤箫谁续。桃花赋在，竹枝词远，此恨年年相触。翠楯芳字，谩重省、当时顾曲。因君凝伫，依约吴山，半痕蛾绿。

158. 庆清朝 　（一体）

正体　又名庆清朝慢，双调九十七字，上下阕各十句，四平韵

史达祖

坠絮孳萍，狂鞭孕竹，偷移红紫池亭。
⊙●○○；⊙○○●；⊙○⊙●○△

馀花未落，似供残蝶经营。
○○○●；⊙●○●○△

赋得送春诗了，夏帷撺断绿阴成。
⊙●⊙○○●；⊙○⊙●○△

桑麻外，乳鸠稚燕，别样芳情。
○○●；●○○●；⊙○○△

荀令旧香易冷，叹俊游疏懒，枉自销凝。
⊙●⊙○●●；●○⊙●；●●○△

尘侵谢屐，幽径斑驳苔生。
⊙○●●；○○○●○△

便觉寸心尚老，故人前度谩丁宁。
⊙●⊙○●●；●○○●○△

空相误，袚兰曲水，挑菜东城。
○○●；⊙○○●；⊙●○△

（此调酷似高阳台。上下阕首三句句式异，以下似同。李清照词上阕第八句多一字，无名氏词下起少一字，无名氏别首上阕第五句少一字，詹玉词及无名氏别首字数、句读差异多，皆不予校订。）

庆清朝 （宋词）

仇 远

山束滩声，月移石影，寒江夜色空浮。丹青古壁，风幡横卧东流。小舣载云轻棹，湖痕渐落莳泥稠。津亭外，隔船吹笛，唤起眠鸥。　　非但予愁渺渺，料那人，应自有、一襟愁。霜栖露泊，容易吹白人头。漠漠荻花胜雪，拟寻静岸略移舟。留闲耳，听莺小院，听雨西楼。

庆清朝 （宋词）

王 观

踏青

调雨为酥，催冰做水，东君分付春还。何人便将轻暖，点破残寒。结伴踏青去好，平头鞋子小双鸾。烟郊外，望中秀色，如有无间。　　晴则个，阴则个，饾饤得天气，有许多般。须教镂花拨柳，争要先看。不道吴绫绣袜，香泥斜沁几行斑。东风巧，尽收翠绿，吹在眉山。

159.秋 霁 （一体）

正体 又名春霁，双调一百五字，上阕十句六仄韵，下阕十一句四仄韵

史达祖

江水苍苍，望倦柳愁荷，共感秋色。
⊙●○○；●●○○；●⊙○▲

废阁先凉，古帘空暮，雁程最嫌风力。
⊙●○○；⊙○○●；●⊙●⊙●▲

故园信息。爱渠入眼南山碧。
⊙○○▲ ●○○●○▲

念上国。谁是脍鲈江汉未归客。
●●▲ ○○⊙○○⊙○○▲

还又岁晚，瘦骨临风，夜闻秋声，吹动岑寂。
○●●●；●●○○；●○○○；○●○▲

露蛩悲、清灯冷屋，缲书愁上鬓毛白。
●○○、○○●●；⊙○○●●○▲

年少俊游浑断得。
⊙●⊙○●▲

但可怜处，无奈苒苒魂惊，采香南浦，剪梅烟驿。
●⊙●●；⊙●○○○○；●○○●；●○●▲

（上阕第二、第三句可重组为三字、六字各一句。上结用二字领，亦可分作四字、五字各一句。上阕第九句可不用韵。周密词，上阕第二句平仄作：●○○●●；下阕第四句平仄作：●○○▲。曾纡词下起两句合并减二字。无名氏别首上结减一字拆为四字两句，且平仄多异。皆不予参校。此调例用入声韵。）

秋霁 （宋词）

周 密

乙丑秋晚，同盟载酒为水月游。商令初肃，霜风戒寒。抚人事之飘零，感岁华之摇落，不能不以之兴怀也。酒阑日暮，怃然成章。

重到西泠，记芳园载酒，画船横笛。水曲芙蓉，渚边鸥鹭，依依似曾相识。年芳易失。段桥几换垂杨色。谩自惜。愁损庾郎，霜点鬓华白。　　残蛩露草，怨蝶寒花，转眼西风，又成陈迹。叹如今、才消量减，尊前孤负醉吟笔。欲寄远情秋水隔。旧游空在，凭高望极斜阳，乱山浮紫，暮云凝碧。

秋霁 　(宋词)

无名氏

秋晴

虹影侵阶，乍雨歇长空，万里凝碧。孤鹜高飞，落霞相映，远状水乡秋色。黯然望极。动人无限愁如织。又听得。云外数声，新雁正嘹呖。　　当此暗想，画阁轻抛，杳然殊无，些个消息。漏声稀、银屏冷落，那堪残月照窗白。衣带顿宽犹阻隔。算此情苦，除非宋玉风流，共怀伤感，有谁知得。

秋霁 　(宋词)

无名氏

括东坡前赤壁

壬戌之秋，是苏子与客，泛舟赤壁。举酒属客，月明风细，水光与天相接。扣舷唱月。桂棹兰桨堪游逸。又有客。能吹洞箫，和声呜咽。　　追想孟德，困于周郎，到今空有，当时踪迹。算惟有、清风朗月，取之无禁用不竭。客喜洗盏还再酌。既已同醉，相与枕藉舟中，始知东方，晃然既白。

160.秋蕊香　（一体）

正体　双调四十八字，上下阕各四句，四仄韵

晏　殊

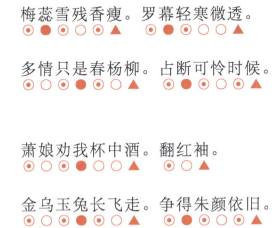

梅蕊雪残香瘦。罗幕轻寒微透。
⊙●⊙○⊙▲　⊙●⊙○○▲

多情只是春杨柳。占断可怜时候。
⊙○⊙●⊙○▲　⊙●⊙○⊙▲

萧娘劝我杯中酒。翻红袖。
⊙○⊙●○○▲　⊙○▲

金乌玉兔长飞走。争得朱颜依旧。
⊙○⊙●⊙○▲　⊙●⊙○⊙▲

秋蕊香 （宋词）

晏几道

歌彻郎君秋草。别恨远山眉小。无情莫把多情恼。第一归来须早。　　红尘自古长安道。故人多。相思不比相逢好。此别朱颜应老。

秋蕊香 （宋词）

张　耒

帘幕疏疏风透。一线香飘金兽。朱阑倚遍黄昏后。廊上月华如昼。　　别离滋味浓于酒。著人瘦。此情不及墙东柳。春色年年如旧。

秋蕊香 （宋词）

方千里

一枕盘莺锦暖。初起懒匀妆面。绿云袅娜映娇眼。酒入桃腮晕浅。　　翠帘半卷香萦线。碍飞燕。画屏浅立意闲远。春锁深沈小院。

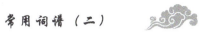

161. 秋夜雨　　（一体）

正体　双调五十一字，上下阕各四句，三仄韵

蒋　捷

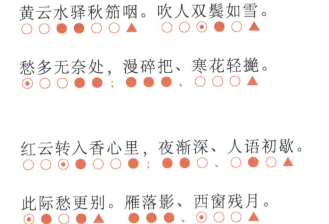

黄云水驿秋笳咽。吹人双鬓如雪。
○○●●○○▲　　○○⊙●○▲

愁多无奈处，漫碎把、寒花轻撚。
⊙○○●●；●●●、○○○▲

红云转入香心里，夜渐深、人语初歇。
○○⊙●●○○；●●○、○●○▲

此际愁更别。雁落影、西窗残月。
⊙●○●▲　　●●●、⊙○○▲

（此调例用入声韵。）

秋夜雨 （宋词）

吴 潜

客有道秋夜雨古词，因用其韵，而不知角之为阁也。并付一笑 云头电掣如金索。须臾天尽帏幕。一凉恩到骨，正骤雨、盆倾檐角。 桃笙今夜难禁也，赖醉乡、情分非薄。清梦何处托。又只是、故园篱落。

162. 鹊桥仙　　（一体）

正体　又名鹊桥仙令、忆人人、广寒秋、金风玉露相逢曲，双调五十六字，上下阕各五句，两仄韵

欧阳修

月波清霁，烟容明淡，灵汉旧期还至。
⊙○⊙●；⊙○⊙●；⊙●⊙●○○▲

鹊迎桥路接天津，映夹岸、星榆点缀。
⊙○○●●○○；⊙●●、⊙○⊙●▲

云屏未卷，仙鸡催晓，肠断去年情味。
⊙○⊙●；⊙○⊙●；⊙●⊙●○○▲

多应天意不教长，恁恐把、欢娱容易。
⊙○⊙●●○○；⊙●●、⊙○⊙●▲

（上下阕句式似同。上结偶有不作破读，或两结皆是。李仲光词两结均减一字；赵师侠词下阕第四句少一字；无名氏词上阕第四句少一字，下阕第四句少两字；辛弃疾、晁端礼词上下阕第四句皆添一字；黄庭坚词及无名氏别首上阕第三句多一字；熊以宁词下阕第三句多一字；王庭珪等词四首上下阕第三句皆添一字。皆不予参校。）

鹊桥仙 （宋词）

秦 观

纤云弄巧，飞星传恨，银汉迢迢暗度。金风玉露一相逢，便胜却、人间无数。　　柔情似水，佳期如梦，忍顾鹊桥归路。两情若是久长时，又岂在、朝朝暮暮。

鹊桥仙 （宋词）

谢 薖

月胧星淡，南飞乌鹊，暗数秋期天上。锦楼不到野人家，但门外、清流叠嶂。　　一杯相属，佳人何在，不见绕梁清唱。人间平地亦崎岖，叹银汉、何曾风浪。

鹊桥仙 （宋词）

陆 游

夜闻杜鹃

茅檐人静，蓬窗灯暗，春晚连江风雨。林莺巢燕总无声，但月夜、常啼杜宇。　　催成清泪，惊残孤梦，又拣深枝飞去。故山犹自不堪听，况半世、飘然羁旅。

鹊桥仙　(宋词)

蜀妓

　　说盟说誓。说情说意。动便春愁满纸。多应念得脱空经，是那个、先生教底。　　不茶不饭，不言不语，一味供他憔悴。相思已是不曾闲，又那得、工夫咒你。

鹊桥仙　(宋词)

杨炎正

　　思归时节，乍寒天气，总是离人愁绪。夜来无奈被西风，更吹做、一帘秋雨。　　征衫拂泪，阑干倚醉，羞对黄花无语。寄书除是雁来时，又只恐、书成雁去。

163. 人月圆 （一体）

正体 又名青衫湿（此谱酷似《眼儿媚》，从旧俗分列，双调四十八字，上阕五句两平韵，下阕六句两平韵

王 诜

小桃枝上春来早，初试薄罗衣。
⊙○○●○○●；⊙●●○△

年年此夜，华灯盛照，人月圆时。
⊙○○●；○○⊙●；⊙●●○△

禁街箫鼓，寒轻夜永，纤手同携。
⊙○○●；⊙○○●；⊙●●○△

更阑人静。千门笑语，声在帘帏。
⊙○○●；⊙○○●；⊙●●○△

（杨无咎词两首，下阕末三句重组为两句：●○○●●⊙●；●○⊙○△；其一且改为仄韵。不予参校。）

人月圆 （宋词）

汪元量

　　钱塘江上春潮急，风卷锦帆飞。不堪回首，离宫别馆，杨柳依依。　　蓟门听雨，燕台听雪，寒入宫衣。娇鬟慵理，香肌瘦损，红泪双垂。

164. 如梦令 （一体）

正体 又名不见、比梅、古记、忆仙姿、宴桃源、无梦令、如意令，单调三十三字，七句五仄韵、一叠韵

李存勖

曾宴桃源深洞。一曲舞鸾歌凤。
⊙●⊙○⊙▲　⊙●⊙○⊙▲

长记别伊时，和泪出门相送。
⊙●●○○；⊙●⊙○⊙▲

如梦。如梦。残月落花烟重。
⊙▲　⊙▲　⊙●⊙○⊙▲

（第五、第六句偶有叠韵而不叠句者。佛印、秦观词上下阕第四句均减一字，晁补之词上阕第三句多一字，无名氏词两首皆重复一阕作双阕。吴文英别首改用平韵。皆不予参校。）

如梦令 （宋词）

李之仪

回首芜城旧苑。还是翠深红浅。春意已无多，斜日满帘飞燕。不见。不见。门掩落花庭院。

如梦令 （宋词）

贺 铸

江上潮回风细。红袖倚楼凝睇。天际认归舟，但见平林如荠。迢递。迢递。人更远于天际。

如梦令 （宋词）

谢 逸

门外落花流水。日暖杜鹃声碎。蕃马小屏风，一枕画堂春睡。如醉，如醉。正是困人天气。

如梦令 （宋词）

曹 组

门外绿阴千顷。两两黄鹂相应。睡起不胜情，行到碧梧金井。人静。人静。风动一枝花影。

如梦令 　（宋词）

李　祁

春水湖塘深处。竹暗沙洲无路。闲伴落花来，却信东风归去。且住。且住。细看两山烟雨。

如梦令 　（宋词）

李清照

常记溪亭日暮。沉醉不知归路。兴尽晚回舟，误入藕花深处。争渡。争渡。惊起一滩鸥鹭。

如梦令 　（宋词）

李清照

昨夜雨疏风骤。浓睡不消残酒。试问卷帘人，却道海棠依旧。知否。知否。应是绿肥红瘦。

如梦令　（宋词）

赵　鼎

建康作

烟雨满江风细。江上危楼独倚。歌罢楚云空，楼下依前流水。迢递。迢递。目送孤鸿千里。

如梦令　（宋词）

向　滈

书弋阳楼

楼上千峰翠巘。楼下一湾清浅。宝篆酒醒时，枕上月华如练。留恋。留恋。明日水村烟岸。

如梦令　（宋词）

向　滈

杨柳千丝万缕。特地织成愁绪。休更唱阳关，便是渭城西路。归去。归去。红杏一腮春雨。

如梦令 （宋词）

向滈

野店几杯空酒。醉里两眉长皱。已自不成眠，那更酒醒时候。知否。知否。直是为他消瘦。

如梦令 （宋词）

向滈

谁伴明窗独坐。和我影儿两个。灯烬欲眠时，影也把人抛躲。无那。无那。好个恓惶的我。

如梦令 （宋词）

石孝友

风猎乱香如扫。又是粉梅开了。庭户锁残寒，梦断池塘春草。情悄。情悄。帘外数声啼鸟。

如梦令 （宋词）

李促呢

石门岩

门外数峰围绕。帖石路儿弯小。花老不禁风，委地乱红多少。人悄。人悄。隔叶数声啼鸟。

如梦令 （宋词）

吴 潜

江上绿杨芳草，想见故园春好。一树海棠花，昨夜梦魂飞绕。惊晓。惊晓。窗外一声啼鸟。

如梦令 （宋词）

无名氏

一枕恹恹春困。记得小梅风韵。何处最关情，嫩蕊初传芳信。堪恨。堪恨。谁傍横斜疏影。

如梦令　（宋词）

无名氏

落日霞消一缕。素月棱棱微吐。何处夜归人，呕嗄几声柔橹。归去。归去。家在烟波深处。

如梦令　（宋词）

无名氏

莺嘴啄花红溜。燕尾点波绿皱。指冷玉笙寒，吹彻小梅春透。依旧。依旧。人与绿杨俱瘦。

如梦令　（宋词）

秦　观

池上春归何处。满目落花飞絮。孤馆悄无人，梦断月堤路。无绪。无绪。帘外五更风雨。

165. 阮郎归　　（一体）

正体　又名碧桃春、醉桃源、宴桃源、濯缨曲，双调四十七字，上阕四句四平韵，下阕五句四平韵

李　煜

东风吹水日衔山。春来长自闲。
⊙○⊙●●○△　⊙○○●△

落花狼藉酒阑珊。笙歌醉梦间。
⊙○○●●○△　⊙○○●△

春睡觉，晚妆残。无人整翠鬟。
⊙⊙●；●○△　⊙○○●△

留连光景惜朱颜。黄昏独倚阑。
⊙○⊙●●○△　⊙○○●△

（上阕第二、第四句及下阕第三、第五句亦可用重韵。）

阮郎归　（宋词）

晏　殊（误题《蝶恋花》）

南园春半踏青时。风和闻马嘶。青梅如豆柳如眉。日长蝴蝶飞。　　花露重，草烟低。人家帘幕垂。秋千慵困解罗衣。画梁双燕归。

阮郎归　（宋词）

秦　观

以阮郎归歌之亦可

碧天如水月如眉。城头银漏迟。绿波风动画船移。娇羞初见时。　　银烛暗，翠帘垂。芳心两自知。楚台魂断晓云飞。幽欢难再期。

阮郎归　（宋词）

曹　勋

谁将春信到长安。江南腊向残。玉妃何事在人间。冰肌莹素颜。　　新月上，怯轻寒。香心破紫檀。数枝斜傍小亭闲。黄昏人倚阑。

阮郎归　（宋词）

赵长卿

咏春

和风暖日小层楼。人闲春事幽。杏花深处一声鸠。花飞水自流。　寻旧梦，续扬州。眉山相对愁。忆曾和泪送行舟。清江古渡头。

阮郎归　（宋词）

石孝友

烛花吹尽篆烟青。长波拍枕鸣。西风吹断雁鸿声。离人梦暗惊。　乡思动，旅愁生。谁知此夜情。乱山重叠拥孤城。空江月自明。

阮郎归　（宋词）

吴文英

赠卢长笛

沙河塘上旧游嬉。卢郎年少时。一声长笛月中吹。和云和雁飞。　惊物换，叹星移。相看两鬓丝。断肠吴苑草凄凄。倚楼人未归。

阮郎归 （宋词）

赵 文

梨花

　　冰肌玉骨淡裳衣。素云生翠枝。一生不晓谪仙诗。雪香应自知。　　微雨後，禁烟时，洗妆君莫迟。东风不解惜妍姿。吹成蝴蝶飞。

166. 瑞鹤仙　（一体）

正体　又名一捻红，双调一百二字，上阕十句七仄韵，下阕十一句六仄韵

韩元吉

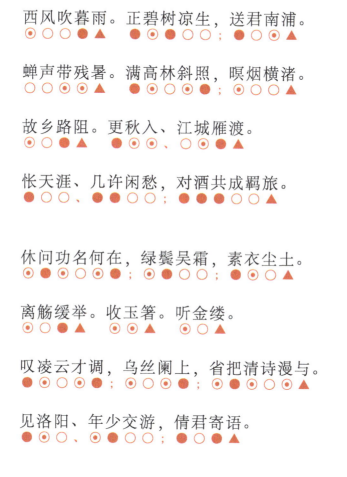

西风吹暮雨。正碧树凉生，送君南浦。
⊙○○●▲　●⊙●○○；●○○●▲

蝉声带残暑。满高林斜照，暝烟横渚。
○○●○▲　●⊙○○●；⊙○○●▲

故乡路阻。更秋入、江城雁渡。
⊙○●▲　●⊙●、○○●▲

怅天涯、几许闲愁，对酒共成羁旅。
●○○、●●●●；●●●○○▲

休问功名何在，绿鬓吴霜，素衣尘土。
⊙●○○●；●●○○；●○○▲

离觞缓举。收玉箸。听金缕。
⊙○●▲　●○▲　●○▲

叹凌云才调，乌丝阑上，省把清诗漫与。
●⊙○○●；○○⊙●；⊙●○○●○▲

见洛阳、年少交游，倩君寄语。
●⊙○、●⊙●○○；●○●▲

（下起可用短韵。上阕第二、第五句，下阕第七句例用一字领。上阕第二、第三句有重组为三字、六字各一句。上结三句可重组为五字、四字、四字各一句。下结三句可重组为五字、六字各一句，其五字句用一字领。下阕第七、第八句重组为三字、六字各一句。上阕第二句平仄可作：●⊙○⊙⊙。上阕第四句首字偶有仄声，第三、第四字偶有平仄相异。下阕第二句平仄可作：⊙○○●。下阕第五句可不用韵。下阕第五、第六句有合为一句者。欧阳光祖、朱耆寿、李曾伯、黄人杰词及无名氏词四首，多字或漏字且句读有异，王千秋、京镗词，平仄较为随意，不予校订。）

【瑞鹤仙】（宋词）

吴文英

林钟羽，俗名高平调

泪荷抛碎璧。正漏云筛雨，斜捎窗隙。林声怨秋色。对小山不迭，寸眉愁碧。凉欺岸帻。暮砧催、银屏翦尺。最无聊、燕去堂空，旧幕暗尘罗额。　　行客。西园有分，断柳凄花，似曾相识。西风破屐。林下路，水边石。念寒蛩残梦，归鸿心事，那听江村夜笛。看雪飞、蘋底芦梢，未如鬓白。

【瑞鹤仙】（宋词）

辛弃疾

赋梅

雁霜寒透幕。正护月云轻，嫩冰犹薄。溪奁照梳掠。想含香弄粉，艳妆难学。玉肌瘦弱。更重重、龙绡衬著。倚东风，一笑嫣然，转盼万花羞落。　　寂寞。家山何在，雪后园林，水边楼阁。瑶池旧约。鳞鸿更仗谁托。粉蝶儿只解，寻桃觅柳，开遍南枝未觉。但伤心，冷落黄昏，数声画角。

【瑞鹤仙】（宋词）

葛长庚

残蟾明远照。正一番霜讯，四山秋老。孤村带清晓。有鸣鞭归骑，乱林啼鸟。青帘缥缈。懒行时，持杯自笑。甚年来、破帽凋裘，惯得淡烟荒草。　　多少。客愁羁思，雨泊风餐，水边云杪。西窗正好。疏竹外，粉墙小。念归期相近，梦魂无奈，不为罗轻寒悄。怕无人、料理黄花，等闲过了。

【瑞鹤仙】（宋词）

袁去华

郊原初过雨。见败叶零乱，风定犹舞。斜阳挂深树。映浓愁浅黛，遥山眉妩。来时旧路。尚岩花、娇黄半吐。到而今唯有，溪边流水，见人如故。　　无语。邮亭深静，下马还寻，旧曾题处。无聊倦旅。伤离恨，最愁苦。纵收香藏镜，他年重到，人面桃花在否。念沈沈、小阁幽窗，有时梦去。

【瑞鹤仙】 （宋词）

赵长卿

暮春有感

海棠花半落。正蕙圃风生，兰亭香扑。青英螟池阁。任翻红飞絮，游丝穿幕。情怀易著。奈宿醒、情绪正恶。叹韶光渐改，年华荏苒，旧欢如昨。　　追念凭肩盟誓，枕臂私言，尽成离索。记得忘却。当时事，那时约。怕灯前月下，得见则个，厌厌只待觑著。问新来、为谁萦牵，又还瘦削。

【瑞鹤仙】 （宋词）

赵　文

刘氏园西湖柳

绿杨深似雨。西湖上、旧日晴丝恨缕。风流似张绪。羡春风依旧，年年眉妩。宫腰楚楚。倚画阑、曾鬥妙舞。想而今似我，零落天涯，却悔相妒。　　痛绝长秋去后，杨白花飞，旧腔谁谱。年光暗度。凄凉事，不堪诉。记菩提寺路，段家桥水，何时重到梦处。况柔条老去，争奈系春不住。

【瑞鹤仙】（宋词）

周邦彦

　　暖烟笼细柳。弄万缕千丝，年年春色。晴风荡无际，浓于酒、偏醉情人调客。阑干倚处，度花香、微散酒力。对重门半掩，黄昏淡月，院宇深寂。　　愁极。因思前事，洞房佳宴，正值寒食。寻芳遍赏，金谷里，铜驼陌。到而今、鱼雁沉沉无信，天涯常是泪滴。早归来、云馆深处，那人正忆。

167. 瑞龙吟　（一体）

正体　三段一百三十三字，前、中两段各六句、三仄韵，后段十七句九仄韵

周邦彦

章台路。　还是褪粉梅梢，试花桃树。
⊙○▲　　○●●⊙○；●⊙⊙▲

愔愔坊陌人家，定巢燕子，归来旧处。
○○⊙●○○；⊙○●●；○○●▲

黯凝伫。因念个人痴小，乍窥门户。
●○▲　⊙●●○○；●○⊙▲

侵晨浅约宫黄，障风映袖，盈盈笑语。
○○⊙●○○；○○●●；○○●▲

前度刘郎重到，访邻寻里，同时歌舞。
○●○○○；●○⊙●；⊙○○▲

唯有旧家秋娘，声价如故。吟笺赋笔，犹记燕台句。
⊙●●○○；○○○▲　○○●●；⊙○○○▲

知谁伴、名园露饮，东城闲步。事与孤鸿去。
⊙○●、○○⊙●；○○○▲　●●○○▲

探春尽是，伤离意绪。官柳低金缕。
●○⊙●；○○●▲　⊙○○●▲

归骑晚，纤纤池塘飞雨。断肠院落，一帘风絮。
○●●；⊙○⊙○○▲　⊙○●●；⊙○○▲

（前、中段句式似同。翁元龙词后段第十一、十二句合并减一字，不予校订。）

瑞龙吟　(宋词)

杨泽民

城南路。凝望映竹摇风，酒旗标树。效原游子停车，问山崦里，人家甚处。　去还贮。徐见画桥流水，小窗低户。深沉绿满垂杨，芳阴娅姹，娇莺解语。　多谢佳人情厚，卷帘羞得，庭花飘舞。可谓望风知心，倾盖如故。　犹殢香玉，休赋断肠句。堪怜处、生尘罗袜，凌波微步。底事匆匆去。　为他系绊，离情万绪。空有愁如缕。忆桃李春风，梧桐秋雨。又还过却，落花飘絮。

瑞龙吟　(宋词)

吴文英

送梅津

黯分袖。肠断去水流萍，住船系柳。吴宫娇月娆花，醉题恨倚，蛮江豆蔻。　吐春绣。笔底丽情多少，眼波眉岫。新园锁却愁阴，露黄漫委，寒香半亩。　还背垂虹秋去，四桥烟雨，一宵歌酒。犹忆翠微携壶，乌帽风骤。　西湖到日，重见梅钿皱。谁家听、琵琶未了，朝骢嘶漏。印剖黄金籀。　待来共凭，齐云话旧。莫唱朱樱口。生怕遣、楼前行云知后。泪鸿怨角，空教人瘦。

瑞龙吟　（金元词）

张　翥

　　癸丑岁冬，访游弘道乐安山中，席宾米仁则用清真词韵赋别，和以见情　　鳌溪路。潇洒翠壁丹崖，古藤高树。林间猿鸟欣然，故人隐在，溪山胜处。　　久延伫。浑似种桃源里，白云窗户。灯前素瑟清尊，开怀正好，连床夜语。　　应是山灵留客，雪飞风起，长松掀舞。谁道倦途相逢，倾盖如故。　　阳春一曲，总是关心句。何妨共、矶头把钓，梅边徐步。只恐匆匆去。　　故园梦里，长牵别绪。寂寞闲针缕。还念我、飘零江湖烟雨。断肠岁晚，客衣谁絮。

168. 瑞鹧鸪 （二体）

正体 又名五拍、舞春风、桃花落、鹧鸪词、拾菜娘、天下乐、太平乐，双调五十六字，上阕四句三平韵，下阕四句两平韵

贺　铸

月痕依约到西厢。曾羡花枝拂短墙。
⊙○⊙●●○△　⊙●○○●●△

初未识愁那是泪，每浑疑梦奈余香。
⊙●⊙○○●●；⊙○⊙●●○△

歌逢袅处眉先妩，酒半醒时眼更狂。
⊙○⊙●●○●；⊙●○○●●△

闲倚绣帘吹柳絮，问人何似冶游郎。
⊙●⊙○○●●；⊙○○●●○△

（林逋词，上下阕第三句平仄皆作：⊙●⊙○●○●。此乃平起七律。填者较多。）

变体 又名五拍、舞春风、桃花落、鹧鸪词、拾菜娘、天下乐、太平乐，双调五十六字，上阕四句三平韵，下阕四句两平韵

冯延巳

才罢严妆怨晓风。粉墙画壁宋家东。
◉●○○●●△　◉○○●●○△

蕙兰有恨枝犹绿，桃李无言花自红。
◉○◉●○○●；◉●○○◉●△

燕燕巢时罗幕卷，莺莺啼处凤楼空。
◉●●○○●●；○○●●●○△

少年薄幸知何处，每夜归来春梦中。
◉○◉●○○●；◉●○○◉●△

（此乃仄起七律。五代、宋唯见冯延巳、张孝祥等九首。李清照词实为两绝句，李廷忠词下阕失粘、失对，不予校订。）

瑞鹧鸪　(宋词)

林　逋

　众芳摇落独鲜妍。占尽风情向小园。疏影横斜水清浅。暗香浮动月黄昏。　寒禽欲下先偷眼，粉蝶如知合断魂。幸有微吟可相狎，不须檀板共金尊。

瑞鹧鸪 　（宋词）

周　纯

一痕月色挂帘栊。梅影斜斜小院中。狂醉有心窥粉面，梦魂无处避香风。　　愁来梦楚三千里，人在巫山十二重。咫尺蓝桥无处问，玉箫声断楚山空。

瑞鹧鸪 　（宋词）

张元幹

彭德器出示胡邦衡新句次韵

白衣苍狗变浮云。千古功名一聚尘。好是悲歌将进酒，不妨同赋惜馀春。　　风光全似中原日，臭味要须我辈人。雨后飞花知底数，醉来赢取自由身。

瑞鹧鸪 　（宋词）

汪　晫

春愁

伤时怀抱不胜愁。野水粼粼绿遍洲。满地落花春病酒，一帘明月夜登楼。　　明眸皓齿人难得，寒食清明事又休。只是鹧鸪三两曲，等闲白了几人头。

169.沙塞子 （二体）

正体 又名沙碛子，双调四十二字，上下阕各五句，两平韵

朱敦儒

万里飘零南越，山引泪，酒催愁。
◉●○○○●；○●●；●○△

不见凤楼龙阙，又经秋。
●●●○○●；●○△

九日江亭闲望，蛮树远，瘴烟浮。
●●◉○○●；○◉●；●○△

肠断红蕉花晚，水西流。
○●○○○●；●○△

（上下阕句式似同。）

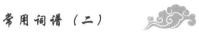

变体 又名沙碛子，双调五十字，上下阕各四句，三平韵

玉溪秋月浸寒波。忍持酒、重听骊歌。
⊙○○●●○△　⊙⊙●、⊙⊙○△

不堪对、绿阴飞阁，月下羞蛾。
●○●、⊙○○●；●⊙○△

夜深惊鹊转南柯。惨别意、无奈愁何。
⊙○○●●○△　⊙●●、○○⊙△

他年事、不须重问，转更愁多。
⊙○●、●○○●；●●○△

（葛立方词起句减第三字，赵彦端更改作仄韵。不予校订。）

沙塞子　（宋词）

朱敦儒

大悲再作

蛮径寻春春早，千点雪，已飞梅。席地插花传酒、日西催。　　莫作楚囚相泣，倾银汉，洗瑶池。看尽人间桃李、拂衣归。

沙塞子　（宋词）

周紫芝

中秋无月

秋云微澹月微羞。云黯黯、月彩难留。只应是、嫦娥心里，也似人愁。　　几时回步玉移钩。人共月、同上南楼。却重听、画阑西角，月下轻讴。

170. 塞翁吟　（一体）

正体　双调九十二字，上阕十句六平韵，下阕九句四平韵

周邦彦

暗叶啼风雨，窗外晓色珑璁。
⊙●○○●；⊙●●●○△

散水麝，小池东。乱一岸芙蓉。
⊙●●；●●○△　●●●○△

蕲州簟展双纹浪，轻帐翠缕如空。
○○●●○○●；⊙●●○○△

梦远别，泪痕重。淡铅脸斜红。
⊙●●；●○△　●○●○△

忡忡。嗟憔悴、新宽带结，羞艳冶、都销镜中。
○△　⊙●●、○○●●；○○●、○○●△

有蜀纸、堪凭寄恨，等今夜、洒血书词，剪烛亲封。
⊙●●、○○⊙●；●○●、●●○○；⊙●○△

菖蒲渐老，早晚成花，教见薰风。
⊙○●●；●●○○；⊙●○△

（上阕第二句亦可减第五字：⊙●⊙●△）

塞翁吟 （宋词）

方千里

暮色催更鼓，庭户月影胧。记旧迹，玉楼东。看枕上芙蓉。云屏几轴江南画，香篆烬暖烟空。睡起处，绣衾重。尚残酒潮红。　　忡忡。从分散、歌稀宴小，怀丽质、浑如梦中。苦寂寞、离情万绪，似秋后、怯雨芭蕉，不展愁封。何时细语，此夕相思，曾对西风。

塞翁吟 （宋词）

陈允平

睡起鸾钗觯，金约鬓影胧。檐佩冷，玉丁东。镜里对芙蓉。秦筝倦理梁尘暗，惆怅燕子楼空。山万垒，水千重。一叶漫题红。　　匆匆。从别后、残云断雨，馀香在、鲛绡帐中。更懊恨、灯花无准，写幽愫、锦织回文，小字斜封。无人为托，欲倩宾鸿。立尽西风。

塞翁吟 （宋词）

仇 远

风柳吹残醉，推枕梦便难寻。小院静，曲屏深。剪不断轻阴。新蚕乍扫鹅毛细，纤手镂叶如针。又负了，赏花心。听高树鸣禽。　　千金。嗟难买、飘红坠粉，怕容易、愁痕暗侵。但惜取、婵娟好在，任千里、杳杳鸿迷，渺渺鱼沉。相如未老，尽把衷肠，分付瑶琴。

171. 塞垣春　　（一体）

正体　又名采绿吟，双调九十六字，前段九句六仄韵，后段八句四仄韵

周邦彦

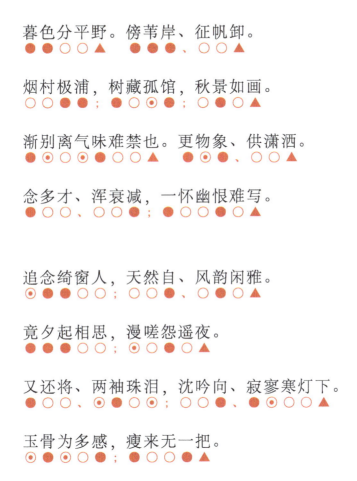

暮色分平野。傍苇岸、征帆卸。

烟村极浦，树藏孤馆，秋景如画。

渐别离气味难禁也。更物象、供潇洒。

念多才、浑衰减，一怀幽恨难写。

追念绮窗人，天然自、风韵闲雅。

竟夕起相思，漫嗟怨遥夜。

又还将、两袖珠泪，沈吟向、寂寥寒灯下。

玉骨为多感，瘦来无一把。

　　（张先、杨泽民词，下阕第五、第六句重组为五字、四字、六字各一句，其五字句用一字领。吴文英、周密词下阕第二句多两字，且周密词末两句添一字拆为三字、四字、四字各一句，不予参校。）

塞垣春 （宋词）

张　先

寄子山

　　野树秋声满。对雨壁、风灯乱。云低翠帐，烟销素被，签动重幔。甚客怀、先自无消遣。更篱落、秋虫叹。叹樊川、风流减。旧欢难得重见。　　停酒说扬州，平山月、应照棋观。绿绮为谁弹，空传广陵散。但光纱短帽，窄袖轻衫，犹记竹西庭院。老鹤何时去，认琼花一面。

172. 三部乐　　（一体）

正体　双调九十九字，上阕十句四仄韵，下阕九句五仄韵

周邦彦

浮玉飞琼，向邃馆静轩，倍增清绝。
○○●○；●●○●○；●○○▲

夜窗垂练，何用交光明月。
⊙○○●；⊙●○○○▲

近闻道、官阁多梅，趁暗香未远，冻蕊初发。
⊙⊙●、○○○●；●○○●●；●○○▲

倩谁折取，寄赠情人桃叶。
●○●⊙；⊙○●○○▲

回文近传锦字，道为君瘦损，是人都说。
⊙○●○●；●○○●●；●○○▲

祗知染红著手，膠梳黏发。
⊙⊙●○●●；○○○▲

转思量、镇长堕睫。都只为、情深意切。
●○○、●●○▲；⊙●●、○○●▲

欲报消息，无一句、堪喻愁结。
⊙●●●；⊙○●、⊙○○▲

（起句及下阕第八句可用韵。苏轼词起句作：●○○▲。上阕第二、第七句，下阕第二句例用一字领。方千里、杨泽民词下阕第三句添一字：●●○○▲，方千里词下起平仄异，不予参校。）

三部乐　（宋词）

方千里

　　帘卷窗明，听杜宇乍啼，漏声初绝。乱云收尽，天际□留残月。奈相送、行客将归，怅去程渐促，霁色催发。断魂别浦，自上孤舟如叶。　　悠悠音信易隔。纵怨怀恨语，到见时难说。堪嗟水流急景，霜飞华髪。想家山、路穷望睫。空倚仗、魂亲梦切。不似嫩朵，犹能替、离绪千结。

三部乐　（宋词）

杨泽民

榴花

　　浓绿丛中，露半坼芳苞，自然奇绝。水亭风槛，正是蕤宾之月。固知道、春色无多，但绛英数点，照眼先发。为君的皪，尽是重心千叶。　　红巾又成半蹩。试寻双寄意，向丽人低说。但将一枝，插著翠环丝髪。映秋波、艳云近睫。知厚意、深情更切。赏玩未已，看叶下、珍味还结。

三部乐　（宋词）

吴文英

黄钟商，俗名大石调　　赋姜石帚渔隐

　　江鹈初飞，荡万里素云，际空如沐。咏情吟思，不在秦筝金屋。夜潮上、明月芦花，傍钓蓑梦远，句清敲玉。翠罂汲晓，欸乃一声秋曲。　　越装片篷障雨，瘦半竿渭水，鹭汀幽宿。那知暖袍挟锦，低帘笼烛。鼓春波、载花万斛。帆鬣转、银河可掬。风定浪息。苍茫外、天浸寒绿。

173. 三登乐　　（一体）

正体　双调七十一字，上下阕各七句，四仄韵

范成大

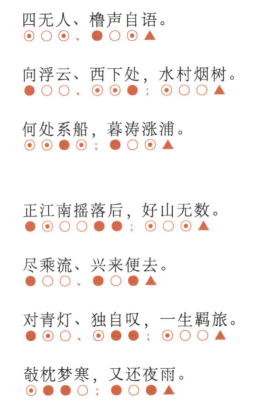

一碧鳞鳞，横万里、天垂吴楚。
⊙●⊙○；○●●、⊙○○▲

四无人、橹声自语。
⊙○⊙、●○⊙▲

向浮云、西下处，水村烟树。
●○○、⊙○●；⊙○○▲

何处系船，暮涛涨浦。
⊙●⊙○；●○⊙▲

正江南摇落后，好山无数。
●⊙○○●●；⊙○⊙▲

尽乘流、兴来便去。
●○○、●○●▲

对青灯、独自叹，一生羁旅。
●⊙○、⊙●●；⊙○○▲

敧枕梦寒，又还夜雨。
⊙●○；⊙●●▲

（上阕第四、第五句可重组为五字两句。下阕倒数第二句平仄可作：
⊙○●●●。）

三登乐 （宋词）

陈三聘

南北相逢，重借问、古今齐楚。烛花红、夜阑共语。怅六朝兴废，但倚空高树。目断帝乡，梦迷雁浦。　　故人疏、梅驿断，音书有数。塞鸿归、过来又去。正春浓，依旧作、天涯行旅。伤心望极，淡烟细雨。

三登乐 （宋词）

范成大

路转横塘，风卷地、水肥帆饱。眼双明、旷怀浩渺。问菟裘、无恙否，天教重到。木落雾收，故山更好。　　过溪门、休荡桨，恐惊鱼鸟。算年来、识翁者少。喜山林、踪迹在，何曾如扫。归鬓任霜，醉红未老。

三登乐 （宋词）

陈三聘

注望晓山，晴色丽、晨餐应饱。縠纹平、涨天渺渺。倚藤枝、撑艇子，昔游曾到。江山自古，水云转好。　　怅年来、心纵在，盟寒鸥鸟。故人中、黑头渐少。问几时、寻旧约，石矶重扫。一竿钓月，鬓霜任老。

174. 三姝媚 （一体）

正体 双调九十九字，上阕十一句五仄韵，下阕十句五仄韵

史达祖

烟光摇缥瓦。望晴檐多风，柳花如洒。
⊙○○●▲　●⊙⊙○○；⊙○○▲

锦瑟横床，想泪痕尘影，凤弦长下。
●●○○；●⊙○○●；●○○▲

倦出犀帷，频梦见、王孙骄马。
⊙●○○；⊙●●、⊙○○▲

讳道相思，偷理绡裙，自惊腰衩。
⊙●○○；⊙●●○；●○○▲

惆怅南楼遥夜。记翠箔张灯，枕肩歌罢。
⊙⊙○○●▲　●●○○○；●○○▲

又入铜驼，遍旧家门巷，首询声价。
⊙●○○；●⊙○○●；●○○▲

可惜东风，将恨与、闲花俱谢。
●●○○；⊙●●、○○○▲

记取崔徽模样，归来暗写。
⊙●○○●；○○○▲

（上下阕第二、第五句，例用一字领。上下阕第二、第三句有重组读为三、六，用九字句者。第五、第六句亦然。）

三姝媚　（宋词）

薛梦桂

蔷薇花谢去，更无情、连夜送春风雨。燕子呢喃，似念人憔悴，往来朱户。涨绿烟深，早零落、点池萍絮。暗忆年华，罗帐分钗，又惊春暮。　　芳草凄迷征路。待去也，还将画轮留住。纵使重来，怕粉容销腻，却羞郎觑。细数盟言犹在，怅青楼何处。绾尽垂杨争似，相思寸缕。

三姝媚　（宋词）

周　密

送圣与还越

浅寒梅未绽。正潮过西陵，短亭逢雁。秉烛相看，叹俊游零落，满襟依黯。露草霜花，愁正在、废宫芜苑。明月河桥，笛外尊前，旧情消减。　　莫诉离肠深浅。恨聚散匆匆，梦随帆远。玉镜尘昏，怕赋情人老，后逢凄惋。一样归心，又唤起、故园愁眼。立尽斜阳无语，空江岁晚。

三姝媚　　(宋词)

詹　玉

古卫舟。人谓此舟曾载钱塘宫人

一篷儿别苦。是谁家、花天月地儿女。紫曲藏娇，惯锦窠金翠，玉璈钟吕。绮席传宣，笑声里、龙楼三鼓。歌扇题诗，舞袖笼香，几曾尘土。　　因甚留春不住。怎知道人间，匆匆今古。金屋银屏，被西风吹换，蓼汀蘋渚。如此江山，应悔却、西湖歌舞。载取断云何处。江南烟雨。

175. 三 台 　（一体）

正体　又名开元乐、翠华引、谪仙怨、三台春曲，单调二十四字，四句两平韵

王　建

池北池南草绿，殿前殿后花红。
⊙●⊙○⊙● ; ⊙○⊙○●△

天子千秋万岁，未央明月清风。
⊙●⊙○⊙● ; ⊙○○●○△

（起句可用韵。加一叠即为双调。）

平仄较为随意。举例如下：

韦应物

冰泮寒塘水渌，雨余百草皆生。
⊙●⊙○⊙● ; ⊙○○●○△

朝来门巷无事，晚下高斋有情。
⊙○○●●● ; ⊙●●○●△

韦应物

一年一年老去，来日后日花开。
⊙○⊙○⊙● ; ⊙●●●●△

未报长安平定，万国岂得衔杯。
⊙●⊙○●● ; ⊙●●●○△

王　建

树头花落花开。道上人去人来。
⊙○⊙●⊙△　⊙●●⊙○△

朝愁暮愁即老，百年几度三台。
⊙○○⊙⊙●；⊙○⊙●○△

李　煜

心事数茎白发，生涯一片青山。
⊙●●○⊙●；⊙○○⊙●△

空林有雪相待，野路无人自还。
⊙○○●⊙●；⊙●⊙○●△

（非韵句有⊙●●○○●；⊙○○○⊙●；⊙○○●⊙●；韵句有
⊙●●⊙●○△；⊙●●⊙○●△；⊙○○⊙●⊙△；等等。）

三台　（唐词）

刘长卿

晴川落日初低。惆怅孤舟解携。鸟去平芜远近，人随流水东西。　　白云千里万里，明月前溪后溪。独恨长沙谪去。江潭春草萋萋。

三台　（宋词）

沈　括

楼上正临宫外，人间不见仙家。寒食轻烟薄雾，满城明月梨花。

三台　（宋词）

许　棐

春是人间过客，花随春不多时。人比花尤易老，那堪终日相思。

176. 扫花游 　　（一体）

正体　又名扫地游，双调九十五字，上阕十一句六仄韵，下阕十句七仄韵

周邦彦

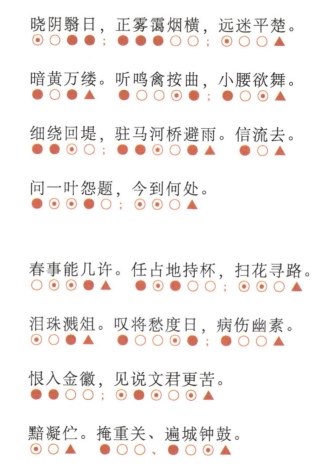

晓阴翳日，正雾霭烟横，远迷平楚。
⊙○●● ；●●⊙○ ；⊙○○ ▲

暗黄万缕。听鸣禽按曲，小腰欲舞。
●○●▲　●○○⊙ ；●○○▲

细绕回堤，驻马河桥避雨。信流去。
●●⊙○ ；●○⊙○▲　●○▲

问一叶怨题，今到何处。
●⊙●○ ；⊙○○▲

春事能几许。任占地持杯，扫花寻路。
○○○●▲　●●⊙○ ；⊙○○▲

泪珠溅俎。叹将愁度日，病伤幽素。
⊙○●▲　●○○● ；●○○▲

恨入金徽，见说文君更苦。
●●○○ ；⊙○○○▲

黯凝伫。掩重关、遍城钟鼓。
⊙○▲　●○○、●○⊙▲

（上下阕第二、第五句及上阕第十句，例用一字领。上阕第七、第八句有重组为六字、四字各一句者。下阕第五、第六句有重组为三字、六字各一句者。下起平仄唯陈允平、张炎词首字仄声。）

扫花游　（宋词）

陈允平

雷峰落照

　　数峰醮碧，记载酒甘园，柳塘花坞。最堪避暑。爱莲香送晚，翠娇红妩。欸乃菱歌乍起，兰桡竞举。日斜处。望孤鹜断霞，初下芳杜。　　遥想山寺古。看倒影金轮，逆光朱户。暝烟带树。有投林鹭宿，凭楼僧语。可惜流年，付与朝钟暮鼓。漫凝伫。步长桥、月明归去。

扫花游　（宋词）

周　密

九日怀归

　　江蓠怨碧，早过了霜花，锦空洲渚。孤蛩自语。正长安乱叶，万家砧杵。尘染秋衣，谁念西风倦旅。恨无据。怅望极归舟，天际烟树。　　心事曾细数。怕水叶沉红，梦云离去。情丝恨缕。倩回纹为织，那时愁句。雁字无多，写得相思几许。暗凝伫。近重阳、满城风雨。

扫花游 （宋词）

张　炎

台城春饮，醉馀偶赋，不知词之所以然

嫩寒禁暖，正草色侵衣，野光如洗。去城数里。绕长堤是柳，钓船深舣。小立斜阳，试数花风第几。问春意。待留取断红，心事难寄。　　芳讯成捻指。甚远客他乡，老怀如此。醉馀梦里。尚分明认得，旧时罗绮。可惜空帘，误却归来燕子。胜游地。想依然、断桥流水。

177. 山花子　（一体）

正体　又名南唐浣溪沙、添字浣溪沙、摊破浣溪沙、感恩多令，双调四十八字，
上阕四句三平韵，下阕四句两平韵

李　璟

手卷真珠上玉钩。依前春恨锁重楼。
⊙●○○●●△　⊙○○●●○△

风里落花谁是主，思悠悠。
⊙●⊙○●●●；●○△

青鸟不传云外信，丁香空结雨中愁。
⊙●⊙○○●●；○○○●●○△

回首绿波三楚暮，接天流。
⊙●⊙○○●●；●○△

（上下阕第三句末三字应为：○●●，宋后犹，是。唯李璟词上阕有：
还与容光共憔悴；韩淮词下阕有：恰好凭楼便回首。另，敦煌曲子词有字数
不一、平仄不一。皆不予校订。）

山花子 （五代词）

李　璟

菡萏香销翠叶残。西风愁起绿波间。还与容光共憔悴，不堪看。　　细雨梦回鸡塞远。小楼吹彻玉笙寒。多少泪珠何限恨，倚阑干。

山花子 （敦煌曲子词）

山后开园种药葵。洞前穿作养生池。一架嫩藤花蔟蔟，雨微微。　　坐听猿啼吟旧赋，行看燕语念新诗。无事却归书阁内，掩柴扉。

山花子 （宋词）

赵　鼎

建康次韵范元长送邢子方

惜别怀归老不禁。一年春事柳阴阴。日下长安何处是，碧云深。　　已恨梅花疏远信，休传桃叶怨遗音。一醉东风分首去，两惊心。

山花子 （宋词）

石孝友

落日秋风岭上村。全稀过雁少行人。正是悲伤愁绝处，更黄昏。　　漠漠野烟生碧树、漫漫衰草际黄云。借使昔人行到此，也销魂。

山花子 （宋词）

黄　机

流转春光又一年。春愁尽日两眉尖。草草幽欢能几许，已天边。　　会得音书生羽翼，免教魂梦役关山。帘卷落花千万点，雨如烟。

山花子 （宋词）

楼　锷

双桧堂

夏半阳乌景最长。小池不断藕花香。电影雷声催急雨，十分凉。　　芡剥明珠随意嚼，瓜分琼玉趁时尝。双桧堂深新酿好，且传觞。

山花子　(宋词)

无名氏

　　罗帐半垂门半开。残灯孤月照窗台。北斗渐移天欲曙，漏更催。　　携手劝君离别酒，泪和红纷滴金杯。呜咽问君今夜去，几时回。

山花子　(金元词)

赵　雍

　　春草萋萋绿渐浓。梨花落尽晚来风。试问相逢何处好，小楼东。　　朱箔影移无限恨，玉箫声转曲将终。独倚阑干谁是伴，月明中。

178. 少年游 （八体）

正体 又名玉腊梅枝、小阑干，双调五十字，上阕五句三平韵，下阕五句
两平韵

晏　殊

芙蓉花发去年枝。双燕欲归飞。
⊙○⊙●●○△　⊙●●○△

兰堂风软，金炉香暖，新曲动帘帷。
⊙○⊙●；⊙○⊙●；○●●○△

家人并上千春寿，深意满琼卮。
⊙○⊙●○○●；⊙●●○△

绿鬓朱颜，道家装束，长似少年时。
⊙●⊙○；●○⊙●；⊙●●○△

（上下阕句式似同。上阕第三句有：⊙●⊙○；下阕第三句有：
⊙○⊙●。柳永别首，上下阕第二句皆添一字作六字句；欧阳修词下阕第三、
第四句减一字并为七字句，不予校订。）

变体一 又名玉腊梅枝、小阑干，双调四十八字，上阕五句三平韵，下阕
五句两平韵

周　密

宫词拟梅溪

帘消宝篆卷宫罗。蜂蝶扑飞梭。
⊙○○●●○△　⊙●●○△

一样东风，燕梁莺院，那处春多。
⊙●●○；⊙●○●；⊙●●○△

晓妆日日随香辇，多在牡丹坡。
⊙○○●○○●；⊙●○○△

花深深处，柳阴阴处，一片笙歌。
⊙○○●；●○⊙●；●●○△

（正体两结各减一字而得。）

变体二　又名玉腊梅枝、小阑干，双调五十一字，上阕五句三平韵，下阕五句两平韵

柳　永

日高花榭懒梳头。无语倚妆楼。
⊙○⊙●●○△　⊙●●○△

修眉敛黛，遥山横翠，相对结春愁。
⊙○⊙●；⊙○⊙●；○●●○△

王孙走马长楸陌，贪迷恋、少年游。
⊙○⊙●○○●；⊙○●、●○△

似恁疏狂，费人拘管，争似不风流。
⊙●○○；●○⊙●；⊙●●○△

（张耒词下阕　第三、第四句减一字并为七字句，陈师道词上阕第二句多一字，不予校订。）

变体三 又名玉腊梅枝、小阑干，双调五十一字，上阕五句三平韵，下阕五句两平韵

晏　殊

重阳过后，西风渐紧，庭树叶纷纷。
⊙○⊙●，⊙○⊙●；⊙●●○△

朱阑向晓，芙蓉妖艳，特地斗芳新。
⊙○⊙●；⊙○⊙●；○●●○△

霜前月下，斜红淡蕊，明媚欲回春。
⊙○⊙●；⊙○⊙●；⊙●●○△

莫将琼萼等闲分。留赠意中人。
⊙○○●●○△　⊙●●○△

（晁补之别首句读差异较多，不予校订。）

变体四 又名玉腊梅枝、小阑干，双调五十二字，上阕五句三平韵，下阕
五句两平韵

晏几道

绿勾阑畔，黄昏淡月，携手对残红。
⊙○⊙●，⊙○⊙●；⊙●●○△

纱窗影里，朦腾春睡，繁杏小屏风。
⊙○⊙●；⊙○⊙●；○●●○△

须愁别后，天高海阔，何处更相逢。
⊙○⊙●；⊙○⊙●；⊙●●○△

幸有花前，一杯芳酒，欢计莫匆匆。
⊙●○○；●○○●；⊙●●○△

（杨亿词下阕末三句重组为七字、六字各一句，韩淲词下阕起三句重组
为七字、六字各一句，不予校订。）

变体五 又名玉腊梅枝、小阑干，双调五十一字，上阕五句三平韵，下阕五句两平韵

苏　轼

润州作

去年相送，馀杭门外，飞雪似杨花。
⊙○⊙●，⊙○○●；⊙●●○△

今年春尽，杨花似雪，犹不见还家。
⊙○⊙●；⊙○○●；○●●○△

对酒卷帘邀明月，风露透窗纱。
⊙○⊙●○○；⊙●●○△

恰似姮娥怜双燕，分明照、画梁斜。
⊙●●○○●；⊙○●、●○△

（向子諲词下阕末三句重组为七字、六字各一句，不予校订。）

变体六　又名玉腊梅枝、小阑干，双调五十一字，上阕五句三平韵，下阕五句两平韵

周邦彦

商调

并刀如水，吴盐胜雪，纤手破新橙。
⊙○⊙●，⊙○⊙●；⊙●●○△

锦幄初温，兽烟不断，相对坐调笙。
⊙●⊙○；⊙○○●；○●●○△

低声问向谁行宿，城上已三更。
⊙○⊙●○○●；⊙●●○△

马滑霜浓，不如休去，直是少人行。

⊙●⊙○；⊙○⊙●；⊙●●○△

变体七 又名玉腊梅枝、小阑干，双调五十一字，上阕五句三平韵，下阕五句两平韵

杜安世

小楼归燕又黄昏。寂寞锁高门。
◉○◉●●○△　◉●●○△

轻风细雨，惜花天气，相次过春分。
○◉◉●；●◉○●；◉●●○△

画堂无绪，初燃绛蜡，罗帐掩馀薰。
◉○◉●，◉○○●；◉●●○△

多情不解怨王孙，任薄幸、一从君。
◉○◉●●○△　●●●、●○△

少年游　(宋词)

柳　永

一生赢得是凄凉。追前事、暗心伤。好天良夜，深屏香被。争忍便相忘。　　王孙动是经年去，贪迷恋、有何长。万种千般，把伊情分，颠倒尽猜量。

少年游　(宋词)

姜　夔

戏平甫

双螺未合，双蛾先敛，家在碧云西。别母情怀，随郎滋味，桃叶渡江时。　　扁舟载了，匆匆归去，今夜泊前溪。杨柳津头，梨花墙外，心事两人知。

少年游　(宋词)

周邦彦

黄钟　楼月

檐牙缥缈小倡楼。凉月挂银钩。聒席笙歌，透帘灯火，风景似扬州。　　当时面色欺春雪，曾伴美人游。今日重来，更无人问，独自倚阑愁。

少年游　(宋词)

方千里

　　丹青闲展小屏山。香烬一丝寒。织锦回纹，生绡红泪，不语自羞看。　　相思念远关河隔，终日望征鞍。不识单栖，忍教良夜，魂梦觅长安。

少年游　(宋词)

方千里

　　东风无力飏轻丝。芳草雨馀姿。浅绿还池，轻黄归柳，老去愿春迟。　　栏干凭暖慵回首，闲把小花枝。怯酒情怀，恼人天气，消瘦有谁知。

少年游　(宋词)

陈允平

　　翠罗裙解缕金丝。罗扇掩芳姿。柳色凝寒，花情殢雨，生怕踏青迟。　　碧纱窗外莺声嫩，春在海棠枝。别后相思，许多憔悴，惟有落红知。

少年游　（宋词）

赵　鼎

山中送春

三月正当三十日，愁杀醉吟翁。可奈青春，太无情甚，归去苦匆匆。　　共君今夜不须睡，尊酒且从容。说与楼头，打钟人道，休打五更钟。

少年游　（宋词）

周端臣

西湖

四山烟霭未分明。宿雨破新晴。万顷湖光，一堤柳色，人在画图行。　　清明过了春无几，花事已飘零。莫待斜阳，便寻归棹，家隔两重城。

少年游　（宋词）

张　先

　　红叶黄花秋又老，疏雨更西风。山重水远，云闲天淡，游子断肠中。　　青楼薄幸何时见，细说与、这忡忡。念远离情，感时愁绪，应解与人同。

少年游　（宋词）

高观国

草

　　春风吹碧，春云映绿，晓梦入芳茵。软衬飞花，远连流水，一望隔香尘。　　萋萋多少江南恨，翻忆翠罗裙。冷落闲门，凄迷古道，烟雨正愁人。

179. 哨　遍（一体）

正体　又名稍遍，双调二百三字，上阕十七句五仄韵、四叶韵，下阕二十
　　　句五叶韵、七仄韵

苏　轼

为米折腰，因酒弃家，口体交相累。
⊙●⊙○；⊙●⊙○；⊙●○○▲

归去来，谁不遣君归。觉从前皆非今是。
⊙●⊙；⊙●●○▽　⊙●○○●○▲

露未晞。征夫指予归路，门前笑语喧童稚。
●⊙△　⊙○●○⊙●；⊙○⊙●○○▲

嗟旧菊都荒，新松暗老，吾年今已如此。
⊙●⊙○○；⊙○●●；⊙○●●⊙▲

但小窗容膝闭柴扉。策杖看孤云暮鸿飞。
⊙●○○●○△　⊙●○○●○△

云出无心，鸟倦知还，本非有意。
⊙●○○；⊙●⊙○；⊙○⊙▲

噫。归去来兮。我今忘我兼忘世。
▽　⊙●●⊙△　⊙○⊙○●○▲

亲戚无浪语，琴书中有真味。
⊙○○●●；⊙○○●○▲

步翠麓崎岖，泛溪窈窕，涓涓暗谷流春水。
●●●○○；⊙○●●；○○●●○○▲

观草木欣荣，幽人自感，吾生行且休矣。
⊙●●○○；○○●●；○○○●○▲

念寓形宇内复几时。
●⊙○⊙●⊙○△

不自觉皇皇欲何之。委吾心、去留谁计。
⊙⊙●⊙○●○△　●⊙○、⊙●○▲

神仙知在何处，
⊙○⊙●⊙⊙；

富贵非吾愿，但知临水登山啸咏，自引壶觞自醉。
⊙⊙○○●；⊙⊙⊙●⊙○●；⊙●⊙○○▲

此生天命更何疑。且乘流、遇坎还止。
⊙○○●●○△　●⊙○、⊙●○▲

（其体近散文。上阕第七、第八句可用仄韵。第十二句可用平韵。下阕第三、第五句可用平韵，第十二、十三句可用仄韵。上阕第七、第八句有重组为五字、四字各一句，前句用一字领。下阕第十七、十八句有重组为六字、四字、四字各一句。下起一字句可与第二句并为五字句。个别词平仄略有误，刘学箕词下阕倒数第二、第三句脱漏五字，不予校订。曹冠词下结多一字，作四字两句。苏轼别首，字数句读相异较多，不予参校。）

哨遍　（宋词）

方　岳

用韵作月对和程申父国录

月曰不然，君亦怎知，天上从前事。吾语汝，月岂有弦时。奈人间井观乃尔。休浪许。历家缪悠而已。谁云魄死生明起。又明死魄生，循环晦朔，有老兔、自熙熙。妄相传、月溯日光馀。嗟万古谁知了无亏。玉斧修成，银蟾奔去，此言荒矣。　　噫。世已堪悲。听君歌复解人颐。桂魄何曾死，寒光不减些儿。但与日相望，对如两镜，山河大地无疑似。待既望观之。冰轮渐侧，转斜才一钩耳。论本来不与中秋异。恐天问灵均未知此。又底用、咸池重洗。乾坤一点英气。宁老人间世。飞上天来，摩挲月去，才信有晴无雨。人生圆缺几何其。且徘徊、与君同醉。

哨遍　(宋词)

辛弃疾

秋水观

蜗角鬭争，左触右蛮，一战连千里。君试思、方寸此心微。总虚空并包无际。喻此理。何言泰山毫末，从来天地一稊米。嗟大少相形，鸠鹏自乐，之二虫又何知。记跖行仁义孔丘非。更殇乐长年老彭悲。火鼠论寒，冰蚕语热，定谁同异。　　噫。贵贱随时。连城才换一羊皮。谁与齐万物，庄周吾梦见之。正商略遗遍，翩然顾笑，空堂梦觉题秋水。有客问洪河，百川灌雨，湿流不辨涯涘。于是焉河伯欣然喜。以天下之美尽在己。渺沧溟望洋东视。逡巡向若惊叹，谓我非逢子。大方达观之家，未免长见，犹然笑耳。北堂之水几何其。但清溪、一曲而已。

哨遍 （宋词）

吴 潜

括兰亭记

在晋永和，癸丑暮春，初作兰亭会。集众贤，临峻岭崇山，有茂林修竹流水。畅幽情，纵无管弦丝竹，一觞一咏佳天气。于宇宙之中，游心骋目，此娱信可乐只。念人生相与放形骸。或一室晤言襟抱开。静躁虽殊，当其可欣，不知老至。　然倦复何之。情随事改悲相系。俯仰间遗迹，往往俱成陈矣。况约境变迁，终期于尽，修龄短景都能几。谩古换今移，时消物化，痛哉莫大生死。每临文吊往一兴嗟。亦自悼不能喻于怀。算彭殇、妄虚均尔。今之视昔如契，后视今犹昔。故聊叙录时人所述，慨想世殊事异。后之来者览斯文，将悠然、有感于此。

180. 生查子　（一体）

正体　又名楚云深、梅和柳、晴色入青山，双调四十字，上下阕各四句，两仄韵

牛希济

新月曲如眉，未有团圆意。
⊙●●○○；⊙●○○▲

红豆不堪看，满眼相思泪。
⊙●●○○；⊙●○○▲

终日劈桃穰。人在心儿里。
⊙●●○○；⊙●○○▲

两朵隔墙花，早晚成连理。
⊙●●○○；⊙●○○▲

（此调唯两起句平仄变化耳。两起可皆作：⊙○○⊙●○，亦可上起或下起单独用此句式。上下阕后三句第二字皆为仄声，句皆相粘也，填者切记！五代时下起有作七字句者，亦有上起或下起用六字句者，或上下起皆用六字句，不予校订。）

生查子 （宋词）

欧阳修

去年元夜时，花市灯如昼。月到柳梢头，人约黄昏后。
今年元夜时，月与灯依旧。不见去年人，泪满春衫袖。

生查子 （宋词）

晏几道

春从何处归，试向溪边问。岸柳弄娇黄，陇麦回青润。
多情美少年，屈指芳菲近。谁寄岭头梅，来报江南信。

生查子 （宋词）

贺　铸

陌上郎

西津海鹘舟，径度沧江雨。双橹本无情，鸦轧如人语。
挥金陌上郎，化石山头妇。何物系君心，三岁扶床女。

生查子 （宋词）

周紫芝

青丝结晓鬟，临镜心情懒。知为晓愁浓，画得双蛾浅。
柳困玉楼空，花落红窗暖。相对语春愁，只有春闺燕。

生查子 （宋词）

向子諲

相思懒下床，春梦迷胡蝶。入柳又穿花，去去轻如叶。
可堪岐路长，不道关山隔。无赖是黄鹂，唤起空愁绝。

生查子 （宋词）

李 石

今年花发时，燕子双双语。谁与卷珠帘，人在花间住。
明年花发时，燕语人何处。且与寄书来，人往江南去。

生查子 （宋词）

朱淑真

年年玉镜台，梅蕊宫妆困。今岁未还家，怕见江南信。
酒从别后疏，泪向愁中尽。遥想楚云深，人远天涯近。

生查子 （宋词）

姚　宽

情景

郎如陌上尘，妾似堤边絮。相见两悠扬，踪迹无寻处。
酒面扑春风，泪眼零秋雨。过了别离时，还解相思否。

生查子 （宋词）

朱　雍

帘栊月上时，寂寞东风里。又是立黄昏，梅影临窗绮。
玉梅清夜寒，梦断还无寐。晓角一声残，吹彻人千里。

生查子 （宋词）

辛弃疾

去年燕子来，帘幕深深处。香径得泥归，都把琴书污。
今年燕子来，谁听呢喃语。不见卷帘人，一阵黄昏雨。

生查子　（宋词）

程　垓

溪光曲曲村，花影重重树。风物小桃源，春事还如许。
情知送客来，又作寻芳去。可惜一春诗，总为闲愁赋。

生查子　（宋词）

王安石

雨打江南树。一夜花开无数。绿叶渐成阴，下有游人归
路。　　与君相逢处。不道春将暮。把酒祝东风，且莫恁、
匆匆去。

181. 声声慢 （二体）

正体 又名胜胜慢、人在楼上，双调九十七字，上阕十句四平韵，下阕九句四平韵

王沂孙

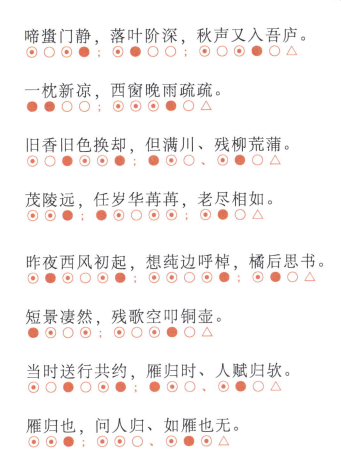

啼螀门静，落叶阶深，秋声又入吾庐。

一枕新凉，西窗晚雨疏疏。

旧香旧色换却，但满川、残柳荒蒲。

茂陵远，任岁华苒苒，老尽相如。

昨夜西风初起，想莼边呼棹，橘后思书。

短景凄然，残歌空叩铜壶。

当时送行共约，雁归时、人赋归欤。

雁归也，问人归、如雁也无。

（上阕第九句，下阕第二句，用一字领。上下阕第七句亦可不破读。上阕第四、第五句可重组为六字、四字各一句。上阕末两句可重组为三字、六字各一句。下阕第二、第三句可重组为三字、六字各一句。下结有作四字、六字各一句者。何梦桂词下阕第二、第三句少两字，王之道别首下阕第二句少一字，曹勋词上阕倒数第二句少一字、下结多一字拆为四字两句。皆不予校订。　上阕第四句平仄有作：●○○●，下阕第二句平仄有作：◉◉●○○。其余个别平仄随意者，不予校订。另，李清照、赵长卿、辛弃疾等共有十五首仄韵词。）

变体 又名胜胜慢、人在楼上，双调九十九字，上下阕各十句，四平韵

晁补之

朱门深掩，摆荡春风，无情镇欲轻飞。
⊙○⊙●；⊙●○○；⊙○○●○△

断肠如雪撩乱，去点人衣。
●○○●⊙●；⊙●○△

朝来半和细雨，向谁家、东馆西池。
⊙○⊙●⊙●；●○○、⊙●○△

算未肯，似桃含红蕊，留待郎归。
⊙●●；●○○●●；⊙●○△

还记章台往事，别后纵青青，似旧时垂。
⊙●○○●●；●●●○○；⊙●○△

灞岸行人多少，竟折柔枝。
●●○○●●；⊙●○△

而今恨啼露叶，镇香街、抛掷因谁。
⊙○⊙●⊙●；●○○、⊙●○△

又争可，妒郎夸春草，步步相随。
⊙●●；●○○●●；⊙●○△

（此体唯下结添两字拆为五字、四字各一句，其余参照正体。吴则礼词上阕倒数第二句少一字，下阕第七句少一字。李商英词上阕第三句多一字；下阕第六句多一字，第七句少三字。无名氏词两首字数、句读差异较多。皆不予校订。）

声声慢　　(宋词)

李清照

　　寻寻觅觅，冷冷清清，凄凄惨惨戚戚。乍暖还寒时候，最难将息。三杯两盏淡酒，怎敌他、晚来风急。雁过也，正伤心，却是旧时相识。　　满地黄花堆积。憔悴损，如今有谁忺摘。守著窗儿，独自怎生得黑。梧桐更兼细雨，到黄昏、点点滴滴。这次第，怎一个、愁字了得。

声声慢　　(宋词)

周　密

柳花咏

　　燕泥沾粉，鱼浪吹香，芳堤十里晴。静惹游丝，花边袅袅扶春。多情最怜飘泊，记章台、曾绾青青。堪爱处，是扑帘娇软，随马轻盈。　　长是河桥三月，做一番晴雪，恼乱诗魂。带雨沾衣，罗襟点点离痕。休缀潘郎鬓影，怕绿窗、年少人惊。卷春去，剪东风、千缕碎云。

声声慢 （宋词）

蒋　捷

秋声

　　黄花深巷，红叶低窗，凄凉一片秋声。豆雨声来，中间夹带风声。疏疏二十五点，丽谯门、不锁更声。故人远，问谁摇玉佩，檐底铃声。　　彩角声吹月堕，渐连营马动，四起笳声。闪烁邻灯，灯前尚有砧声。知他诉愁到晓，碎哝哝、多少蛩声。诉未了，把一半、分与雁声。

声声慢 （宋词）

张　炎

题吴梦窗遗笔（或作题梦窗自度曲霜花腴卷后）

　　烟堤小舫，雨屋深灯，春衫惯染京尘。舞柳歌桃，心事暗恼东邻。浑疑夜窗梦蝶，到如今、犹宿花阴。待唤起，甚江蓠摇落，化作秋声。　　回首曲终人远，黯消魂、忍看朵朵芳云。润墨空题，惆怅醉魄难醒。独怜水楼赋笔，有斜阳、还怕登临。愁未了，听残莺、啼过柳阴。

182. 石州慢　（一体）

正体　又名柳色黄、石州引，双调一百二字，上阕十句四仄韵，下阕十一
句五仄韵

贺　铸

薄雨催寒，斜照弄晴，春意空阔。
⊙●○○；○○●○；⊙●○▲

长亭柳色才黄，远客一枝先折。
⊙○⊙●○；⊙●○○○▲

烟横水际，映带几点归鸦，东风消尽龙沙雪。
⊙○⊙●；⊙●⊙○○；⊙○⊙●○○▲

还记出关时，恰而今时节。
⊙●●○○；●⊙●○▲

将发。画楼芳酒，红泪清歌，顿成轻别。
○▲　⊙○○●；○●○○；⊙○⊙▲

已是经年杳杳，音尘都绝。
⊙●○○⊙●；○○○▲

欲知方寸，共有几许清愁，芭蕉不展丁香结。
⊙○⊙●；⊙●○●○○；○○●●○○▲

枉望断天涯，两厌厌风月。
⊙○●○○；●⊙○○▲

　　（上下阕两结句，例用一字领。下起首字偶有用仄声者。上阕第四、第
五句秦观、王之道词重组为四字三句。下阕第二、第三句赵文词重组为六字
两句，平仄有变，不予参校。王之道词两首字数、句读有异，胡松年词两首
下阕第七、第八、第九句重组为五字三句，不予校订。）

石州慢　（宋词）

秦　观

九日

　　深院萧条，满地苍苔，一丛荒菊。含霜冷蕊，全无佳思，向人摇绿。客边节序，草草付与清觞，孤吟只把羁怀触。便击碎歌壶，有谁知中曲。　　凝目。乡关何处，华髪缁尘，年来劳碌。契阔山中松径，湖边茅屋。沈思此景，几度梦里追寻，青枫路远迷烟竹。待倩问麻姑，借秋风黄鹄。

石州慢　（宋词）

张元幹

　　寒水依痕，春意渐回，沙际烟阔。溪梅晴照生香，冷蕊数枝争发。天涯旧恨，试看几许消魂，长亭门外山重叠。不尽眼中青，是愁来时节。　　情切。画楼深闭，想见东风，暗销肌雪。辜负枕前云雨，尊前花月。心期切处，更有多少凄凉，殷勤留与归时说。到得却相逢，恰经年离别。

石州慢　（宋词）

张　炎

书所见寄子野、公明

　　野色惊秋，随意散愁，踏碎黄叶。谁家篱院闲花，似语试妆娇怯。行行步影，未教背写腰肢，一搦犹立门前雪。依约镜中春，又无端轻别。　　痴绝。汉皋何处，解佩何人，底须情切。空引东邻，遗恨丁香空结。十年旧梦，谩馀恍惚云窗，可怜不是当时蝶。深夜醉醒来，好一庭风月。

183. 侍香金童 （一体）

正体 双调六十五字，上下阕各六句，四仄韵

赵长卿

一种春光，占断东君惜。算秾李、昭华争并得。
●⊙○⊙；●●○○▲　●⊙●、○○○●▲

粉腻酥融娇欲滴。端的尊前，旧曾相识。
⊙●⊙○○●▲　⊙●○○；●⊙○▲

向夜阑，酒醒霜浓寒又力。但只与、冰姿添夜色。
●⊙○，●●○○●▲　●⊙●、○○○●▲

绣幕银屏人寂寂。只许刘郎，暗传消息。
●●⊙○○●▲　⊙●○○；●○○▲

（上下阕后四句句式似同。贺铸词上阕第三句减一字：●⊙●、
○○○▲，下阕亦然：●●○○○●▲。蔡伸词下阕第三句减一字：
●⊙●、○○●▲。无名氏词上阕第三句减一字：●●○○○●▲，下起
作五字两句。无名氏别首下阕第一、第二句添一字重组为六字、五字各一句：
●●⊙○●●；⊙○○●▲，第三句减一字：●●○○○●▲。）

侍香金童　（宋词）

蔡　伸

宝马行春，缓辔随油壁。念一瞬、韶光堪重惜。还是去年同醉日。客里情怀，倍添凄恻。　　记南城、锦迳名园曾遍历。更柳下、人家似织。此际凭阑愁脉脉。满目江山，暮云空碧。

侍香金童　（宋词）

贺　铸

楚梦方回，翠被寒如水。尚想见、扬州桃李。姿秀韵闲何物比。玉管秋风，漫声流美。　　燕堂开，双按秦弦呈素指。宝雁参差飞不起。三五彩蟾明夜是。屈曲阑干，断肠千里。

184. 疏 影 　（一体）

正体　又名绿意、解佩环，双调一百十字，上阕十句五仄韵，下阕十句四仄韵

姜　夔

苔枝缀玉。有翠禽小小，枝上同宿。
⊙○●▲　●⊙○●●；⊙○○▲

客里相逢，篱角黄昏，无言自倚修竹。
⊙●○○；⊙●○○；⊙●⊙●⊙○▲

昭君不惯龙沙远，但暗忆、江南江北。
⊙○●⊙○○●；●●●、⊙○○▲

想佩环、月夜归来，化作此花幽独。
●⊙○、●⊙○○；⊙●●○○▲

犹记深宫旧事，那人正睡里，飞近蛾绿。
⊙●○○●●；⊙○●●●；⊙●○▲

莫似春风，不管盈盈，早与安排金屋。
●●○○；●●○○；⊙●○●○▲

还教一片随波去，又却怨、玉龙哀曲。
⊙○●●○○●；●●●、●○○▲

等恁时、重觅幽香，已入小窗横幅。
●⊙●、⊙●⊙○；⊙●●○○▲

（上阕第二句例用一字领。下阕起句较上阕添两字，其余句式似同。起句可不用韵。下起可用韵。彭履道词下阕第七句少两字，不予参校。）

疏影 （宋词）

周　密

梅影

冰条木叶。又横斜照水，一花初发。素壁秋屏，招得芳魂，仿佛玉容明灭。疏疏满地珊湖冷，全误却、扑花幽蝶。甚美人、忽到窗前，镜里好春难折。　　闲想孤山旧事，浸清漪、倒映千树残雪。暗里东风，可惯无情，搅碎一帘香月。轻妆谁写崔徽面，认隐约、烟绡重叠。记梦回，纸帐残灯，瘦倚数枝清绝。

疏影 （宋词）

张　炎

余于辛卯岁北归，与西湖诸友夜酌，因有感于旧游，寄周草窗。

柳黄未结。放嫩晴消尽，断桥残雪。隔水人家，浑是花阴，曾醉好春时节。轻车几度新堤晓，想如今、燕莺犹说。纵艳游、得似当年，早是旧情都别。　　重到翻疑梦醒，弄泉试照影，惊见华髮。却笑归来，石老云荒，身世飘然一叶。闭门约住青山色，自容与、吟窗清绝。怕夜寒、吹到梅花，休卷半帘明月。

185. 双双燕 （一体）

正体 双调九十八字，上阕九句五仄韵，下阕十句七仄韵

史达祖

过春社了，度帘幕中间，去年尘冷。
●○●● ；◉○●○○ ；●○○▲

差池欲住，试入旧巢相并。还相雕梁藻井。
○○●● ；◉●●●▲　○○●○●▲

又软语、商量不定。飘然快拂花梢，翠尾分开红影。
●◉●、○○○◉▲　○○●○○，●○○●○▲

芳径。芹泥雨润。爱贴地争飞，竞夸轻俊。
○▲　○○●▲　◉●●○○ ；●○○▲

红楼归晚，看足柳昏花暝。应是栖香正稳。
◉○○● ；●●●○○▲　○○○●○▲

便忘了、天涯芳信。愁损翠黛双蛾，日日画阑独凭。
●○●、○○○▲　○◉●○◉○ ；◉●○○◉▲

（下阕第三、第四句，可重组为三字、六字各一句。吴文英词下阕倒数第二句少两字。）

双双燕　　（宋词）

吴文英

　　小桃谢后，双双燕飞来，几家庭户。轻烟晓暝，湘水暮云遥度，帘外馀寒未卷，共斜入、红楼深处。相将占得雕梁，似约韶光留住。　　堪举。翩翩翠羽。杨柳岸，泥香半和梅雨。落花风软，戏促乱红飞舞。多少呢喃意绪。尽日向、流莺分诉。还过短墙，谁会万千言语。

186. 霜天晓角 （一体）

正体 又名踏月、月当窗、长桥月，双调四十三字，上阕四句三仄韵，下阕四句三仄韵

林　逋

冰清霜洁。昨夜梅花发。
⊙○⊙▲　⊙●○○▲

甚处玉龙三弄，声摇动、枝头月。
⊙●○○⊙●　⊙⊙●、⊙○▲

梦绝金兽热。晓寒兰烬灭。
⊙●○●▲　⊙○⊙●▲

更卷珠帘清赏，且莫扫、阶前雪。
⊙●○⊙●：⊙○●、⊙○▲

（入声韵，亦有用平声韵者，以平代入也。两结偶有不作破读。下起可藏短韵，下起平仄亦多：⊙○⊙●▲，或作：⊙●●⊙○▲。下阕第二句平仄可变为：⊙●○○▲。两结倒数第二字偶有用仄声者。）

霜天晓角　　（宋词）

韩元吉

蛾眉亭

倚天绝壁。直下江千尺。天际两蛾凝黛，愁与恨、几时极。　　怒潮风正急。酒醒闻塞笛。试问谪仙何处，青山外、远烟碧。

霜天晓角　　（宋词）

张　抡

晓风摇幕。欹枕闻残角。霜月可窗寒影，金猊冷、翠衾薄。　　旧恨无处著，新愁还又作。夜夜单于声里，灯花共、泪珠落。

霜天晓角　　（宋词）

赵长卿

和梅

雪花飞歇。好向前村折。行至断桥斜处，寒蕊瘦、不禁雪。　　韵绝香更绝。归来人共说。最爱夜堂深迥，疏影占、半窗月。

霜天晓角　　（宋词）

范成大

梅

晚晴风歇。一夜春威折。脉脉花疏天淡，云来去、数枝雪。　　胜绝愁亦绝。此情谁共说。惟有两行低雁，知人倚、画楼月。

霜天晓角　　（宋词）

吴礼之

秋景

西风又急。细雨黄花湿。楼枕一篙烟水，兰舟漾、画桥侧。　　念昔空泪滴。故人何处觅。魂断菱歌凄怨，疏帘卷、暮山碧。

187. 霜叶飞 （一体）

正体 又名斗婵娟，双调一百十一字，上阕十句六仄韵，下阕十句五仄韵

周邦彦

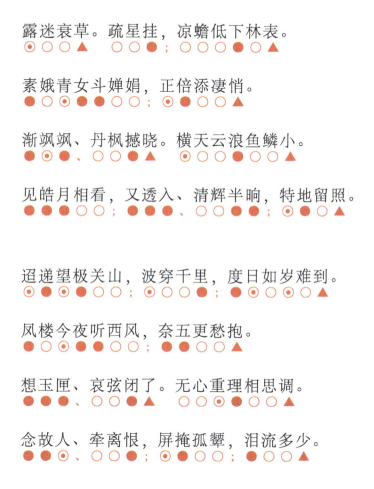

露迷衰草。疏星挂，凉蟾低下林表。
⊙○○▲　○○●；○○●●○▲

素娥青女斗婵娟，正倍添凄悄。
●○⊙●●○○；⊙●○●▲

渐飒飒、丹枫撼晓。横天云浪鱼鳞小。
●⊙●●、○○●▲　⊙○○●○○▲

见皓月相看，又透入、清辉半晌，特地留照。
●●●○○；●●●、○○●●；⊙●○▲

迢递望极关山，波穿千里，度日如岁难到。
⊙●●⊙○○；⊙○○●；●○○●○▲

凤楼今夜听西风，奈五更愁抱。
●○⊙●●○○；●●○○▲

想玉匣、哀弦闭了。无心重理相思调。
●●●、○○●▲　○○⊙●○○▲

念故人、牵离恨，屏掩孤鼙，泪流多少。
●●⊙、○○●；⊙●○○；●○○▲

（起句可不用韵。上阕第九句可用韵。上下阕第四、第五句可重组为四字三句。上下阕第五、第八句例用一字领。沈唐词上阕倒数第二句减一字作六字句；黄裳词起三句重组为七字、六字各一句，且皆用韵，下阕第二句多一字。不予参校。）

霜叶飞 （宋词）

张　炎

毗陵客中闻老妓歌

绣屏开了。惊诗梦，娇莺啼破春悄。隐将谱字转清圆，正杏梁声绕。看帖帖、蛾眉淡扫。不知能聚愁多少。叹客里凄凉，尚记得、当年雅音，低唱还好。　　同是流落殊乡，相逢何晚，坐对真被花恼。贞元朝士已无多，但暮烟衰草。未忘得、春风窈窕。却怜张绪如今老。且慰我、留连意，莫说西湖，那时苏小。

霜叶飞 （金元词）

邵亨贞

小溪岁晚与南金夜坐分韵

晚风吹醒，梅花梦，吟窗人倦无语。楚天云澹雁凄凉，何况黄昏雨。又忽忽、惊心岁序。村荒更迥无钟鼓。对夜色萧条，漫借得、孤缸耿耿，独照离绪。　　憔悴怨墨频题，征衣慵整，怪却双鬓如许。故园犹是旧东风，往事今尘土。但忆着、章台柳树。十年青镜催迟暮。任艳怀、如流水，芳草王孙，有谁能赋。

188. 水调歌头　（一体）

正体　又名水调歌、元会曲、凯歌、台城游，双调九十五字，上阕九句四平韵，
下阕十句四平韵

韩元吉

落日澹芳草，烟际一鸥浮。
⊙●⊙○●；⊙●●○△

西湖好处，君去千里为谁留。
⊙○⊙●；⊙○⊙●●○△

坐想敬亭山下，竹映一溪寒水，飞盖共追游。
⊙●●○○●，⊙●●○○●，⊙●●○△

况有尊前客，相对两诗流。
⊙●⊙○●；⊙●●○△

笑谈间，风满座，气横秋。
⊙⊙○；⊙⊙●；●○△

平生壮志，长啸起舞看吴钩。
⊙○⊙●；⊙○⊙●●○△

红白山花开谢，半醉半醒时节，春去子规愁。
⊙●○○●；⊙●●○●，⊙●●○△

梦绕水西寺，回首谢公楼。
⊙●●○●；⊙●●○△

（上下阕后七句句式似同。起句平仄有作：⊙○○●●，下阕第七
句平仄有作：⊙●⊙○●。下起三字无三平极少三仄。上阕第三、第
四句重组可读为：⊙○○●●●；○●●○△，下阕第四、五句亦然：
⊙○○●●●；⊙●●○△。上阕第四句、下阕第五句首三字不可三仄。
下阕第七句唯苏舜钦、朱敦儒等极少人平仄有异，不予参校。）

（又及：韩玉、李曾白、汪忠臣三首，上阕第三、第四句减一字重组为五字两句；张孝祥两首下阕第五句添两字拆为四字、五字各一句；白君瑞、无名氏两首，上阕第四句减两字作五字句；朱熹、利登、夏元鼎词下阕第五句减两字作五字句；辛弃疾一首，下阕第四、第五句减一字重组为五字两句；无名氏词一首，上阕第三句添两字；无名氏词一首，下阕第五句减一字。相较 920 首宋、金元水调歌头作品，不足为训，故不予校订。）

水调歌头　　(宋词)

苏　轼

丙辰中秋，欢饮达旦，大醉。作此篇，兼怀子由

明月几时有，把酒问青天。不知天上宫阙，今夕是何年。我欲乘风归去，又恐琼楼玉宇，高处不胜寒。起舞弄清影，何似在人间。　　转朱阁，低绮户，照无眠。不应有恨，何事长向别时圆。人有悲欢离合，月有阴晴圆缺，此事古难全。但愿人长久，千里共婵娟。

水调歌头　　(宋词)

周紫芝

丙午登白鹭亭作

岁晚念行役，江阔渺风烟。六朝文物何在，回首更凄然。倚尽危楼杰观，暗想琼枝璧月，罗袜步承莲。桃叶山前鹭，无语下寒滩。　　潮寂寞，浸孤垒，涨平川。莫愁艇子何处，烟树杳无边。王谢堂前双燕，空绕乌衣门巷，斜日草连天。只有台城月，千古照婵娟。

水调歌头　（宋词）

韩元吉

和庞祐甫见寄

落日澹芳草，烟际一鸥浮。西湖好处，君去千里为谁留。坐想敬亭山下，竹映一溪寒水，飞盖共追游。况有尊前客，相对两诗流。　笑谈间，风满座，气横秋。平生壮志，长啸起舞看吴钩。红白山花开谢，半醉半醒时节，春去子规愁。梦绕水西寺，回首谢公楼。

水调歌头　（宋词）

袁去华

次黄舜举登姑苏台韵

吴门古都会，畴昔记曾游。轻帆卸处，西风吹老白蘋洲。试觅姑苏台榭，尚想吴王宫阙，陆海跨鳌头。西子竟何许，水殿漫凉秋。　画图中，烟际寺，水边楼。叫云横玉，须臾三弄不胜愁。兴废都归闲梦，俯仰已成陈迹，家在泽南州。有恨向谁说，月涌大江流。

水调歌头　　（宋词）

张孝祥

过岳阳楼作

　　湖海倦游客，江汉有归舟。西风千里，送我今夜岳阳楼。日落君山云气，春到沅湘草木，远思渺难收。徙倚栏杆久，缺月挂帘钩。　　雄三楚，吞七泽，隘九州。人间好处，何处更似此楼头。欲吊沉纍无所，但有渔儿樵子，哀此写离忧。回首叫虞舜，杜若满芳洲。

水调歌头　　（宋词）

丘　崈

登赏心亭怀古

　　一雁破空碧，秋满荻花洲。淮山淡扫，欲颦眉黛唤人愁。落日归云天外，目断清江无际，浩荡没轻鸥。有恨寄流水，无泪学羁囚。　　望石城，思东府，话西州。平芜千里，古来佳处几回秋。歌舞当年何在，罗绮一时同尽，梦幻两悠悠。杯到莫停手，唯酒可忘忧。

水调歌头 　（宋词）

辛弃疾

盟鸥

　　带湖吾甚爱，千丈翠奁开。先生杖屦无事，一日走千回。凡我同盟鸥鸟，今日既盟之后，来往莫相猜。白鹤在何处，尝试与偕来。　　破青萍，排翠藻，立苍苔。窥鱼笑汝痴计，不解举吾杯。废沼荒丘畴昔，明月清风此夜，人世几欢哀。东岸绿阴少，杨柳更须栽。

水调歌头 　（宋词）

辛弃疾

醉吟

　　四坐且勿语，听我醉中吟。池塘春草未歇，高树变鸣禽。鸿雁初飞江上，蟋蟀还来床下，时序百年心。谁要卿料理，山水有清音。　　欢多少，歌长短，酒浅深。而今已不如昔，后定不如今。闲处直须行乐，良夜更教秉烛，高曾惜分阴。白髮短如许，黄菊倩谁簪。

水调歌头　（宋词）

赵师侠

万载烟雨观

江流清浅外，山色有无中。平田坡岸回曲，一目望难穷。波面轻鸥容与，沙际野航横渡，不信画图工。路入神仙宅，翠锁梵王宫。　俯晴郊，增胜既，气横空。云林城市层列，知有几重重。更上危亭高几，徙倚栏干虚敞，象纬逼璇穹。要尽无边景，烟雨看空濛。

水调歌头　（宋词）

陈　亮

送章德茂大卿使虏

不见南师久，谩说北群空。当场只手，毕竟还我万夫雄。自笑堂堂汉使，得似洋洋河水，依旧只流东。且复穹庐拜，曾向藁街逢。　尧之都，舜之壤，禹之封。于中应有，一个半个耻臣戎。万里腥膻如许，千古英灵安在，磅礴几时通。胡运何须问，赫日自当中。

水调歌头　(宋词)

杨炎正

呈赵总领

买得一航月，醉卧出长安。平堤千里过尽，杨柳绿阴间。依约晓莺啼处，认得南徐风物，客梦恍惊残。重到旧游所，如把画图看。　　英雄事，千古意，一凭阑。惜今老矣，无复健笔写江山。天上人间知已，赖有使星郎宿，照映比尘寰。准拟五湖去，为乞钓鱼竿。

水调歌头　(宋词)

杨炎正

把酒对斜日，无语问西风。胭脂何事，都做颜色染芙蓉。放眼暮江千顷，中有离愁万斛，无处落征鸿。天在阑干角，人倚醉醒中。　　千万里，江南北，浙西东。吾生如寄，尚想三径菊花丛。谁是中州豪杰，借我五湖舟楫，去作钓鱼翁。故国且回首，此意莫匆匆。

水调歌头　（宋词）

葛长庚

咏茶

　　二月一番雨，昨夜一声雷。枪旗争展，建溪春色占先魁。采取枝头雀舌，带露和烟捣碎，炼作紫金堆。碾破香无限，飞起绿尘埃。　　汲新泉，烹活火，试将来。放下兔毫瓯子，滋味舌头回。唤醒青州从事，战退睡魔百万，梦不到阳台。两腋清风起，我欲上蓬莱。

水调歌头　（宋词）

袁长吉

贺人新娶，集曲名

　　紫陌风光好，绣阁绮罗香。相将人月圆夜，早庆贺新郎。先自少年心意，为惜嫦人娇态，久俟愿成双。此夕于飞乐，共学燕归梁。　　索酒子，迎仙客，醉红妆。诉衷情处，些儿好语意难忘。但愿千秋岁里，结取万年欢会，恩爱应天长。行喜长春宅，兰玉满庭芳。

水调歌头　（宋词）

李曾伯

长沙中秋约客赏月

洞庭千古月，湘水一天秋。凉宵将傍三五，玩事若为酬。人立梧桐影下，身在桂花香里，疑是玉为州。宇宙大圆镜，沉瀁际空浮。　傍谯城，瞻岳麓，有巍楼。不妨举酒，相与一笑作遨头。人已星星华发，月只团团素魄，几对老蟾羞。回首海天阔，心与水东流。

水调歌头　（宋词）

方　岳

平山堂用东坡韵

秋雨一何碧，山色倚晴空。江南江北愁思，分付酒螺红。芦叶蓬舟千重，菰菜莼羹一梦，无语寄归鸿。醉眼渺河洛，遗恨夕阳中。　蘋洲外，山欲暝，敛眉峰。人间俯仰陈迹，叹息两仙翁。不见当时杨柳，只是从前烟雨，磨灭几英雄。天地一孤啸，匹马又西风。

水调歌头　（宋词）

李昴英

题舫斋

郭外足幽胜，潮入涨溪流。舫斋小小一叶，老子日遨游。管领白蘋红蓼，披戴绿蓑青箬，直钓任沉浮。玉缕饱鲈鲙，雪阵狎沙鸥。　个中眠，个中坐，个中讴。个中收拾诗料，舫客个中留。休羡乘槎博望，且听洞箫赤壁，乐处是瀛洲。日月荡双桨，天地一虚舟。

水调歌头　（宋词）

李昴英

题登春台

野趣在城市，崛起此台高。谁移蓬岛，冯夷夜半策灵鳌。十万人家髻碧，四面峰峦涌翠，远岫拍银涛。插汉竹双塔，簸两叶轻舠。　我乘风，时一到，共嬉遨。江山无复偃蹇，弹压有诗豪。宝剑孤横星动，铁笛一声云裂，寒月冰宫袍。沧海一杯酒，世界眇鸿毛。

水调歌头　（宋词）

荣樵仲

既难求富贵，何处没溪山。不成天也，不容我去乐清闲。短褐宽裁疏葛，柱杖横拖瘦玉，著个竹皮冠。弄影碧霞里，长啸翠微间。　　醉时歌，狂时舞，困时眠。翛然自得，了无一点俗相干。拟把清风明月，剪作长篇短阕，留与世人看。待倩月边女，归去借青鸾。

水调歌头　（宋词）

无名氏

平生太湖上，短棹几经过。知今重到，何事愁与水云多。拟把匣中长剑，换取扁舟一叶，归去老渔蓑。银艾非吾事，丘壑已蹉跎。　　脍新鲈，斟美酒，起悲歌。太平生长，岂谓今日识兵戈。欲泻三江雪浪，净洗胡尘千里，不用挽天河。回首望霄汉，双泪堕清波。

189.水龙吟　（一体）

正体　又名丰年瑞、鼓笛慢、龙吟曲、小楼连苑、庄椿岁，双调一百二字，上阕十一句四仄韵，下阕十句五仄韵

秦　观

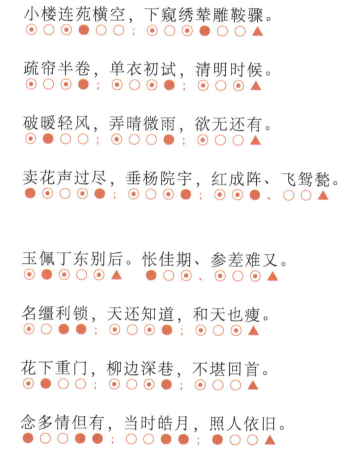

小楼连苑横空，下窥绣毂雕鞍骤。

疏帘半卷，单衣初试，清明时候。

破暖轻风，弄晴微雨，欲无还有。

卖花声过尽，垂杨院宇，红成阵、飞鸳甃。

玉佩丁东别后。怅佳期、参差难又。

名缰利锁，天还知道，和天也瘦。

花下重门，柳边深巷，不堪回首。

念多情但有，当时皓月，照人依旧。

　　（上下阕第九句，用一字领。上起两句可重组为四字、四字、五字各一句，亦有重组为七字、六字各一句者。上阕第三、第四、第五句可重组为六字两句。上阕第九、第十句有重组为三字、六字各一句者。上阕末三句或有重组为七字、四字、四字各一句者。上结偶有不作破读。下阕第三、第四、第五句可重组为六字两句。下阕末三句可重组为七字、六字各一句。上阕末两句偶有重组为三字、七字一句。另有曹勋、赵长卿、葛立方、张孝祥等人十余首词作字数、句读略有异，不予校订。）

水龙吟　（宋词）

苏　轼

次韵章质夫杨花词

　　似花还似非花，也无人惜从教坠。抛家傍路，思量却是，无情有思。萦损柔肠，困酣娇眼，欲开还闭。梦随风万里，寻郎去处，又还被、莺呼起。　　不恨此花飞尽，恨西园、落红难缀。晓来雨过，遗踪何在，一池萍碎。春色三分，二分尘土，一分流水。细看来，不是杨花点点，是离人泪。

水龙吟　（宋词）

李　祁

郎官湖

　　碧山横绕清湖，茂林秀麓波光里。南宫老大，西洲漂荡，危亭重倚。雨步云行，饵风饮雾，平生游戏。笑此中空洞，都无一物，有神妙、浩然气。　　扫尽云南梦北，看三江五湖秋水。狂歌两解，清尊一举，超然千里。江汉苍茫，故人何处，山川良是。待白蘋露下，青天月上，约骑鲸起。

水龙吟　（宋词）

辛弃疾

登建康赏心亭

　　楚天千里清秋，水随天去秋无际。遥岑远目，献愁供恨，玉簪螺髻。落日楼头，断鸿声里，江南游子。把吴钩看了，栏干拍遍，无人会、登临意。　　休说鲈鱼堪鲙。尽西风、季鹰归未。求田问舍，怕应羞见，刘郎才气。可惜流年，忧愁风雨，树犹如此。倩何人，唤取盈盈翠袖，揾英雄泪。

水龙吟　（宋词）

程　垓

　　夜来风雨匆匆，故园定是花无几。愁多愁极，等闲孤负，一年芳意。柳困花慵，杏青梅小，对人容易。算好春长在，好花长见，元只是、人憔悴。　　回首池南旧事。恨星星、不堪重记。如今但有，看花老眼，伤时清泪。不怕逢花瘦，只愁怕、老来风味。待繁红乱处，留云借月，也须拚醉。

水龙吟 （宋词）

陈　亮

春恨

　　闹花深处层楼，画帘半卷东风软。春归翠陌，平莎茸嫩，垂杨金浅。迟日催花，淡云阁雨，轻寒轻暖。恨芳菲世界，游人未赏，都付与、莺和燕。　　寂寞凭高念远。向南楼、一声归雁。金钗斗草，青丝勒马，风流云散。罗绶分香，翠绡对泪，几多幽怨。正销魂，又是疏烟淡月，子规声断。

水龙吟 （宋词）

卢祖皋

淮西重午

　　会昌湖上扁舟，几年不醉西山路。流光又是，宫衣初试，安榴半吐。千里江山，满川烟草，薰风淮楚。念离骚恨远，独醒人去，阑干外，谁怀古。　　亦有鱼龙戏舞。艳晴川、绮罗歌鼓。乡情节意，尊前同是，天涯羁旅。涨渌池塘，翠阴庭院，归期无据。问明年此夜，一眉新月，照人何处。

水龙吟　（宋词）

黄　机

　　晴江衮衮东流，为谁流得新愁去。新愁都在，长亭望际，扁舟行处。歌罢翻香，梦回呵酒，别来无据。恨荼蘼吹尽，樱桃过了，便只恁、成孤负。　　须信情钟易感，数良辰、佳期应误。才高自叹，彩云空咏，凌波谩赋。团扇尘生，吟笺泪渍，一觞慵举。但丁宁双燕，明年还解，寄平安否。

水龙吟　（宋词）

黄孝迈

　　闲情小院沉吟，草深柳密帘空翠。风檐夜响，残灯慵剔，寒轻怯睡。店舍无烟，关山有月，梨花满地。二十年好梦，不曾圆合，而今老、都休矣。　　谁共题诗秉烛，两厌厌、天涯别袂。柔肠一寸，七分是恨，三分是泪。芳信不来，玉箫尘染，粉衣香退。待问春，怎把千红换得，一池绿水。

水龙吟 （宋词）

张绍文

春晚

日迟风软花香，困人天气情怀懒。牡丹谢了，酴醾开后，红稀绿暗。慵下妆楼，倦吟鸾镜，粉轻脂淡。叹韶华迤逦，将春归去，沉思处、空肠断。　　长是愁蛾不展。话春心、只凭双燕。良辰美景，可堪虚负，登临心眼。雁杳鱼沉，信音难托，水遥山远。但无言，倚遍阑干十二，对芳天晚。

水龙吟 （宋词）

施 岳

翠鳌涌出沧溟，影横栈壁迷烟墅。楼台对起，阑干重凭，山川自古。梁苑平芜，汴堤疏柳，几番晴雨。看天低四远，江空万里，登临处、分吴楚。　　两岸花飞絮舞。度春风、满城箫鼓。英雄暗老，昏潮晓汐，归帆过舻。淮水东流，塞云北渡，夕阳西去。正凄凉望极，中原路杳，月来南浦。

水龙吟 （宋词）

刘辰翁

寓兴和巽吾韵

何须银烛红妆，菜花总是曾留处。流觞事远，绕梁歌断，题红人去。绕蝶东墙，啼莺修竹，疏蝉高树。叹一春风雨，归来抱膝，怀往昔、自凄楚。　　遥望东门柳下，梦参差，欲归幽路。断红芳草，连空积水，凭高坠雾。水洗铜驼，天清华表，升平重遇。但相如老去，江淹才尽，有何人赋。

水龙吟 （宋词）

周　密

次张斗南韵

舞红轻带愁飞，宝鞯暗忆章台路。吟香醉雨，吹箫门巷，飘梭院宇。立尽残阳，眼迷睛树，梦随风絮。叹江潭冷落，依依旧恨，人空老、柳如许。　　锦瑟华年暗度。赋行云、空题短句。情丝系燕，么弦弹凤，文君更苦。烟水流红，暮山凝紫，是春归处。怅江南望远，蘋花自采，寄将愁与。

水龙吟　(宋词)

王沂孙

白莲

翠云遥拥环妃，夜深按彻霓裳舞。铅华净洗，涓涓出浴，盈盈解语。太液荒寒，海山依约，断魂何许。甚人间、别有冰肌雪艳，娇无奈、频相顾。　　三十六陂烟雨。旧凄凉、向谁堪诉。如今谩说，仙姿自洁，芳心更苦。罗袜初停，玉珰还解，早凌波去。试乘风一叶，重来月底，与修花谱。

水龙吟　(宋词)

张　炎

白莲

仙人掌上芙蓉，涓涓犹湿金盘露。轻妆照水，纤裳玉立，飘飖似舞。几度消凝，满湖烟月，一汀鸥鹭。记小舟夜悄，波明香远，浑不见、花开处。　　应是浣纱人妒。褪红衣、被谁轻误。闲情淡雅，冶容清润，凭娇待语。隔浦相逢，偶然倾盖，似传心素。怕湘皋佩解，绿云十里，卷西风去。

水龙吟　（宋词）

秦　观

　　琐窗睡起门重闭，无奈杨花轻薄。水沈烟冷，琵琶尘掩，懒亲弦索。檀板歌莺，霓裳舞燕，当年娱乐。望天涯、万叠关山，烟草连天，远凭高阁。　　闲把菱花自照，笑春山、为谁涂抹。几时待得，信传青鸟，桥通乌鹊。梦后馀情，愁边剩思，引杯孤酌。正黯然、对景销魂，墙外一声谯角。

190. 苏幕遮 （一体）

正体 又名鬓云松令，双调六十二字，上下阕各七句，四仄韵

范仲淹

碧云天，黄叶地。秋色连波，波上含烟翠。
●○○；○●▲　　⊙●○○；⊙●●○▲

山映斜阳天接水。芳草无情，更在斜阳外。
⊙●⊙○○●▲　⊙●○○；⊙●●○▲

黯乡魂，追旅思。夜夜除非，好梦留人睡。
●○○；○●▲　⊙●○○；⊙●○○▲

明月楼高休独倚。酒入愁肠，化作相思泪。
⊙●⊙○○●▲　⊙●●○；⊙●○○▲

（上下阕句式似同。）

苏幕遮　（宋词）

梅尧臣

露堤平，烟墅杳。乱碧萋萋，雨后江天晓。独有庾郎年最少。窣地春袍，嫩色宜相照。　　接长亭，迷远道。堪怨王孙，不记归期早。落尽梨花春又了。满地残阳，翠色和烟老。

苏幕遮　（宋词）

周邦彦

般涉

燎沉香，消溽暑。鸟雀呼晴，侵晓窥檐语。叶上初阳干宿雨。水面清圆，一一风荷举。　　故乡遥，何日去。家住吴门，久作长安旅。五月渔郎相忆否。小楫轻舟，梦入芙蓉浦。

苏幕遮 （宋词）

柴元彪

客中独坐

晚晴初，斜照里。远水连天，天外帆千里。百尺高楼谁独倚。滴落梧桐，一片相思泪。　　马又嘶，风又起。断续寒砧，又送黄昏至。明月照人人不睡。愁雁声声，更切愁人耳。

苏幕遮 （宋词）

无名氏

陇云沈，新月小。杨柳梢头，能有春多少。试著罗裳寒尚峭。帘卷青楼，占得东风早。　　翠屏深，香篆袅。流水落花，不管刘郎到。三叠阳关声渐杳。断雨残云，只怕巫山晓。

191. 诉衷情 （四体）

正体　又名诉衷情令、桃花水、渔父家风、一丝风，双调四十四字，上阕
四句三平韵，下阕六句三平韵

晏　殊

青梅煮酒斗时新。天气欲残春。
⊙○○●●○△　　⊙●●○△

东城南陌花下，逢著意中人。
⊙○○○○●；⊙○●○△

回绣袂，展香茵。叙情亲。
○●●；●○△　　●○△

此时拌作，千尺游丝，惹住朝云。
⊙○●●；⊙●○○；⊙●○△

　　（上阕第三句有作：⊙○●○○●，或：⊙●●⊙○○●。下阕第四句有
作：⊙○⊙●。丘崈词上阕第二句多一字，严仁词上阕第三句多一字，蔡柟
词下阕变异较多，毛滂词上下阕皆添字，不予参校。）

变体一 又名诉衷情令、桃花水、渔父家风、一丝风，双调四十五字，上阕四句三平韵，下阕六句三平韵

欧阳修

眉意

清晨帘幕卷轻霜。呵手试梅妆。
⊙○○●●○△　⊙●●○△

都缘自有离恨，故画作、远山长。
⊙○○●○●；⊙⊙●、●○△

思往事，惜流芳。易成伤。
○○●；●○△　●○△

拟歌先敛，欲笑还颦，最断人肠。
⊙○○●；⊙●●○；⊙●○△

（上结添一字，破读为三、三，亦可不破读。余同正体。）

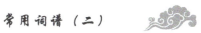

变体二 又名诉衷情令、桃花水、渔父家风、一丝风，单调三十三字，
十一句五仄韵、六平韵

温庭筠

莺语。花舞。春昼午。雨霏微。
○ ▲　○ ▲　○ ● ▲　● ○ △

金带枕。宫锦。凤凰帷。
○ ● ▲　○ ▲　● ○ △

柳弱莺交飞。依依。
◉ ● ● ○ △　○ △

辽阳音信稀。梦中归。
◉ ○ ○ ● △　● ○ △

（此调初创也，宋后绝少填者。韦庄、顾敻词起三句皆并为七字一句。）

变体三　又名诉衷情、桃花水、渔父家风、一丝风，双调四十一字，上阕五句四平韵，下阕四句四平韵

毛文锡

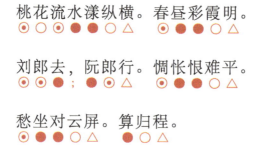

桃花流水漾纵横。春昼彩霞明。

刘郎去，阮郎行。惆怅恨难平。

愁坐对云屏。算归程。

何时携手洞边迎。诉衷情。

（下阕第三句亦可不用韵。上阕第二句有作：○○●●△。此体宋后亦绝少填者。）

诉衷情 （五代词）

顾　夐

永夜抛人何处去，绝来音。香阁掩。眉敛。月将沉。争忍不相寻。怨孤衾。换我心、为你心。始知相忆深。

诉衷情 （宋词）

康与之

长安怀古

阿房废址汉荒丘。狐兔又群游。豪华尽成春梦，留下古今愁。　　君莫上，古原头。泪难收。夕阳西下，塞雁南飞，渭水东流。

诉衷情 （宋词）

晏　殊

芙蓉金菊鬥馨香。天气欲重阳。远村秋色如画，红树间疏黄。　　流水淡，碧天长。路茫茫。凭高目断。鸿雁来时，无限思量。

诉衷情　(宋词)

晏几道

凭觞静忆去年秋，桐落故溪头。诗成自写红叶，和恨寄东流。　　人脉脉，水悠悠。几多愁。雁书不到，蝶梦无凭，漫倚高楼。

诉衷情　(宋词)

晏几道

长因蕙草记罗裙。绿腰沉水熏。阑干曲处人静，曾共倚黄昏。　　风有韵，月无痕。暗消魂。拟将幽恨，试写残花，寄与朝云。

诉衷情　(宋词)

贺　铸

不堪回首卧云乡。羁宦负清狂。年来镜湖风月，鱼鸟两相忘。　　秦塞险，楚山苍。更斜阳，画桥流水，曾见扁舟，几度刘郎。

诉衷情 （宋词）

仲 殊

春情

楚江南岸小青楼。楼前人舣舟。别来后庭花晚，花上梦悠悠。　　山不断，水空流，谩凝眸。建康宫殿，燕子来时，多少闲愁。

诉衷情 （宋词）

仲 殊

春词

长桥春水拍堤沙。疏雨带残霞。几声脆管何处，桥下有人家。　　宫树绿，晚烟斜。噪闲鸦。山光无尽，水风长在，满面杨花。

诉衷情　（宋词）

毛滂

七夕

短疏萦绿象床低。玉鸭度香迟。微云淡著河汉，凉过碧梧枝。　　秋韵起，月阴移。下帘时。人间天上，一样风光，我与君知。

诉衷情　（宋词）

米友仁

渊明诗

结庐人境羡陶潜。车马不来喧。胜处自多真趣，飞鸟日相还。　　心既远，地仍偏。见南山。手持菊颖，山气常佳，欲辨忘言。

诉衷情　（宋词）

朱敦儒

青垂柳线水平池。芳径燕初飞。日长事少人静，山茧换单衣。　　箫鼓远，篆香迟。卷帘低。半床花影，一枕松风，午醉醒时。

诉衷情　（宋词）

陆　游

当年万里觅封侯。匹马戍梁州。关河梦断何处，尘暗旧貂裘。　　胡未灭，鬓先秋。泪空流。此生谁料，心在天山，身老沧洲。

诉衷情　（宋词）

刘仙伦

客中

征衣薄薄不禁风。长日雨丝中。又是一年春事，花信到梧桐。　　云漠漠，水溶溶。去匆匆。客怀今夜，家在江西，身在江东。

诉衷情 （金元词）

王庭筠

夜凉清露滴梧桐。庭树又西风。熏笼旧香犹在，晓帐暖芙蓉。　　云淡薄，月朦胧。小帘栊。江湖残梦，半在南楼，画角声中。

诉衷情 （金元词）

吴 激

夜寒茅店不成眠。残月照吟鞭。黄花细雨时候，催上渡头船。　　鸥似雪，水如天。忆当年。到家应是，童稚牵衣，笑我华颠。

192. 琐窗寒 （一体）

正体 又名锁窗寒、锁寒窗，双调九十九字，上阕十句四仄韵，下阕十句六仄韵

周邦彦

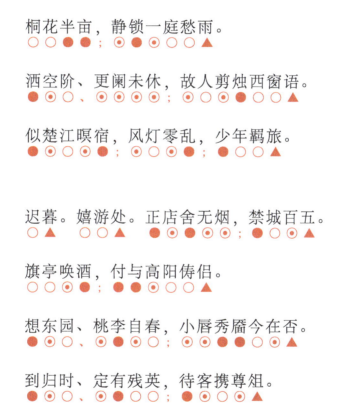

暗柳啼鸦，单衣伫立，小帘朱户。
●●○○；○○●●；●○○▲

桐花半亩，静锁一庭愁雨。
○○●●；●●●○○▲

洒空阶、更阑未休，故人剪烛西窗语。
●●○、○●●○，●○●●○○▲

似楚江暝宿，风灯零乱，少年羁旅。
●●○○●；○○○●；●○○▲

迟暮。嬉游处。正店舍无烟，禁城百五。
○▲　○○▲　●●○○；●○●▲

旗亭唤酒，付与高阳俦侣。
○○●●；●●●○○▲

想东园、桃李自春，小唇秀靥今在否。
●●○、●●●●○；●●●○●○○▲

到归时、定有残英，待客携尊俎。
●●○、●●○○；●●○○●▲

（上阕第八句、下阕第三句例用一字领。上结可作七字、六字各一句，其七字句读作三、四。下起可不用短韵，并为五字一句。张炎别首下阕第六句多一字，扬无咎词下起第二句多一字，王沂孙别首下阕第三、四句，改为三字、六字各一句，不予校订。）

843

琐窗寒 （宋词）

苏茂一

重游东湖

云浦苍寒，烟堤幕翠，旧痕新涨。春愁十里，冉冉碧丝摇荡。记登临、少年思豪，唾壶击玉歌清壮。到如今梦里，秋风鸿阵，晚波渔唱。　　惆怅重来处，望画舫天边，辔丝原上。山阴秀句，付与一声云响。正东湖、谁家柳下，午阴漠漠人荡桨。最堪怜、白发周郎，为江山自赏。

琐窗寒 （宋词）

王沂孙

春思

趁酒梨花，催诗柳絮，一窗春怨。疏疏过雨，洗尽满阶芳片。数东风、二十四番，几番误了西园宴。认小帘朱户，不如飞去，旧巢双燕。　　曾见。双蛾浅。自别后，多应黛痕不展。扑蝶花阴，怕看题诗团扇。试凭他、流水寄情，溯红不到春更远。但无聊、病酒厌厌，夜月荼蘼院。

193. 踏莎行　（二体）

正体　又名喜朝天、柳长春、踏雪行、转调踏莎行，双调五十八字，上下
阕各五句，三仄韵

晏　殊

细草愁烟，幽花怯露。凭阑总是消魂处。
⊙●○○；⊙○○▲　⊙○⊙○●○○▲

日高深院静无人，时时海燕双飞去。
⊙○⊙●●○○；⊙○⊙●●○○▲

带缓罗衣，香残蕙炷。天长不禁迢迢路。
⊙●○○；⊙○○▲　⊙○○○●○○▲

垂杨只解惹春风，何曾系得行人住。
⊙○⊙●●●○○；⊙○⊙●●○○▲

（上下阕句式似同。元明话本假托赵旭词下阕末两句各多一字，不予校
订。）

变体　双调六十六字，上下阕各六句，四仄韵

曾　觌

翠幄成阴，谁家帘幕。绮罗香拥处、觥筹错。
●●○○；○○◉▲　◉○○○●、◉○▲

清和将近，奈春寒更薄。高歌看簌簌、梁尘落。
○○◉●；●○○○▲　○○○●●、○○▲

好景良辰，人生行乐。金杯无奈是、苦相虐。
●●○○；◉○◉▲　◉○◉○●、●○▲

残红飞尽，袅垂杨轻弱。来岁断不负、莺花约。
○○◉●；●◉○◉▲　◉○●○●、◉○▲

　　（此体又名转掉踏莎行，系正体第三、第五句各添一字，第四句添两字拆为四字、五字各一句。上下阕第五句例用一字领。陈亮别首，上下阕第五句俱减一领字，两结均作四字两句。）

踏莎行　（宋词）

寇　准

　　春色将阑，莺声渐老。红英落尽青梅小。画堂人静雨濛濛，屏山半掩馀香袅。　　密约沉沉，离情杳杳。菱花尘满慵将照。倚楼无语欲销魂，长空黯淡连芳草。

踏莎行　（宋词）

晏　殊

　　碧海无波，瑶台有路。思量便合双飞去。当时轻别意中人，山长水远知何处。　　绮席凝尘，香闺掩雾。红笺小字凭谁附。高楼目尽欲黄昏，梧桐叶上萧萧雨。

踏莎行　（宋词）

欧阳修

　　候馆梅残，溪桥柳细。草薰风暖摇片辔。离愁渐远渐无穷，迢迢不断如春水。　　寸寸柔肠，盈盈粉泪。楼高莫近危阑倚。平芜尽处是春山，行人更在春山外。

踏莎行 （宋词）

李之仪

紫燕衔泥，黄莺唤友。可人春色暄晴昼。王孙一去杳无音，断肠最是黄昏后。　　宝髻慵梳，玉钗斜溜。凭阑目断空回首。薄情何事不归来。谩教折尽庭前柳。

踏莎行 （宋词）

秦 观

雾失楼台，月迷津渡。桃源望断无寻处。可堪孤馆闭春寒，杜鹃声里斜阳暮。　　驿寄梅花，鱼传尺素。砌成此恨无重数。郴江幸自绕郴山，为谁流下潇湘去。

踏莎行 （宋词）

贺 铸

芳心苦（七首之四）

杨柳回塘，鸳鸯别浦。绿萍涨断莲舟路。断无蜂蝶慕幽香，红衣脱尽芳心苦。　　返照迎潮，行云带雨。依依似与骚人语。当年不肯嫁春风，无端却被秋风误。

踏莎行　（宋词）

刘一止

游凤凰台

二水中分，三山半落。风云气象通寥廓。少年怀古有新诗，清愁不是伤春作。　　六代豪华，一时燕乐。从教雨打风吹却。与君携酒近阑干，月明满地天无幕。

踏莎行　（宋词）

吕本中

雪似梅花，梅花似雪。似和不似都奇绝。恼人风味阿谁知，请君问取南楼月。　　记得旧时，探梅时节。老来旧事无人说。为谁醉倒为谁醒，到今犹恨轻离别。

踏莎行 （宋词）

辛弃疾

春日有感

萱草斋阶，芭蕉弄叶。乱红点点团香蝶。过墙一阵海棠风，隔帘几处梨花雪。　　愁满芳心，酒潮红颊。年年此际伤离别。不妨横管小楼中，夜阑吹断千山月。

踏莎行 （宋词）

王万之

柳外寒轻，水边亭小。昨朝燕子归来了。天涯无数旧愁根，东风种得成芳草。　　亭畔秋千，当时欢笑。香肌不满和衣抱。那堪别后更思量，春来瘦得知多少。

194. 太常引 （二体）

正体 又名太清引、腊前梅，双调五十字，上阕四句四平韵，下阕五句三平韵

韩 玉

东城归路水云间。几曾放、梦魂闲。
◉○○●●●○△　◉○○●、●○△

何日整归鞍。又人对、西风凭栏。
◉○●○△　●◉●、○○●△

温柔情性，系怀伤感，欲诉诉应难。
◉○◉●；◉○◉●；◉●●○△

愁聚两眉端。又叠起、千山万山。
◉●●○△　◉◉●、○○●△

变体 双调四十九字，上阕四句四平韵，下阕五句三平韵

辛弃疾

仙机似欲织纤罗。仿佛度金梭。
⊙○⊙●●○△　⊙●●○△

无奈玉纤何。却弹作、清商恨多。
⊙●●○△　●⊙●、○○●△

珠帘影里，如花半面，绝胜隔帘歌。
⊙○⊙●；⊙○⊙●；⊙●●○△

世路苦风波。且痛饮、公无渡河。
⊙●●○△　⊙⊙●、○○●△

太常引　　（宋词）

辛弃疾

建康中秋为吕叔潜赋

　　一轮秋影转金波。飞镜又重磨。把酒问姮娥。被白髮、欺人奈何。　　乘风好去，长空万里，直下看山河。斫去桂婆娑。人道是、清光更多。

195. 摊破南乡子 （一体）

正体　又名锦被堆、青杏儿、似娘儿、庆灵椿、闲闲令，双调六十二字，上下阕各六句，三平韵

程　垓

休赋惜春诗。留春住、说与人知。
⊙●●○△　○⊙●、⊙●○△

一年已负东风瘦，说愁说恨，数期数刻，只望归时。
●○⊙●○○●；⊙○○●；⊙○○●；⊙●○△

莫怪杜鹃啼。真个也、唤得人归。
⊙●●○△　○⊙●、⊙●○△

归来休恨花开了，梁间燕子，且教知道，人也双飞。
⊙○⊙●○○●；⊙○○●；⊙○○●；⊙●○△

（上阕第二句有作：●●○、⊙●○△。）

摊破南乡子　（宋词）

赵长卿

残秋

橘绿与橙黄。近小春、已过重阳。晚来一霎霏微雨，单衣渐觉，西风冷也，无限情伤。　　孤馆最凄凉。天色儿、苦恁凄惶。离愁一枕灯残后，睡来不是，行行坐坐，月在回廊。

摊破南乡子　（金元词）

姫　翼

咏菊

春夏竞芬芳。天怜此、秘惜藏光。纷华落尽方开展，疏丛浅淡，孤标冷落，独傲秋霜。　　好在水云乡。无人知、见又何妨。赏心希遇陶元亮，新松相对，金英依旧，风逗天香。

摊破南乡子 　（金元词）

赵秉文

风雨替花愁。风雨罢、花也应休。劝君莫惜花前醉，今年花谢，明年花谢，白了人头。　　乘兴两三瓯。拣溪山、好处追游。但教有酒身无事，有花也好，无花也好，选甚春秋。

摊破南乡子 　（金元词）

周　权

两鬓点霜花，汉南柳、心事蹉跎。幼舆只合居岩谷，绳床近竹，柴门临水，任我婆娑。　　诗老日相过。爱苍苔、屐齿新蹉。生涯点检无多子，东篱种菊，南山种豆，醉后高歌。

196. 探春令 （四体）

正体 又名留春令、景龙灯，双调五十字，上下阕各四句，三仄韵

晏几道

画屏天畔，梦回依约，十洲云水。
⊙○○●；●○○●，⊙○⊙▲

手捻红笺寄人书，写无限、伤春事。
●●●○○○○；●⊙●、○○▲

别浦高楼曾漫倚。对江南千里。
⊙●○○○●▲　●⊙○○▲

楼下分流水声中，有当日、凭高泪。
⊙●○○●●○；●⊙●、○○▲

（下阕第二句例用一字领。史达祖词上阕第四句作：●○○●●○○。高观国词下起作：⊙●○○●○▲。赵佶词下结多一字，且数句平仄异，不予校订。）

变体一 又名留春令、景龙灯，双调五十二字，上下阕各四句，三仄韵

赵长卿

赏梅十首之二

而今风韵，旧时标致，总皆奇绝。
⊙○○●；●○○●，⊙○⊙▲

再相逢还是，春前腊后，粉面凝香雪。
●○○⊙⊙●；○⊙●●；⊙●○○▲

芳心自与群花别。尽孤高清洁。
⊙○○●○○▲　●⊙○○▲

那情怀最是，与人好处，冷淡黄昏月。
●⊙○⊙●●；⊙○○●；⊙●○○▲

（上阕第四句，下阕第二、第三句，例用一字领。李之仪词上阕第四句、下阕第三句皆少一字，两起句平仄皆异。沈端节词下阕第二句多一字。皆不予校订。）

变体二　又名留春令、景龙灯，双调五十二字，上下阕各四句，三仄韵

晏几道

绿杨枝上，晓莺啼报，融和天气。
⊙○⊙●；●○○●；○○⊙▲

被数声、吹入纱窗里。又惊起、娇娥睡。
●⊙○、⊙●○●▲　●⊙●、○○▲

绿云斜軃金钗坠。惹芳心如醉。
⊙○⊙●●○▲　●⊙○⊙▲

为少年、湿了鲛绡帕，上都是、相思泪。
●⊙○、⊙●○○●；●⊙●、○○▲

　　（一题无名氏作。下阕第二句例用一字领。上阕第三句亦可不用韵。与变体一末三句句读有异。）

变体三 又名留春令、景龙灯，双调五十二字，上下阕各四句，三仄韵

蒋 捷

玉窗蝇字记春寒，满茸丝红处。
⊙○○●●○○；●○○⊙▲

画翠鸳、双展金蛔翅。未抵我、愁红腻。
●⊙○、○●⊙○▲ ⊙⊙●、○○▲

芳心一点天涯去，絮濛濛遮住。
⊙○⊙●○○●；●○○⊙▲

旧对花、弹阮纤琼指。为粉靥、空弹泪。
●⊙○、○●●○▲ ⊙○●、○○▲

（上下阕句式似同。上、下阕第二句例用一字领。起两句改作七字、五字各一句而已，余同变体二。）

探春令　（宋词）

史达祖

咏梅花

故人溪上，挂愁无奈，烟梢月树。一涓春水点黄昏，便没顿、相思处。　曾把芳心深相许。故梦劳诗苦。闻说东风亦多情，被竹外、香留住。

探春令　（宋词）

高观国

梅

玉清冰瘦，洗妆初见，春风头面。等得黄昏月溪寒，爱顾影、临清浅。　历尽冰霜空羞怨。怨粉香消减。江北江南旧情多，奈笛里、关山远。

探春令　（宋词）

李清照

湖上风来波浩渺。秋已暮、红稀香少。水光山色与人亲，说不尽、无穷好。　莲子已成荷叶老。青露洗、蘋花汀草。眠沙鸥鹭不回头，似也恨、人归早。

197. 探春慢 （一体）

正体 又名探春，双调一百三字，上下阕各十句，四仄韵

姜　夔

衰草愁烟，乱鸦送日，风沙回旋平野。
⊙●○○；⊙●○●；○○○●▲

拂雪金鞭，欺寒茸帽，还记章台走马。
⊙●○○；⊙○○●；⊙●○○▲

谁念漂零久，漫赢得、幽怀难写。
○○○●；●⊙○、○○○▲

故人青盼相逢，小窗闲共情话。
●⊙●○○；⊙○○●○▲

长恨离多会少，重访问竹西，珠泪盈把。
⊙●○○●；⊙○●○○；○○○▲

雁碛沙平，渔汀人散，老去不堪游冶。
●●○○；⊙○○●；○●⊙○○▲

无奈苕溪月，又唤我、扁舟东下。
⊙●○○●；○●●、○○○▲

甚日归来，梅花零乱春夜。
⊙●○○；⊙○○●○▲

（上下阕中间五句以及结句似同。下起可用韵。上结有作：●●●⊙○○▲。下结多作：⊙○○●○○▲，偶有：●●●○○●▲。周密、张炎别首，上阕第三句作：●●⊙○○▲。吴文英词字数、句读皆异，不予校订。）

探春慢　（宋词）

陈允平

苏堤春晓

　　上苑乌啼，中洲鹭起，疏钟才度云窈。篆冷香篝，灯微尘幌，残梦犹吟芳草。搔首卷帘看，认何处、六桥烟柳。翠桡才舣西泠，趁取过湖人少。　　掠水风花缭绕。还暗忆年时，旗亭歌酒。隐约春声，钿车宝勒，次第凤城开了。惟有踏青心，纵早起、不嫌寒峭。画阑闲立，东风旧红谁扫。

探春慢　（宋词）

张　炎

己亥客阆间，岁晚江空，暖雨夺雪，篝灯顾影，依依可怜。作此曲，寄戚五云。书之，几脱腕也

　　列屋烘炉，深门响竹，催残客里时序。投老情怀，薄游滋味，消得几多凄楚。听雁听风雨，更听过、数声柔橹。暗将一点心，试托醉乡分付。　　借问西楼在否。休忘了盈盈，端正窥户。铁马春冰，柳蛾晴雪，次第满城箫鼓。闲见谁家月，浑不记、旧游何处。伴我微吟，恰有梅花一树。

198. 探芳信　（二体）

正体　又名西湖春，双调九十字，上阕十句五仄韵，下阕九句五仄韵

史达祖

谢池晓。被酒殢春眠，诗萦芳草。
●○▲　　●●◉○○；◉○○▲

正一阶梅粉，都未有人扫。
●●○◉●；○◉●○▲

细禽啼处东风软，嫩约关心早。
◉○○◉○○；◉○○▲

未烧灯，怕有残寒，故园稀到。
●◉○；●○○●▲

说道试妆了。也为我相思，占它怀抱。
◉●●○▲　　●●◉●○；◉○○▲

静数窗棂，最忱听、鹊声好。
◉●○○；◉○●、●○▲

半年白玉台边话，屡见银钩小。
●○◉●○○；◉○○▲

指芳期，夜月花阴梦老。
●○○；●●○○●▲

（上阕第二、第四句，下阕第二句，例用一字领。下起可不用韵。吴文英别首字数、句读、用韵皆有异，不予校订。）

变体 又名西湖春，双调八十九字，上阕十句五仄韵，下阕九句五仄韵

周　密

西泠春感

步晴昼。向水院维舟，津亭唤酒。
●○▲　●●◉○○；◉◉◉▲

叹刘郎重到，依依谩怀旧。
●◉○◉●；○◉●○▲

东风空结丁香怨，花与人俱瘦。
◉○●◉○○；◉●●○▲

甚凄凉，暗草沿池，冷苔侵甃。
●◉○；●●○；●○○▲

桥外晚风骤。正香雪随波，浅烟迷岫。
◉●◉○▲　●●◉○○；●○○▲

废苑尘梁，如今燕来否。
◉●○○；○○●○▲

翠云零落空堤冷，往事休回首。
●○○●○○；◉●●○▲

最消魂、一片斜阳恋柳。
●○○、●●○○●▲

（较正体，唯下阕第五句减一字耳。）

探芳信　(宋词)

吴文英

为春瘦。更瘦如梅花，花应知否。任枕函云坠，离怀半中酒。雨声楼阁春寒里，寂寞收灯后。甚年年，斗草心期，探花时候。　　娇懒强拈绣。暗背里相思，闲供晴昼。玉合罗囊，兰膏渍红豆。舞衣叠损金泥凤，妒折阑干柳。几多愁，两点天涯远岫。

探芳信　(宋词)

张　炎

西湖春感寄草窗

坐清昼。正冶思萦花，馀醒倦酒。甚采芳人老，芳心尚如旧。消魂忍说铜驼事，不是因春瘦。向西园，竹扫颓垣，蔓萝荒甃。　　风雨夜来骤。叹歌冷莺帘，恨凝蛾岫。愁到今年，多似去年否。旧情懒听山阳笛，目极空搔首。我何堪，老却江潭汉柳。

探芳信 （宋词）

仇 远

和草窗西湖春感词

坐清昼。记步幄行春，短亭呼酒。怅湔裙香远，波痕尚依旧。赤阑桥下桃花观，寒勒花枝瘦。转回廊，古瓦生松，暗泉鸣甃。　　山雨夜来骤。便绿涨平堤，云横远岫。细认沙头，还见有、落红否。杨花自趁东风去，空白鸳鸯首。劝游人，莫把骄骢系柳。

199. 唐多令　（一体）

正体　又名糖多令、南楼令、箜篌曲，双调六十字，上下阕各五句，四平韵

刘　过

芦叶满汀洲。寒沙带浅流。
⊙●●○△　⊙○○●△

二十年、重过南楼。
●○○、⊙○●△

柳下系船犹未稳，能几日、又中秋。
⊙●○○○●●；⊙○●、●○△

黄鹤断矶头。故人曾到不。
⊙●●○△　⊙○○●△

旧江山、浑是新愁。
●⊙○、⊙⊙●○△

欲买桂花同载酒，终不似、少年游。
⊙●⊙○○●●；⊙⊙●、●○△

（上下阕句式似同。上下阕第三句可不做破读。吴文英词上阕第三句添一字，周密别首上下阕第三句皆添一字，不予参校。）

唐多令　（宋词）

吴文英

惜别

何处合成愁。离人心上秋。纵芭蕉、不雨也飕飕。都道晚凉天气好，有明月、怕登楼。　　年事梦中休。花空烟水流。燕辞归、客尚淹留。垂柳不萦裙带住。漫长是、系行舟。

唐多令　（宋词）

邓　剡

雨过水明霞。潮回岸带沙。叶声寒、飞透窗纱。堪恨西风吹世换，更吹我、落天涯。　　寂寞古豪华。乌衣日又斜。说兴亡、燕入谁家。惟有南来无数雁，和明月、宿芦花。

唐多令　（宋词）

汪元量

吴江中秋

莎草被长洲。吴江拍岸流。忆故家、西北高楼。十载客窗憔悴损，搔短鬓、独悲秋。　　人在塞边头。断鸿书寄不。记当年、一片闲愁。舞罢羽衣尘满面，谁伴我、广寒游。

唐多令　（宋词）

陈允平

吴江道上赠郑可大

何处是秋风。月明霜露中。算凄凉、未到梧桐。曾向垂虹桥上看，有几树、水边枫。　　客路怕相逢。酒浓愁更浓。数归期、犹是初冬。欲寄相思无好句，聊折赠、雁来红。

唐多令　（宋词）

陈允平

秋暮有感

休去采芙蓉。秋江烟水空。带斜阳、一片征鸿。欲顿闲愁无顿处，都著在、两眉峰。　　心事寄题红。画桥流水东。断肠人、无奈秋浓。回首层楼归去懒，早新月、挂梧桐。

唐多令 （宋词）

王　奕

登淮安倚天楼

直上倚天楼。怀哉古楚州。黄河水、依旧东流。千古兴亡多少事，分付与、白头鸥。　　祖逖与留侯。二公今在不。眉尖上、莫带星愁。笑拍危阑歌短阕，翁醉矣，且归休。

唐多令 （宋词）

蒋　捷

寿东轩

秋碧泻晴湾。楼台云影闲。记仙家、元在蓬山。飞到雁峰尘更少，三万顷、玉无边。　　金瑑倒垂莲。歌摇香雾鬟。任芙蓉、月转朱阑。天气已凉犹未冷，重九后、小春前。

唐多令　（宋词）

周　密

次陈君衡韵

开了木芙蓉。一年秋已空。送新愁、千里孤鸿。摇落江蓠多少恨，吟不尽、楚云峰。　　往事夕阳红。故人江水东。翠衾寒、几夜霜浓。梦隔屏山飞不去，随夜鹊、绕疏桐。

唐多令　（宋词）

张　炎

送韩竹闲归杭，并写未归之意

一见又天涯。人生可叹嗟。想难忘、江上琵琶。诗酒一瓢风雨外，都莫问，是谁家。　　怜我鬓先华。何愁归路赊。向西湖、重隐烟霞。说与山童休放鹤，最零落，是梅花。

唐多令　（宋词）

张　炎

题聚仙图

　　曾记宴蓬壶。寻思认得无。醉归来、事已模糊。忽对画图如梦寐，又因甚、下清都。　　拍手笑相呼。应书缩地符。恐人间、天上同途。隔水一声何处笛，正月满、洞庭湖。

200. 桃源忆故人 （一体）

正体　又名桃园忆故人、虞美人影、醉桃园、杏花风，双调四十八字，上
下阕各四句，四仄韵

欧阳修

梅梢弄粉香犹嫩。欲寄江南春信。
⊙○○●●○○▲　⊙●○○⊙▲

别后愁肠萦损。说与伊争稳。
⊙●○○⊙▲　　⊙●○○▲

小炉独守寒灰烬。忍泪低头画尽。
⊙○○●○○▲　⊙●●○○⊙▲

眉上万重新恨。竟日无人问。
⊙●○○⊙▲　⊙●○○▲

（汪莘词上阕第二句减一字，不予校订。）

桃源忆故人　（宋词）

苏　轼

暮春

华胥梦断人何处。听得莺啼红树。几点蔷薇香雨。寂寞闲庭户。　　暖风不解留花住。片片著人无数。楼上望春归去。芳草迷归路。

桃源忆故人　（宋词）

王庭珪

辰州泛舟送郭景文、周子康赴行在

催花一霎清明雨。留得东风且住。两岸柳汀烟坞。未放行人去。　　人如双鹄云间举。明夜扁舟何处。只向武陵南渡。便是长安路。

桃源忆故人　（宋词）

朱敦儒

雨斜风横香成阵。春去空留春恨。欢少愁多因甚。燕子浑难问。　　碧尖蹙损眉慵晕。泪湿燕支红沁。可惜海棠吹尽。又是黄昏近。

桃源忆故人　（宋词）

陆　游

城南载酒行歌路。冶叶倡条无数。一朵鞓红凝露。最是关心处。　莺声无赖催春去。那更兼旬风雨。试问岁华何许。芳草连天暮。

桃源忆故人　（宋词）

汪　莘

人间只解留春住。不管秋归去。一阵西窗风雨。秋也归何处。　柴扉半掩闲庭户。黄叶青苔无数。犹把小春分付。梅蕊前村路。

201. 剔银灯 （二体）

正体 又名剔银灯引，双调七十五字，上下阕各七句五仄韵

柳　永

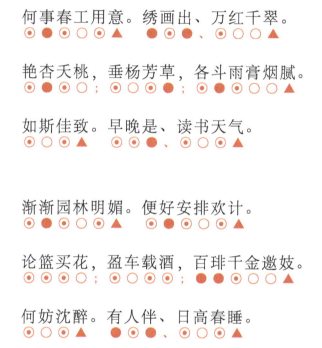

何事春工用意。绣画出、万红千翠。

艳杏夭桃，垂杨芳草，各斗雨膏烟腻。

如斯佳致。早晚是、读书天气。

渐渐园林明媚。便好安排欢计。

论篮买花，盈车载酒，百琲千金邀妓。

何妨沈醉。有人伴、日高春睡。

（下起两句可重组为四字三句。范仲淹词下阕第六句多一字，杜安世别首下阕第二句多一字，无名氏词上阕第五句，下阕第一、第五句各多一字，不予参校。）

变体　又名剔银灯引，双调七十四字，上下阕各七句五仄韵

杜安世

昨夜一场风雨。催促牡丹归去。
⊙●⊙○⊙▲　⊙●⊙●○▲

孙武宫中，石崇楼下，多情怎生为主。
⊙●○○；⊙○⊙●；⊙●⊙●○○▲

真疑洛浦。云水算、杳无重数。
⊙○⊙▲　⊙●⊙●、⊙○⊙▲

独倚阑干凝伫。香片乱沾尘土。
⊙●○○⊙▲　⊙●⊙●○⊙▲

争似当初，不曾相见，免恁恼人肠肚。
⊙○⊙●；⊙○⊙●；●●⊙○○▲

绿丛无语。空留得、宝刀蕲处。
⊙○⊙▲　●⊙●、⊙○⊙▲

（上下阕句式似同。关注词下阕第五句多一字，沈邈词两首下起两句各多一字，不予参校。）

878

剔银灯　（宋词）

范仲淹

与欧阳公席上分题

昨夜因看蜀志。笑曹操、孙权刘备。用尽机关，徒劳心力，只得三分天地。屈指细寻思，争如共、刘伶一醉。　人世都无百岁。少痴騃、老成悴。只有中间，些子少年，忍把浮名牵系。一品与千金，问白发、如何回避。

剔银灯　（宋词）

沈　邈

江上秋高霜早。云静月华如扫。候雁初飞，啼螀正苦，又是黄花衰草。等闲临照。潘郎鬓、星星易老。　那堪更、酒醒孤棹。望千里、长安西笑。臂上妆痕，胸前泪粉，暗惹离愁多少。此情谁表。除非是、重相见了。

202. 殢人娇 （二体）

正体 双调六十八字，上下阕各六句，四仄韵

苏　轼

满院桃花，尽是刘郎未见。于中更、一枝纤软。
⊙●⊙○；⊙●●○⊙▲　⊙○○、⊙○⊙▲

仙家日月，笑人间春晚。
⊙○○●；●●○⊙▲

浓睡起、惊飞乱红千片。
⊙●●、⊙○●●⊙▲

密意难传，羞容易变。平白地、为伊肠断。
⊙●○○；⊙○○▲　⊙○⊙、⊙○⊙▲

问君终日，怎安排心眼。
⊙○○●；●○○▲

须信道、司空自来见惯。
⊙⊙●、⊙○⊙○⊙▲

　　（上下结可读作五、四。上下阕第五句，例用一字领。两结句有作：⊙⊙●、⊙●●○○▲。上结第六字仅苏轼一首平声。下结第六字仅晏殊两首平声。张扩别首上阕第二句少两字，柳永词上阕第五句少一字，苏轼别首下阕第五句多一字，无名氏词上结少一字，向子諲词上阕第二句少两字、第五句少一字、结句少两字。不予参校。）

变体　双调六十四字，上下阕各六句，四仄韵

毛　滂

雪做屏风，花为行帐。屏帐里、见春模样。
⊙●⊙○；⊙○⊙▲　⊙●⊙、⊙○⊙▲

小晴未了，轻阴一饷。
⊙○⊙●；⊙○⊙▲

酒到处、恰如把春拈上。
⊙●●、⊙○●⊙▲

官柳黄轻，河堤绿涨。花多处、少停兰桨。
⊙●⊙○；⊙○⊙▲　⊙●●、⊙○⊙▲

雪边花际，平芜叠幛。
⊙○⊙●；○○●▲

这一段、凄凉为谁怅望。
⊙⊙●、⊙○○⊙▲

（较正体，唯上阕第二句减两字，上下阕第五句各减一字。上结，李流谦作：○○●●●▲；下结，晁端礼及毛滂别首作：⊙○⊙●⊙▲。）

殢人娇 （宋词）

晏　殊

二月春风，正是杨花满路。那堪更、别离情绪。罗巾掩泪，任粉痕沾污。争奈向、千留万留不住。　　玉酒频倾，宿眉愁聚。空肠断、宝筝弦柱。人间后会，又不知何处。魂梦里、也须时时飞去。

殢人娇 （宋词）

张　扩

深院海棠，谁倩春工染就。映窗户、烂如锦绣。东君何意，便风狂雨骤。堪恨处、一枝未曾到手。　　今日乍晴，匆匆命酒。犹及见、胭脂半透。残红几点，明朝知在否。问何似、去年看花时候。

殢人娇 （宋词）

王庭珪

小院桃花，烟锁几重珠箔。更深后、海棠睡著。东风吹去，落谁家墙角。平白地、教人为他情恶。　　花若有情，情应不薄。也须悔、从前事错。而今夜雨，念玉颜飘泊。知那里、人家怎生顿著。

203. 天仙子 （二体）

正体 又名万斯年，双调六十八字，上下阕各六句五仄韵

张 先

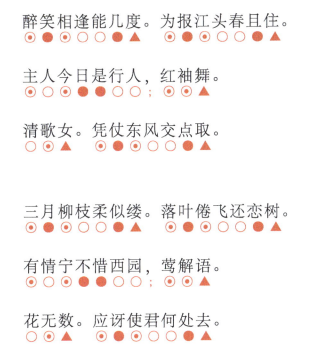

醉笑相逢能几度。为报江头春且住。

主人今日是行人，红袖舞。

清歌女。凭仗东风交点取。

三月柳枝柔似缕。落叶倦飞还恋树。

有情宁不惜西园，莺解语。

花无数。应讶使君何处去。

（宋后，皆用双调。）

变体 又名万斯年，单调三十四字，六句五仄韵

皇甫松

晴野鹭鸶飞一只。水荭花发秋江碧。
⊙●●○○●▲　⊙○○○●○▲

刘郎此日别天仙，登绮席。
⊙○○●●○○；⊙⊙▲

泪珠滴。十二晚峰高历历。
⊙⊙▲　⊙●●○○●▲

（第四句可不用韵。第二句可作：⊙●●○○●▲。亦有第三句及末两句改用平韵，或除第四句外，皆用平韵。）

天仙子　（宋词）

张　先

时为嘉禾小倅、以病眠不赴府会

水调数声持酒听。午醉醒来愁未醒。送春春去几时回。临晚镜。伤流景。往事后期空记省。　　沙上并禽池上暝。云破月来花弄影。重重帘幕密遮灯，风不定。人初静。明日落红应满径。

天仙子　（宋词）

周紫芝

雪似杨花飞不定。枝上冻禽昏欲暝。寒窗相对话分飞，萧鼓静。灯炯炯。一曲阳关和泪听。　　酒入离肠愁欲凝。往事不堪重记省。劝君莫上玉楼梯，风力劲。山色暝。忍看去时楼下径。

天仙子　（宋词）

程　垓

惨惨霜林冬欲尽。又是溪梅寒弄影。矮窗曲屋夜烧香，人已静。灯垂炉。点滴芭蕉和雨听。　　约个归期犹未定。一夜梦魂终不稳。知他勾得许多情，真个闷。无人问。说与画楼应不信。

204. 天 香 （一体）

正体 双调九十六字，上阕十句五仄韵，下阕八句六仄韵

贺 铸

烟络横林，山沈远照，逦迤黄昏钟鼓。
⊙●○○；⊙○○●；⊙○●○○▲

烛映帘栊，蛩催机杼，共惹清秋风露。
⊙●○○；⊙○○●；⊙●○○▲

不眠思妇。齐应和、几声砧杵。
⊙○○▲　⊙○●、⊙○○▲

惊动天涯倦客，骎骎岁华行暮。
⊙○○○●；⊙○●○○▲

当年酒狂自负。谓东君、以春相付。
⊙○⊙○●▲　●○○、⊙○○▲

流浪征骖北道，客樯南浦。
⊙●○○●；●○○▲

幽恨无人晤语。赖明月曾知旧游处。
⊙●○○▲　●○●○○●▲

好伴云来，还将梦去。
⊙●○○；○○●▲

（上阕第七句、下阕第五句可不押韵。上阕第三句有作：
⊙○○●●○▲。下阕第六句例用一字领。上阕末两句偶有重组为四字三句。
吴文英别首上阕第六句读作三、三。刘镇词下阕第二句少一字，不予校订。）

天香　（宋词）

吴文英

蜡梅

蟫叶黏霜，蝇苞缀冻，生香远带风峭。岭上寒多，溪头月冷，北枝瘦、南枝小。玉奴有姊，先占立、墙阴春早。初试宫黄澹薄，偷分寿阳纤巧。　　银烛泪深未晓。酒钟悭、贮愁多少。记得短亭归马，暮衙蜂闹。豆蔻钗梁恨袅。但怅望天涯岁华老。远信难封，吴云雁杳。

天香　（宋词）

刘 壎

韵赋牡丹

雨秀风明，烟柔雾滑，魏家初试娇紫。翠羽低云，檀心晕粉，独冠洛京新谱。沉香醉墨，曾赋与、昭阳仙侣。尘世几经朝暮，花神岂知今古。　　愁听流莺自语，叹唐宫、草青如许。空有天边皓月，见霓裳舞。更后百年人换，又谁记、今番看花处。流水夕阳，断魂钟鼓。

天香　（宋词）

吕同老

宛委山房拟赋龙涎香

冰片熔肌，水沈换骨，蜿蜒梦断瑶岛。剪碎腥云，杵匀枯沫，妙手制成翻巧。金篝候火，无似有、微薰初好。帘影垂风不动，屏深护春宜小。　　残梅舞红褪了。佩珠寒、满怀清峭。几度酒余重省，旧愁多少。荀令风流未减，怎奈向飘零赋情老。待寄相思，仙山路杳。

205. 添声杨柳枝　（三体）

正体　又名杨柳枝、贺圣朝影、太平时，双调四十字，上阕四句四平韵，
下阕四句三平韵

贺　铸

蜀锦尘香生袜罗。小婆娑。
⊙●○○⊙●△　●○△

个人无赖动人多。见横波。
⊙○⊙●●○△　●○△

楼角云开风卷幕，月侵河。
⊙●⊙○○●●；●○△

纤纤持酒艳声歌。奈情何。
⊙○○●●○△　●○△

变体一 又名杨柳枝、贺圣朝影、太平时，双调四十字，上阕四句四平韵，下阕四句两仄韵、两平韵

顾　夐

秋夜香闺思寂寥。漏迢迢。
⊙●●○○●●△　●○△

鸳帏罗幌麝香销。烛光摇。
⊙⊙○⊙●●⊙△　●○△

正忆王郎游荡去。无寻处。
⊙●⊙○○●▲　○⊙▲

更闻帘外雨潇潇。滴芭蕉。
⊙○⊙●●○△　●○△

变体二　又名杨柳枝、贺圣朝影、太平时，双调四十四字，上阕七句三平韵、两重韵，下阕七句四平韵、三重韵

朱敦儒

江南岸，柳枝。江北岸，柳枝。
〇〇●；●△　〇〇●；●△

折送行人无尽时。恨分离。柳枝。
●●〇〇〇●△　●〇△　●△

酒一杯。柳枝。泪双垂。柳枝。
●●△　●△　●〇△　●△

君到长安百事违。几时归。柳枝。
〇●〇〇●●△　●〇△　●△

（"柳枝"乃和声也。《竹枝词》则以"竹枝"为和声。）

添声杨柳枝　（宋词）

无名氏

冬

雪满长安酒价高。度寒宵。身轻不要鸊鹈袍。醉红娇。
花月暗成离别恨，梦无寥。起来春信惹梅梢。又魂消。

添声杨柳枝　（宋词）

晁补之

素色清薰出俗华。腊前花。轩前爱日扫云遮。几枝斜。
月淡纱窗香暗透，白于纱。幽人独酌对芳葩。兴无涯。

添声杨柳枝　（宋词）

葛长庚

挼碎梅花一断肠。送斜阳。风烟缥缈月微茫。又昏黄。
平野寒芜何处断，接天长。短篱浅水橘青黄。度清香。

添声杨柳枝　　(宋词)

无名氏

簌簌花飞一夕残。乍衣单。屏风数幅画江山。水云闲。
别易会难无计那，泪潸潸。夕阳楼上凭栏干。望长安。

添声杨柳枝　　(宋词)

贺　铸

唤春愁

天与多情不自由。占风流。云闲草远絮悠悠。唤春愁。
试作小妆窥晚镜，淡蛾羞。夕阳独倚水边楼。认归舟。

添声杨柳枝　　(宋词)

贺　铸

替人愁

风紧云轻欲变秋。雨初收。江城水路漫悠悠。带汀洲。
正是客心孤迥处，转归舟。谁家红袖倚津楼。替人愁。

206. 调 笑 （一体）

正体 又名古调笑、宫中调笑、转应曲、三台令，单调三十二字，八句六仄韵、两平韵

王 建

蝴蝶。蝴蝶。飞上金枝玉叶。
○ ▲　○ ▲　⊙●⊙○⊙▲

君前对舞春风。百叶桃花树红。
⊙○⊙●⊙△　⊙●⊙○●△

红树。红树。燕语莺啼日暮。
○ ◆　○ ▲　⊙●⊙○⊙▲

（第五句末两字颠倒得第六句。第三句有作：⊙○⊙○⊙▲。第五句有作：○●⊙●●△，或：⊙○⊙●●△。）

894

调笑　（唐词）

王　建

团扇。团扇。美人病来遮面。玉颜憔悴三年。谁复商量管弦。弦管。弦管。春草昭阳路断。

调笑　（五代词）

冯延巳

明月。明月。照得离人愁绝。更深影入空床。不道帏屏夜长。长夜。长夜。梦到庭花阴下。

调笑　（宋词）

苏　轼

渔父。渔父。江上微风细雨。青蓑黄蒻裳衣。红酒白鱼暮归。归暮。归暮。长笛一声何处。

调笑　（金元词）

邵亨贞

官渡。官渡。犹记画桡去路。小怜歌扇谁寻。岁岁东风恨深。深恨，深恨。风外落红几阵。

207. 调笑令　　（一体）

正体　单调三十八字七句七仄韵

毛　滂

城月。冷罗袜。
〇▲　　⊙〇▲

郎睡不知鸾帐揭。香凄翠被灯明灭。花困钗横时节。
⊙●⊙〇〇●▲　⊙〇⊙●〇〇▲　⊙●⊙〇⊙▲

河桥杨柳催行色。愁黛有人描得。
⊙〇〇●〇⊙▲　⊙●●〇〇▲

　　（毛滂有十首一组之作，组词前有小序。前八首咏美人八位，每首前另有八句七言诗一首。组词后有四句七言平韵诗一首。《乐府雅词》有无名氏作调笑集句八首，咏人或事，每首前有八句七言诗一首。另有郑僅《调笑转踏》十二首，咏历代美女，组词前有小序，每首前亦有八句七言诗一首，结尾处有四句七言诗一首。）

调笑令　（宋词）

晁补之

西子盖闻民俗殊方，声音异好。洞庭九奏，谓踊跃于鱼龙；子夜四时，亦欣愉于儿女。欲识风谣之变，请观调笑之传。上佐清欢，深惭薄伎。

西子

西子江头自浣纱。见人不语入荷花。天然玉貌非朱粉，消得人看隘若耶。　游冶谁家少年伴。三三五五垂杨岸。紫骝飞入乱红深，见此踟蹰但肠断。　肠断。越江岸。越女江头纱自浣。天然玉貌铅红浅。自弄芙蓉日晚。紫骝嘶去犹回盼。笑入荷花不见。

调笑令　（宋词）

晁补之

回纹

窦家少妇美朱颜。藁砧何在山复山。多才况是天机巧，象床玉手乱红间。　织成锦字纵横说。万语千言皆怨别。一丝一缕几萦回，似妾思君肠寸结。　寸结。肝肠切。织锦机边音韵咽。玉琴尘暗薰炉歇。望尽床头秋月。刀裁锦断诗可灭。恨似连环难绝。

调笑令　（宋词）

毛　滂

右六莺莺

春风户外花萧萧。绿窗绣屏阿母娇。白玉郎君恃恩力，尊前心醉双翠翘。　　西厢月冷濛花雾。落霞零乱墙东树。此夜灵犀已暗通，玉环寄恨人何处。　　何处。长安路。不记墙东花拂树。瑶琴理罢霓裳谱。依旧月窗风户。薄情年少如飞絮。梦逐玉环西去。

调笑令　（宋词）

李　吕

饮

摘蕊和香滴得成。更将白玉琢飞鲸。㸋娇一任香罗浣，更折花枝作令行。　　香泛金鳞翻蕊盏。笑里桃花红近眼。粉壶琥珀为君倾，弄翠挼红归去晚。　　归晚。思何限。玉坠金偏云鬓乱。伤春谁作嬉游伴。只有飞来花片。几回愁映眉山远。总被东风惊散。

调笑令 （宋词）

黄庭坚

诗曰：海上神仙字太真、昭阳殿里称心人。犹思一曲霓裳舞，散作中原胡马尘。　　方士归来说风度。梨花一枝春带雨。分钗半钿愁杀人，上皇倚阑独无语。　　无语。恨如许。方士归时肠断处。梨花一枝春带雨。半钿分钗亲付。天长地久相思苦。渺渺鲸波无路。

调笑令 （宋词）

无名氏

桃源

渔舟容易入春山。别有天地非人间。玉颜亭亭花下立，鬓乱钗横特地寒。　　留君不住君须去。不知此地归何处。春来偏是桃花水，流水落花空相误。　　相误。桃源路。万里苍苍烟水暮。留君不住君须去。秋月春风闲度。桃花零乱如红雨。人面不知何处。

208. 万年欢 （二体）

正体 双调一百字，上阕九句四仄韵，下阕九句五仄韵

晁补之

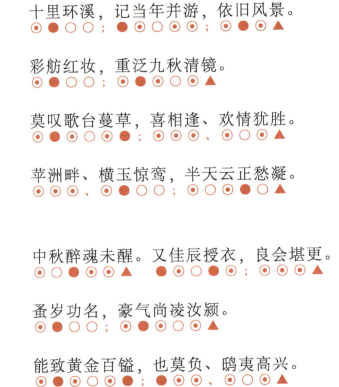

十里环溪，记当年并游，依旧风景。
⊙●○○；●⊙○○○；●⊙⊙▲

彩舫红妆，重泛九秋清镜。
●⊙○○；⊙●○⊙▲

莫叹歌台蔓草，喜相逢、欢情犹胜。
⊙●○○⊙●；⊙⊙○、⊙○○▲

苹洲畔、横玉惊鸾，半天云正愁凝。
⊙⊙●、⊙●○○；⊙○○●○▲

中秋醉魂未醒。又佳辰授衣，良会堪更。
⊙○●○●▲　●⊙○⊙●；⊙○⊙○▲

蚤岁功名，豪气尚凌汝颍。
⊙●○○；⊙●⊙○○●▲

能致黄金百镒，也莫负、鸱夷高兴。
⊙●○○●●；⊙⊙●、⊙○○▲

别有个、潇洒田园，醉乡天地同永。
⊙○●、⊙●○○；⊙○○●○▲

（上下阕第二句用一字领。上下阕第四、第五句有作六字、四字各一句。李之仪词下阕第二句少一字，厉寺正词下阕第五句多一字，王安礼词下阕第八句少二字，丁察院词上阕第二句少一字，赵师侠、苏氏、贺铸、及无名氏别首，缺字、添字较多，皆不予校订。）

变体　双调九十八字，上下阕各九句，四平韵

王　质

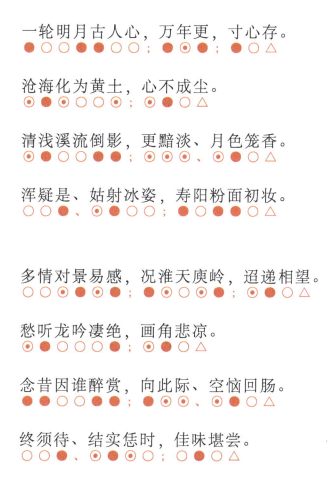

一轮明月古人心，万年更，寸心存。
●○○●●○○；●⊙●；●○△

沧海化为黄土，心不成尘。
⊙●○○○●；⊙●○○△

清浅溪流倒影，更黯淡、月色笼香。
⊙●○○○●；⊙○○、⊙●○△

浑疑是、姑射冰姿，寿阳粉面初妆。
○○●、⊙●○○；●○●●○△

多情对景易感，况淮天庾岭，迢递相望。
○○●⊙●●；●○○●●；⊙●●○△

愁听龙吟凄绝，画角悲凉。
⊙●○○○●；⊙●○△

念昔因谁醉赏，向此际、空恼回肠。
●●○○●●；⊙⊙●、⊙●○△

终须待、结实恁时，佳味堪尝。
○○●、⊙●●○●；○●○△

（赵孟頫别首，平仄互押，不予校订。无名氏别首下结多两字，亦不予校订。）

万年欢　（宋词）

贺　铸

断湘弦

淑质柔情，靓妆艳笑，未容桃李争妍。红粉墙东，曾记窥宋三年。不间云朝雨暮，向西楼、南馆留连。何尝信，美景良辰，赏心乐事难全。　　青门解袂，画桥回首，初沈汉佩，永断湘弦。漫写浓愁幽恨，封寄鱼笺。拟话当时旧好，问同谁、与醉尊前。除非是，明月清风，向人今夜依然。

万年欢　（宋词）

王　质

有感

一轮明月，古人心万年，更寸心存。沧海化为黄土，心不成尘。杳杳兴亡成败，满乾坤、未见知音。抚阑干、欲唤英魂，沉沉又没人应。　　无聊欹枕搔首，梦庐中坛上，一似平生。共挽长江为酒，相对同倾。不觉霜风敲竹，睡觉来、海与愁深。拂袖去，塞北河西，红尘陌上寻人。

万年欢　（宋词）

无名氏

　　天气严凝，乍寒梅数枝，岭上开拆。傅粉凝脂，疑是素娥妆饰。先报阳和信息。更雪月、交光一色。因追念，往日欢游，共君携手同摘。　　别来又经岁隔。奈高楼梦断，无计寻觅。冷艳寒容，啼雨恨烟愁湿。似向人前泪滴。怎不使、伊家思忆。惟只恐，寂寞空枝，又随昨夜羌笛。

209. 望海潮 （一体）

正体 双调一百七字，上阕十一句五平韵，下阕十一句六平韵

柳 永

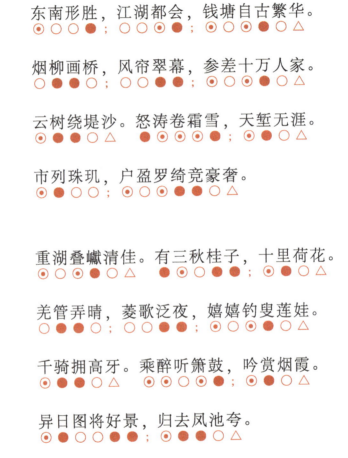

（下阕第二句例用一字领。上阕末两句可作六字、四字各一句，有如下结：
⊙●●○○●●；⊙○●●○△。下阕末两句可作四字、六字各一句，有如上结：
⊙○●○○；⊙○○⊙●●○△）

望海潮　（宋词）

秦　观

秦峰苍翠，耶溪潇洒，千岩万壑争流。鸳瓦雉城，谯门画戟，蓬莱燕阁三休。天际识归舟。泛五湖烟月，西子同游。茂草台荒，苎萝村冷起闲愁。　　何人览古凝眸。怅朱颜易失，翠被难留。梅市旧书，兰亭古墨，依稀风韵生秋。狂客鉴湖头。有百年台沼，终日夷犹。最好金龟换酒，相与醉沧洲。

望海潮　（宋词）

秦　观

梅英疏淡，冰澌溶泄，东风暗换年华。金谷俊游，铜驼巷陌，新晴细履平沙。长记误随车。正絮翻蝶舞，芳思交加。柳下桃蹊，乱分春色到人家。　　西园夜饮鸣笳。有华灯碍月，飞盖妨花。兰苑未空，行人渐老，重来是事堪嗟。烟暝酒旗斜。但倚楼极目，时见栖鸦。无奈归心，暗随流水到天涯。

望海潮　（宋词）

吕渭老

侧寒斜雨，微灯薄雾，匆匆过了元宵。帘影护风，盆池见日，青青柳叶柔条。碧草皱裙腰。正昼长烟暖，蜂困莺娇。望处凄迷，半篙绿水浸斜桥。　孙郎病酒无聊。记乌丝醉语，碧玉风标。新燕又双，兰心渐吐，嘉期趁取花朝。心事转迢迢。但梦随人远，心与山遥。误了芳音，小窗斜日对芭蕉。

望海潮　（宋词）

史隽之

浮远堂

危岑孤秀，飞轩爽豁，空江泱漭黄流。吴札故邸，春申旧国，西风吹换清秋。沧海浪初收。共登高临眺，尊俎绸缪。凤集高冈，驹留空谷接英游。　八窗尽控琼钩。送帆樯杳杳，潮汐悠悠。千古兴怀，关河极目，愁边灭没轻鸥。淮岸隔重洲。认澹霞天末，一缕青浮。未许英雄老去，西北是神州。

望海潮　（宋词）

陈德武

清明咏怀

三分春色，十分官事，令人孤负芳菲。歌燕簧莺，语花舞柳，园林好处谁知。还忆旧游时。对海棠驻马，红药题诗。一别东君，回顾又是隔年期。　　相思远在天涯。镇海填恨臆，山锁愁眉。杜宇能言，鹧鸪有泪，慢劳蝴蝶于飞。景与少年宜。把榆分新火，香透罗衣。风月常存，双鱼报道早来归。

望海潮　（宋词）

陈德武

寄别浔郡鲁教谕子振、李训道宗深二首之一

南冠一载，西流万里，离怀孰不伤情。富贵邯郸，雨云巫峡，回头一梦空惊。谁辱又谁荣。问当时道德，今日功名。楚水吴山，向来多少送和迎。　　长安古道长亭。叹马蹄不驻，车辙难停。薇老首阳，芝深商谷，时遥雾拥云平。此意已羞评。但金缄白雪，锦佩青萍。采竹崑崙，有时吹作凤凰鸣。

907

望海潮 （宋词）

无名氏

吊杨芳与黄岩妓投江

　　彩筒角黍，兰桡画舫，佳时竞吊沅湘。古意未收，新愁又起，断魂流水茫茫。堪笑又堪伤，有临皋仙子，连璧檀郎。暗约同归，远烟深处开沧浪。　　倚楼魂已飞扬。共偷挥玉箸，痛饮霞觞。烟水无情，揉花碎玉，空馀怨抑凄凉。杨谢旧遗芳。算世间纵有，不恁非常。但看芙蕖并蒂，他日一双双。

210. 望远行　（一体）

正体　双调一百七字，上阕十句四仄韵，下阕十一句五仄韵

柳　永

长空降瑞寒风翦，渐渐瑶花初下。
⊙○●●○○●；⊙●○○●▲

乱飘僧舍，密洒歌楼，迤逦渐迷鸳瓦。
●⊙○●；⊙●○○；⊙●○○○▲

好是渔人，披得一蓑归去，江上晚来堪画。
⊙●○○；⊙●●○○●，○●●○○▲

满长安，高却旗亭酒价。
●⊙○○；○●○○●▲

幽雅。乘兴最宜访戴，泛小棹、越溪潇洒。
○▲　○●●○●●；●⊙●、●○○▲

皓鹤夺鲜，白鹇失素，千里广铺寒野。
●●●○；⊙●○○；○●●○○▲

须信幽兰歌断，彤云收尽，别有瑶台琼榭。
⊙●○○○●，⊙○○●，●●○○○▲

放一轮明月，交光清夜。
●●○○●；⊙○○▲

（上起可重组为四字、九字各一句。上阕第七、八、九句可重组为六字两句。下阕第七、八句可重组为四字、六字各一句。下阕末两句可重组为三字、六字各一句。柳永别首，平仄有异，上结多一字，下阕第四、第五句少一字，陈德武词下阕第三句少一字，不予参校。）

望远行 （宋词）

柳 永

绣帏睡起残妆浅，无绪匀红补翠。藻井凝尘，金梯铺藓。寂寞凤楼十二。风絮纷纷，烟芜苒苒永日，画阑沈吟独倚。望远行，南陌春残悄归骑。　　凝睇。消遣离愁无计。但暗掷、金钗买醉。对好景、空饮香醪，争奈转添珠泪。待伊游冶归来，故故解放翠羽，轻裙重系。见纤腰围小，信人憔悴。

望远行 （宋词）

陈德武

城头初鼓天街上，渐渐行人声悄。半窗风月，一枕新凉，睡熟不知天晓。最是家山千里，远劳归梦，待说离情难觉。觉来时，帘外数声啼鸟。　　谁道。为甚新来消瘦，底事恹恹烦恼。不是悲花，非干病酒，有个离肠难扫。怅望江南，天际白云飞处，念我高堂人老。寸草心、朝夕怎宽怀抱。

望远行 （宋词）

无名氏

重阴未解，又早是、年时梅花争绽。暗香浮动，疏影横斜，月淡水清亭院。好是前村，雪里一枝开处，昨夜东风布暖。动行人，多少离愁肠断。　　凝恋。天赋自然雅态，似寿阳、初匀粉面。故人折赠，欣逢驿使，只恐陇春晚。寄与高楼，休学龙吟三弄，留取琼花烂熳。正有人、同倚阑干争看。

211. 尾 犯 （三体）

正体 又名碧芙蓉，双调九十四字，上阕十句四仄韵，下阕八句四仄韵

柳 永

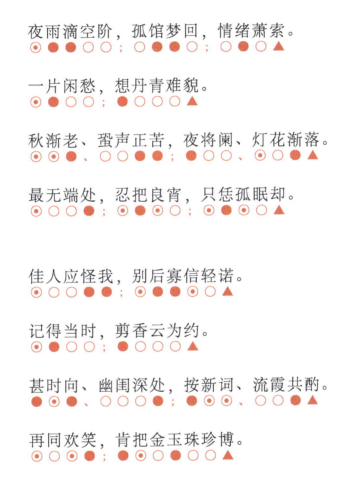

夜雨滴空阶，孤馆梦回，情绪萧索。
⊙●●○○；○○●●○；○●○○▲

一片闲愁，想丹青难貌。
⊙●○○；●○○○▲

秋渐老、蛩声正苦，夜将阑、灯花渐落。
⊙●●●、○○●●；●○○、○●●○▲

最无端处，忍把良宵，只恁孤眠却。
⊙○○●；⊙●●○；⊙●○○▲

佳人应怪我，别后寡信轻诺。
⊙○○●●；⊙●●○○▲

记得当时，剪香云为约。
⊙●○○；●○○○▲

甚时向、幽闺深处，按新词、流霞共酌。
●⊙●、○○○●；●○○、○●●○▲

再同欢笑，肯把金玉珠珍博。
⊙○⊙●；●⊙○○●○▲

（上阕第五句及下阕第四句例用一字领。）

变体一 又名碧芙蓉，双调九十五字，上阕十句四仄韵，下阕八句四仄韵

吴文英

黄钟宫　　赠陈浪翁重客吴门

翠被落红妆，流水腻香，犹共吴越。
⊙●●○○；○●●○○；○●○▲

十载江枫，冷霜波成缬。
⊙●○○；●⊙○○▲

灯院静、凉花乍蓊，桂园深、幽香旋折。
⊙○●、○○●○；●○○、○⊙○●▲

醉云吹散，晚树细蝉，时替离歌咽。
⊙○○●；●⊙○○；○●○○▲

长亭曾送客，为偷赋、锦雁留别。
⊙○○●●；⊙⊙●、●○○▲

泪接孤城，渺平芜烟阔。
⊙●○○；●○○○▲

半菱镜、青门重售，采香堤、秋兰共结。
●⊙●、○○○●；●⊙●、○○○▲

故人憔悴，远梦越来溪畔月。
⊙○○●；●○●⊙○▲

（下结有作：●●○●○⊙▲，或：○○○●●○○▲。蒋捷词结句读作三、四。张炎词下阕倒数第二句少一字，曹勋词字数、句读错谬甚多，不予校订。）

变体二 又名碧芙蓉，双调九十八字，上阕十句五仄韵，下阕十句六仄韵

柳 永

晴烟幕幕。渐东郊芳草，染成轻碧。
○○●▲　●○⊙●；●○⊙▲

野塘风暖，游鱼动触，冰澌微坼。
●○⊙●；○○⊙●；⊙○○▲

几行断雁，旋次第、归霜碛。
⊙○●●；⊙○●、○○▲

咏新诗、手撚江梅，故人增我春色。
●○○、⊙○○●　●○●⊙○▲

似此光阴催逼。念浮生、不满百。
●●○○▲　●○○；⊙●▲

虽照人轩冕，润屋金珠，於身何益。
○●○●；●⊙○●；○○○▲

一种劳心力。图利禄、殆非长策。
⊙●○○▲　○○●、●○○▲

除是恁、点检笙歌，访寻罗绮消得。
⊙●●、⊙●○○；●○⊙●▲

尾犯　（宋词）

赵以夫

重九和刘随如

长啸蹑高寒，回首万山，空翠零乱。渺渺清秋，与斜阳天远。引光禄、清吟兴动，忆龙山、旧游梦断。夹衣初试，破帽多情，自笑霜蓬短。　　黄花长好在，一俯仰、节物惊换。紫蟹青橙，觅东篱幽伴。感今古、风凄霜冷，想关河、烟昏月淡。举杯相属，殷勤更把茱萸看。

尾犯　（宋词）

无名氏

轻风淅淅，正园林萧索，未回暖律。岭头昨夜，寒梅初髮，一枝消息。香苞渐拆。天不许、雪霜欺得。望东吴，驿使西来，为谁折赠春色。　　玉莹冰清容质。迥不同、群花品格。如晓妆匀罢，寿阳香脸，徐妃粉额。好把琼英摘。频醉赏、舞筵歌席。休待听，呜咽临风，数声月下羌笛。

212. 尉迟杯 　（一体）

正体　双调一百零五字，上阕八句五仄韵，下阕九句五仄韵

周邦彦

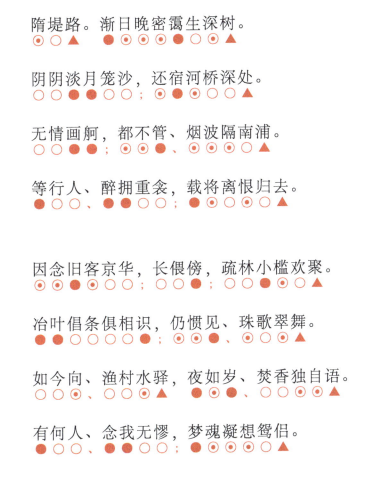

隋堤路。渐日晚密霭生深树。

阴阴淡月笼沙，还宿河桥深处。

无情画舸，都不管、烟波隔南浦。

等行人、醉拥重衾，载将离恨归去。

因念旧客京华，长偎傍，疏林小槛欢聚。

冶叶倡条俱相识，仍惯见、珠歌翠舞。

如今向、渔村水驿，夜如岁、焚香独自语。

有何人、念我无憀，梦魂凝想鸳侣。

（下阕第四、第五句可重组为：●●●○○；○○●●；⊙●⊙○○⊙▲。上阕第二句例用一字领，偶有读作三、五者。下阕第六句有作：●○○、○○⊙▲。下阕第七句有作：●⊙●、●●⊙○▲。）

尉迟杯　（宋词）

陈允平

长亭路。望渭北漠漠春天树。殷勤别酒重斟，明日相思何处。晴丝飏暖，芳草外、斜阳自南浦。望孤帆、影接天涯，一江潮带愁去。　　回首杜若汀洲，叹泛梗飘萍，乍散还聚。满径残红春归后，犹自有、杨花乱舞。怅金徽、梁尘暗锁，算谁是、知音堪共语。尽天涯、梦断东风，彩云鸾凤无侣。

尉迟杯　（宋词）

无名氏

岁云暮。叹光阴苒苒能几许。江梅尚怯馀寒，长安信音犹阻。春风无据。凭阑久，欲去还凝伫。忆溪边、月下徘徊，暗香疏影庭户。　　朝来冻解霜消，南枝上、香英数点微露。把酒看花，无言有泪，还是那时情绪。花依旧、晨妆何处。谩赢得、花前愁千缕。尽高楼、画角频吹，任教纷纷飞絮。

213. 乌夜啼　　（二体）

正体　又名圣无忧、锦堂春，双调四十八字，上下阕各四句，两平韵

赵令畤

春思

楼上萦帘弱絮，墙头碍月低花。
○●●○○●；●○○●○△

年年春事关心事，肠断欲栖鸦。
◉○◉○●○○●；◉●●○○△

舞镜鸾衾翠减，啼珠凤蜡红斜。
◉●◉○◉●；●○○●○△

重门不锁相思梦，随意绕天涯。
◉○◉●○○●；◉●●○△

（上下阕句式似同。唯苏轼词上下阕第三句作：◉●●○○●●。程垓词两结均作六字句，读作三、三，程垓词别首字数更为随意，不予校订。）

变体　又名圣无忧、锦堂春，双调四十七字，上下阕各四句，两平韵

李　煜

昨夜风兼雨，帘帏飒飒秋声。
●⊙○⊙●；⊙○⊙●○△

烛残漏断频敧枕，起坐不能平。
⊙○●●○○●；⊙●●○△

世事漫随流水，算来一梦浮生。
⊙●●○⊙●；⊙○○●○△

醉乡路稳宜频到，此外不堪行。
⊙○○●○●；⊙●●○△

（与正体较，唯起句减一字。欧阳修别首字数、句读皆异，不予校订。）

乌夜啼 （宋词）

陆 游

世事从来惯见，吾生更欲何之。镜湖西畔秋千顷，鸥鹭共忘机。　　一枕蘋风午醉，二升菰米晨炊。故人莫讶音书绝，钓侣是新知。

乌夜啼 （宋词）

程 垓

杨柳拖烟漠漠，梨花浸月溶溶。吹香院落春还尽，憔悴立东风。　　只道芳时易见，谁知密约难通。芳园绕遍无人问，独自拾残红。

乌夜啼 （宋词）

卢祖皋

照水飞禽鬥影，舞风小径低花。征鸿排尽相思字，音信落谁家。　　系恨腰围顿减，禁愁酒力难加。楼高日暮休帘卷，芳草满天涯。

乌夜啼 （宋词）

卢祖皋

段段寒沙浅水，萧萧暮雨孤篷。香罗不共征衫远，砧杵客愁中。　　别恨慵看杨柳，归期暗数芙蓉。碧梧声到纱窗晓，昨夜几秋风。

乌夜啼 （宋词）

欧阳修

世路风波险，十年一别须臾。人生聚散长如此，相见且欢娱。　　好酒能消光景，春风不染髭须。为公一醉花前倒，红袖莫来扶。

214. 巫山一段云　（二体）

正体　双调四十四字，上下阕各四句三平韵

欧阳炯

春去秋来也，愁心似醉醺。
⊙●○○●；○○⊙●△

去时邀约早回轮。及去又何曾。
⊙○⊙●●○△　⊙●●○△

歌扇花光黦，衣珠滴泪新。
⊙●○○●；○○⊙●△

恨身翻不作车尘。万里得随君。
⊙○⊙●●○△　⊙●●○△

变体 双调四十六字，上阕四句三平韵，下阕四句两仄韵、两平韵

李 晔

缥缈云间质，盈盈波上身。

⊙●○○●；○○⊙●△

袖罗斜举动埃尘。明艳不胜春。

⊙○⊙●●○△ ⊙⊙●○△

翠鬟晚妆烟重。寂寂阳台一梦。

⊙●⊙○●▲ ⊙●⊙○⊙▲

冰眸莲脸见长新。巫峡更何人。

⊙○●●○◇ ⊙●●○△

（平韵亦可不换用。李晔别首，两结为：⊙○⊙●△，不予参校。较正体，唯下起两句各添一字，且下阕有平仄韵互用。）

巫山一段云 （五代词）

毛文锡

雨霁巫山上，云轻映碧天。远风吹散又相连。十二晚峰前。　　暗湿啼猿树，高笼过客船。朝朝暮暮楚江边。几度降神仙。

巫山一段云 （五代词）

李　珣

古庙依青嶂，行宫枕碧流。水声山色锁妆楼。往事思悠悠。　　云雨朝还暮，烟花春复秋。啼猿何必近孤舟。行客自多愁。

巫山一段云 （宋词）

仇　远

王氏楼

酒力欺愁薄，轻红晕脸微。双鸳谁袖出青闱。划袜步东西。　　倦蝶栖香懒，雏莺调语低。钗盟惟有烛花知。半醉欲归时。

巫山一段云　（金元词）

李齐贤

潇湘夜雨

潮落兼葭浦，烟沉橘柚洲。黄陵祠下雨声秋。无限古今愁。　漠漠迷渔火，萧萧滞客舟。个中谁与共清幽。唯有一沙鸥。

巫山一段云　（金元词）

李齐贤

洞庭秋月

万里天浮水，三秋露洗空。冰轮辗上海门东。弄影碧波中。　荡荡开银阙，亭亭插玉虹。云帆便欲挂西风。直到广寒宫。

巫山一段云 （金元词）

赵孟頫

松鹤峰

　　枫鹤堆岚霭，阳台枕水湄。风清月冷好花时。惆怅阻佳期。　　别梦游蝴蝶，离歌怨竹枝。悠悠往事不胜悲。春恨入双眉。

215. 无闷 （一体）

正体 又名催雪，双调一百字，上阕十句四仄韵，下阕九句六仄韵

吴文英

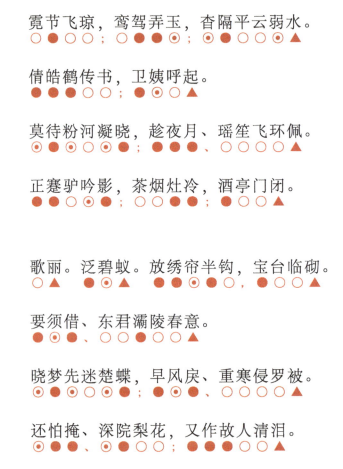

霓节飞琼，鸾驾弄玉，杳隔平云弱水。
○●○○；○●●◉；◉●○◉▲

倩皓鹤传书，卫姨呼起。
●●○○；●◉○○▲

莫待粉河凝晓，趁夜月、瑶笙飞环佩。
◉●●○○；●●●、○○○▲

正蹇驴吟影，茶烟灶冷，酒亭门闭。
●●●○○；○○●●；●○○▲

歌丽。泛碧蚁。放绣帘半钩，宝台临砌。
○▲ ●◉▲ ●○◉○，●○○▲

要须借、东君灞陵春意。
●◉●、○○○○▲

晓梦先迷楚蝶，早风戻、重寒侵罗被。
◉●●○○；●○●、○○○○▲

还怕掩、深院梨花，又作故人清泪。
◉●●、◉○●○；●●●○○▲

（上阕第四、第八句，下阕第三句，用一字领。周邦彦词下阕第二句不用韵，第三、第四句重组为三字、六字各一句，三字句用韵，第七句多一字。程垓词下阕第二、第三、第四句，同周邦彦词，第五句减一字重组为四字两句。不予参校。）

无闷 （宋词）

丁　注

风急还收，云冻又开，海阔无人翦水。算六出工夫，怎教容易。刚被郢歌楚舞，镇独向、尊前夸轻细。想谢庭诗咏，梁园赋赏，未成欢计。　　天意。是则是。便下得控持，柳梢梅蕊。又争奈、看看渐回春意。好趁东君未觉，便先把、园林都装缀。看是处、玉树琼枝，胜却万红千翠。

（《钦定词谱》列为姜夔词，名之《催雪》。）

无闷 （宋词）

王沂孙

雪意

阴积龙荒，寒度雁门，西北高楼独倚。怅短景无多，乱山如此。欲唤飞琼起舞，怕搅碎、纷纷银河水。冻云一片，藏花护玉，未教轻坠。　　清致。悄无似。有照水一枝，已揽春意。误几度凭栏，莫愁凝睇。应是梨花梦好，未肯放、东风来人世。待翠管、吹破苍茫，看取玉壶天地。

无闷 （宋词）

程 垓

天与多才，不合更与，殢柳怜花情分。甚总为才情，恼人方寸。早是春残花褪。也不料、一春都成病。自失笑因甚，腰围半减，泪珠频揾。　　难省。也怨天，也自恨。怎免千般思忖。倩人说与，又却不忍。拚了一生愁闷。又只恐、愁多无人问。到这里，天也怜人，看他稳也不稳。

216. 武陵春 （二体）

正体 又名武林春，双调四十八字，上下阕各四句，三平韵

毛　滂

春在前村梅雪里，一夜到千门。
⊙●⊙○○●●；⊙●●○△

玉佩琼琚下冷云。银界见东君。
⊙●○○⊙●△　⊙●●○△

桃花髻暖双飞燕，金字巧宜春。
⊙○⊙●○○●；⊙●●○△

寂寞溪桥柳弄晴。老也探花人。
⊙●○○●●△　⊙●●○△

（下起有作：⊙●⊙○○●●。）

变体　又名武林春，双调四十八字，上下阕各四句，三平韵

李清照

春晚

风住尘香花已尽，日晚倦梳头。
⊙●⊙○○●●；⊙●●○△

物是人非事事休。欲语泪先流。
⊙●○○⊙●△　⊙●●○△

闻说双溪春尚好，也拟泛轻舟。
⊙●○○○●●；⊙●●○△

只恐双溪舴艋舟。载不动、许多愁。
⊙●○○●●△　⊙●●、●○△

（下结添一字耳。万俟咏词，添字太多，不予校订。）

武陵春　（宋词）

张　先

　　秋染青溪天外水，风棹采菱还。波上逢郎密意传。语近隔丛莲。　　相看忘却归来路，遮日小荷圆。菱蔓虽多不上船。心眼在郎边。

武陵春　（宋词）

晏几道

　　烟柳长堤知几曲，一曲一魂消。秋水无情天共遥。愁送木兰桡。　　熏香绣被心情懒，期信转迢迢。记得来时倚画桥。红泪满鲛绡。

武陵春　（宋词）

魏夫人（曾布妻）

　　小院无人帘半卷，独自倚阑时。宽尽春来金缕衣。憔悴有谁知。　　玉人近日书来少，应是怨来迟。梦里长安早晚归。和泪立斜晖。

武陵春 （宋词）

曹 勋

　　春到小园春草绿，烟雨湿云山。池上梅花已半残。无奈晚来寒。　　不怕醉多只怕醒，花影上阑干。人在东风缥缈间。谁与伴幽闲。

武陵春 （宋词）

卢 炳

舟行三衢间，江干梅盛开，为风雨所妒，赋此以惜之

　　常记江南春欲到，消息付南枝。疏影横斜照水时。月淡暗香迟。　　可惜江头千树玉，雨暗更风欺。传语东君管领伊。憔悴有谁知。

217.西地锦　　（一体）

正体　双调四十六字，上下阕各五句，三仄韵

蔡　伸

寂寞悲秋怀抱。掩重门悄悄。
⊙●⊙○⊙▲　●⊙○⊙▲

清风皓月，朱阑画阁，双鸳池沼。
○○●●；⊙○●●；⊙○○▲

不忍今宵重到。惹离愁多少。
⊙●⊙○⊙▲　⊙●○○▲

蓬山路杳，蓝桥信阻，黄花空老。
⊙○●●；○○●●；○○○▲

（上下阕第二句例用一字领。石孝友词，两结各添一字。无名氏词两首，错谬较多，不予校订。）

西地锦　(宋词)

周紫芝

雨细欲收还滴。满一庭秋色。阑干独倚，无人共说，这
些愁寂。　　手把玉郎书迹。怎不教人忆。看看又是，黄
昏也敛，眉峰轻碧。

西地锦　(宋词)

石孝友

回望玉楼金阙。正水遮山隔。风儿又起，雨儿又煞，好
愁人天色。　　两岸荻花枫叶。争舞红吹白。中秋过也，
重阳近也，作天涯行客。

218.西 河 （二体）

正体 又名西河慢、西湖，三段一百五字，前、中段各六句四仄韵，后段五句五仄韵

周邦彦

佳丽地。南朝盛事谁记。
○⊙▲　⊙○●○▲

山围故国绕清江，髻鬟对起。
⊙○⊙●●○○；⊙○⊙▲

怒涛寂寞打孤城，风樯遥度天际。
⊙○⊙●●○○；⊙○⊙●○▲

断崖树犹倒倚。莫愁艇子曾系。
●○●○●▲　⊙○⊙●○▲

空余旧迹郁苍苍，雾沈半垒。
⊙○⊙●○○；●○⊙▲

夜深月过女墙来，赏心东望淮水。
●○●○●○○；⊙○○●○▲

酒旗戏鼓甚处市。想依稀、王谢邻里。
●○⊙●⊙●▲　⊙○○、○○●▲

燕子不知何世。入寻常、巷陌人家相对。
⊙●●○○▲　●○○、●●○○⊙▲

如说兴亡斜阳里。
⊙●○○○○▲

（中段起句平仄偶有不同，且可读作三、三。后段倒数第二句可不用韵。后段倒数第二句，张炎词重组为五字、四字各一句，五字句用一字领。）

变体 又名西河慢、西湖，三段一百四字，前、中段各六句四仄韵，后段五句五仄韵

王 埜

天下事。问天怎忍如此。
○⊙　▲　　⊙○⊙○●⊙　▲

陵图谁把献君王，结愁未已。
⊙○⊙●●○○；⊙○⊙　▲

少豪气概总成尘，空馀白骨黄苇。
⊙⊙⊙●●○○；○○○●○○　▲

千古恨、吾老矣。东游曾吊淮水。
●○●　、○●　▲　○○⊙●○○　▲

绣春台上一回登，一回搵泪。
⊙○⊙●●○○；●○●　▲

醉归抚剑倚西风，江涛犹壮人意。
●○⊙●●○○；⊙○⊙○●○　▲

只今袖手野色里。
●○●●●●　▲

望长淮、犹二千里。纵有英心谁寄。
⊙○○　、○○●　▲　⊙●⊙○○　▲

近新来、又报胡尘起。绝域张骞归来未。
●○○　、●●○○　▲　　⊙●○○○○　▲

（较正体，唯后段倒数第二句减一字，曹幽词可校。周邦彦别首后段末两句句读有异且少用一韵。）

西河　（宋词）

刘一止

　　山驿晚，行人昨停征辔。白沙翠竹锁柴门，乱峰相倚。一番急雨洗天回，扫云风定还起。　　念凄断、谁与寄。双鱼尺素难委。遥知洞户隔烟窗，簟横秋水。淡花明玉不胜寒，绿尊初试冰蚁。　　小欢细酌任欹醉。扑流萤、应卜心事。谁记天涯憔悴。对今宵、皓月明河千里。梦越空城疏烟里。

西河　（宋词）

陈允平

　　形胜地。西陵往事重记。溶溶王气满东南，英雄闲起。凤游何处古台空，长江缥缈舞际。　　石头城上试倚。吴襟楚带如系。乌衣巷陌几斜阳，燕闲旧垒。后庭玉树委歌尘，凄凉遗恨流水。　　买花问酒锦绣市。醉新亭、芳草千里。梦醒觉非今世。对三山、半落青天，数点白鹭，飞来西风里。

西河 （宋词）

辛弃疾

送钱仲耕自江西漕赴婺州

西江水。道是西风人泪。无情却解送行人，月明千里。从今日日倚高楼，伤心烟树如荠。　　会君难、别君易。草草不如人意。十年著破绣衣茸，种成桃李。问君可是厌承明，东方鼓只千骑。　　对梅花、更消一醉。有明年、调鼎风味。老病自怜憔悴。过吾庐、定有幽人相问，岁晚渊明归来未。

西河 （金元词）

邵亨贞

一春索居味殊恶，赋此纪怀

春梦觉，一声何处啼鸟。东风二月旧江南，庾郎暗老。暖寒日日禁单衣，阑干凭遍清晓。　　水涯柳条渐好。玉骢几度曾到。如今巷陌蹋青时，故人去杳。杏花不在宋东邻，苔墙犹自围绕。　　凤鞋次第又斗草。暗凄凉、前度怀抱。病后不禁愁恼。怕西园、路湿残红如埽。空忆花前纤腰袅。

219. 西江月　　（一体）

正体　又名白苹香、步虚词、江月令，双调五十字，上下阕各四句，两平韵、一叶韵

柳　永

凤额绣帘高卷，兽钚朱户频摇。
⊙●⊙○⊙●；⊙○⊙●⊙△

两竿红日上花梢。春睡厌厌难觉。
⊙○⊙●⊙○△　⊙●⊙○⊙▼

好梦狂随飞絮，闲愁浓胜香醪。
⊙●⊙○⊙●；⊙○⊙●⊙△

不成雨暮与云朝。又是韶光过了。
⊙○⊙●⊙○△　⊙●⊙○⊙▼

（下阕有换韵者。有两起皆叶仄韵者。五代欧阳炯及敦煌曲子词各两首，下起多一字。赵与仁词两起皆多三字，不予校订。）

西江月　（五代词）

欧阳炯

月映长江秋水。分明冷浸星河。浅沙汀上白云多。雪散几丛芦苇。　扁舟倒影寒潭里。烟光远罩清波。笛声何处响渔歌。两岸苹香暗起。

西江月　（敦煌曲子词）

浩渺天涯无际。旅人舡薄孤洲。团团明月照江楼。远望荻花风起。　东去不回千万里。乘舡正值高秋。此时变作望乡愁。一夜苦吟云水。

西江月　（宋词）

苏　轼

春夜蕲水中过酒家饮。酒醉，乘月至一溪桥上，解鞍曲肱少休。及觉，已晓。乱山葱茏，不谓尘世也。书此词桥柱。

照野瀰瀰浅浪，横空暖暖微霄。障泥未解玉骢骄。我欲醉眠芳草。　可惜一溪明月，莫教踏破琼瑶。解鞍欹枕绿杨桥。杜宇一声春晓。

西江月　（宋词）

黄庭坚

老夫既戒酒不饮，遇宴集，独醒其旁。坐客欲得小词，援笔为赋

　　断送一生惟有，破除万事无过。远山横黛蘸秋波。不饮旁人笑我。　　花病等闲瘦弱，春愁没处遮拦。杯行到手莫留残。不道月斜人散。

西江月　（宋词）

毛　滂

县圃小酌

　　烟雨半藏杨柳，风光初到桃花。玉人细细酌流霞。醉里将春留下。　　柳畔鸳鸯作伴，花边蝴蝶为家。醉翁醉里也随他。月在柳桥花榭。

西江月　（宋词）

朱敦儒

　　正月天饶阴雨，江南寒在晨朝。娇莺声袅杏花梢。暗澹绿窗春晓。　　好梦空留被在，新愁不共香销。小楼帘卷路迢迢。望断天涯芳草。

西江月 （宋词）

向子諲

微步凌波尘起，弄妆满镜花开。春心掷处眼频来。秀色著人无耐。 旧事如风无迹，新愁似水难裁。相思日夜梦阳台。减尽沈郎衣带。

西江月 （宋词）

陈 东

七夕

我笑牛郎织女，一年一度相逢。欢情尽逐晓云空。愁损舞鸾歌凤。 牛女而今笑我，七年独卧西风。西风还解过江东。为报佳期入梦。

西江月 （宋词）

李 石

渔父

一脉分溪浅绿，数枝约岸欹红。小船横系碧芦丛。似我江湖春梦。 晒网渔归别浦，举头雁度晴空。短蓑独宿月明中。醉笛一声风弄。

西江月　（宋词）

管　鉴

夜雨落花满地，晓风飞絮连天。苦无春恨可萦牵。只数年华暗换。　　生意惟添白髮，化工不染朱颜。老来愈觉欠清闲。梦想故园春晚。

西江月　（宋词）

丘　崈

明日又还重九，黄昏小雨疏风。菊英萸糁一尊同。付与今宵好梦。　　寒意梧桐叶上，客愁画角声中。小楼何日却从容。千里此情应共。

西江月　（宋词）

辛弃疾

夜行黄沙道中

明月别枝惊鹊，清风半夜鸣蝉。稻花香里说丰年。听取蛙声一片。　　七八个星天外，两三点雨山前。旧时茅店社林边。路转溪头忽见。

西江月　　(宋词)

辛弃疾

遣兴

醉里且贪欢笑，要愁那得工夫。近来始觉古人书。信著全无是处。　　昨夜松边醉倒，问松我醉何如。只疑松动要来扶。以手推松曰去。

西江月　　(宋词)

石孝友

歌彻秋娘金缕，醉扳织女云车。而今谁复荐相如。拔剑茫然四顾。　　好景凭诗断送，闲愁著酒消除。镜中丝鬓莫惊呼。春满珠帘绣户。

西江月　　(宋词)

石孝友

脉脉无端心事，厌厌不奈春醒。越罗衫薄峭寒轻。试问几番花信。　　万点风头柳絮，数声柳外啼莺。斜阳还傍小窗明。门掩黄昏人静。

西江月 （宋词）

史达祖

闺思

西月淡窥楼角，东风暗落檐牙。一灯初见影窗纱。又是重帘不下。　　幽思屡随芳草，闲愁多似杨花。杨花芳草遍天涯。绣被春寒夜夜。

西江月 （宋词）

高观国

小舫半帘山色，断桥两岸秋阴。芙蓉消息已愁深。红染云机翠锦。　　几度烟波共酌，半生风月关心。飞来鸥鹭是知音。一笑歌边醉醒。

西江月 （宋词）

黄　机

泛洞庭青草

漠漠波浮云影，遥遥天接山痕。一声渔唱起蘋汀。名利缘渠唤醒。　　短棹拟携西子，长吟时吊湘灵。白鸥容我作同盟。占取两湖清影。

西江月　（宋词）

吴文英

登蓬莱阁看桂

清梦重游天上，古香吹下云头。箫声三十六宫愁。高处花惊风骤。　　客路羁情不断，阑干晚色先收。千山浓绿未成秋。谁见月中人瘦。

西江月　（宋词）

吴文英

江上桃花流水，天涯芳草青山。楼台春锁碧云湾。都入行人望眼。　　一镜波平鸥去，千林日落鸦还。天风袅袅送轻帆。蓦过星槎银汉。

西江月　（宋词）

徐俨夫

曲折迷春院宇，参差近水楼台。吹箫人去燕归来。空有落梅香在。　　花底三更过雨，酒阑一枕惊雷。明朝飞梦隔天涯。肠断流莺声碎。

西江月　（宋词）

仇　远

暗柳荒城叠鼓，小花静院深灯。年年寒食可曾晴。今夜晴犹未稳。　　豆蔻梢头二月，杜鹃枝上三更。春风知得此时情。吹动秋千红影。

西江月　（宋词）

陈德武

春暮

时序去如流水，功名冷似寒灰。尽教江庾赋多才。一刻千金难买。　　客里月圆月缺，尊前花落花开。春来何处带愁来。春去此愁还在。

西江月　（金元词）

元好问

悬玉微风度曲，熏炉熟水留香。相思夜夜郁金堂。两点春山枕上。　　杨柳宜春别院，杏花宋玉邻墙。天涯春色断人肠。更是高城晚望。

220. 西平乐慢　　（一体）

正体　双调一百三十七字，上阕十三句四平韵，下阕十五句三平韵

周邦彦

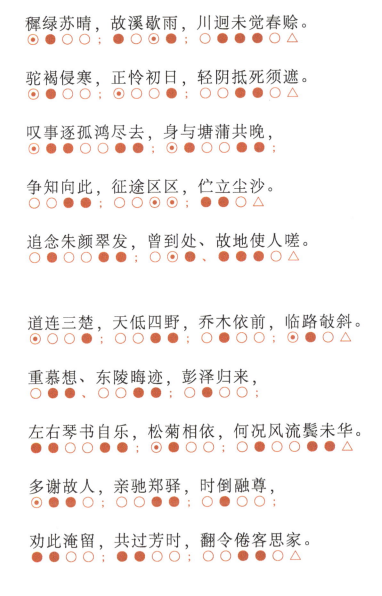

稚绿苏晴，故溪歇雨，川迥未觉春赊。

驼褐侵寒，正怜初日，轻阴抵死须遮。

叹事逐孤鸿尽去，身与塘蒲共晚，

争知向此，征途区区，伫立尘沙。

追念朱颜翠发，曾到处、故地使人嗟。

道连三楚，天低四野，乔木依前，临路敧斜。

重慕想、东陵晦迹，彭泽归来，

左右琴书自乐，松菊相依，何况风流鬓未华。

多谢故人，亲驰郑驿，时倒融尊，

劝此淹留，共过芳时，翻令倦客思家。

（上阕第七句例用一字领。方千里、杨泽民词皆和周邦彦，但上阕第十、第十一句减两字并为六字一句，违例，吴文英词与方、杨词同。）

西平乐慢　（宋词）

陈允平

　　泛梗飘萍，入山登陆，迢递雾迥烟赊。漠漠蒹葭，依依杨柳，天涯总是愁遮。叹寂寞尘埃满眼，梦逐孤云缥缈，春潮带雨，鸥迎远溆，雁别平沙。寒食梨花素约，肠断处、对景暗伤嗟。　　晚钟烟寺，晨鸡月店，征褐萧疏，破帽欹斜。忆几度、微吟马上，长啸舟中，惯踏新丰巷陌，旧酒犹香，憔悴东风自岁华。重忆少年，樱桃渐熟，松粉初黄，短楫欢呼，日日江南，烟村八九人家。

西平乐慢　（宋词）

吴文英

过西湖先贤堂，伤今感昔，泫然出涕

　　岸压邮亭，路欹华表，堤树旧色依依。红索新晴，翠阴寒食，天涯倦客重归。叹废绿平烟带苑，幽渚尘香荡晚，当时燕子，无言对立斜晖。追念吟风赏月，十载事、梦惹绿杨丝。　　画船为市，天妆艳水，日落云沉，人换春移。谁更与、苔根洗石，菊井招魂，漫省连车载酒，立马临花，犹认蔫红傍路枝。歌断宴阑，荣华露草，冷落山丘，到此徘徊，细雨西城，羊昙醉后花飞。

221. 惜分飞 （二体）

正体 又名惜芳菲、惜双双、惜双双令，双调五十字，上下阕各四句，四仄韵

毛　滂

泪湿阑干花著露。愁到眉峰碧聚。
⊙●⊙○○⊙▲　⊙●⊙○⊙▲

此恨平分取。更无言语空相觑。
⊙●○○▲　●●⊙●○○▲

断雨残云无意绪。寂寞朝朝暮暮。
⊙●⊙○○⊙▲　●●⊙○○▲

今夜山深处。断魂分付潮回去。
⊙●○○▲　●●○○⊙○▲

（上下阕句式似同。两起偶有作：⊙○○●●○○▲。赵鼎词下阕第二句多一字，刘弇词上下阕第二句皆多一字，不予校订。）

变体　双调五十六字，上下阕各四句，四仄韵

晁端礼

天上星杓春又到。应律管、微阳已报。
⊙●⊙○○⊙▲　⊙⊙●、⊙○⊙▲

暖信惊梅早。昨夜南枝，先得芳菲耗。
⊙●○○▲　⊙●○○，⊙●○○▲

迟日瞳胧光破晓。馥绣幄、麝炉烟袅。
⊙●⊙○○⊙▲　⊙●●、⊙○⊙▲

为寿金壶倒。四坐簪缨，共比松筠老。
⊙●○○▲　⊙●○○，⊙●○○▲

（无名氏词两结为六字、三字各一句，平仄略异，张先词上下阕末两句改作六字、七字各一句，不予参校。）

惜分飞　（宋词）

范成大

易散浮云难再聚。遮莫相随百步。谁唤行人去。石湖烟浪渔樵侣。　重别西楼肠断否。多少凄风苦雨。休梦江南路。路长梦短无寻处。

惜分飞　（宋词）

柴元彪

客怀

候馆天寒灯半灭。对着灯儿泪咽。此恨难分说。能禁几度黄花别。　乍转寒更敲未歇。蛩语更添凄恻。今夜归心切。砧声敲碎谁家月。

惜分飞　（金元词）

元好问

戏王鼎玉同年

人见何郎新来瘦。不见天寒翠袖。绣被熏香透。几时却似鸳鸯旧。　　九十日春花在手。可惜欢缘未久。去去休回首。柔条去作谁家柳。

惜分飞　（金元词）

张　翥

写梦

相见依然人似旧。比似年时较瘦。笑问平安否。不言低掩罗衫袖。　　便欲窗前推枕就。无奈红偌绿偬。惊起空回首。半床斜月疏钟后。

222. 惜黄花 （一体）

正体 双调七十字，上下阕各七句，五仄韵

史达祖

涵秋寒渚。染霜丹树。
⊙○●▲　⊙○○▲

尚依稀，是来时、梦中行路。
●○○；●○○、●○○▲

时节正思家，远道仍怀古。
○●●○○；⊙●○○▲

更对著、满城风雨。
●⊙●、○○○▲

黄花无数。碧云欲暮。
○○○▲　⊙○⊙▲

美人兮，美人兮、未知何处。
●○○；●○○、●○○▲

独自卷帘栊，谁为开尊俎。
●●●○○；⊙●○○▲

恨不得、御风归去。
●⊙●、○○○▲

（上下阕句式似同。下起可不押韵。许将词上下阕第三、第四句重组为四字、三字、三字各一句，史浩词上阕第三、第四句重组为四字、六字各一句。宋先生词字有缺漏。）

惜黄花 （宋词）

许 将

雁声晚断。寒霄云卷。正一枝开，风前看，月下见。花占千花上，香笑千香浅。化工与、最先裁翦。　　谁把瑶林，闲抛江岸。恁素英浓，芳心细，意何限。不恨宫妆色，不怨吹羌管。恨天远、恨春来晚。

223. 惜奴娇 （一体）

正体 双调七十二字，上下阕各七句，五仄韵

史达祖

香剥酥痕，自昨夜、春愁醒。
⊙●○○；●●●、○○▲

高情寄、冰桥雪岭。试约黄昏，便不误、黄昏信。
⊙○●、○○○▲　●●○○；●●●、○●●▲

人静。倩娇娥、留连秀影。
○▲　●●○●、○○○▲

吟鬓簪香，已断了、多情病。
⊙●○○；●●●、○○▲

年年待、将春管领。镂月描云，不枉了、闲心性。
⊙○●、○○●▲　●●○○；●●●、○○▲

漫听。谁敢把、红颜比并。
⊙▲　○○●、○○●▲

（上下阕第二句及两结可不作破读。宋人假托神怪词多首，未予校订。石孝友词上阕第二句多一衬字，王之道词两结皆少一字，赵长卿词下阕第五句多一字，石孝友别首上阕第五句多一字，晁补之词上阕第二句少一字，蔡伸词结句多一衬字，王之道别首上阕第二句多一字，结句少一字。可知其类曲也，擅加、减衬字，不予参校。）

惜奴娇　（宋词）

石孝友

我已多情，更撞著、多情底你。把一心、十分向你。尽他们，劣心肠、偏有你。共你。风了人、只为个你。　　宿世冤家，百忙里、方知你。没前程、阿谁似你。坏却才名，到如今、都因你。是你。我也没、星儿恨你。

惜奴娇　（宋词）

晁补之

歌阕琼筵，暗失金貂侣。说衷肠、丁宁嘱付。棹举帆开，黯行色、秋将暮。欲去。待却回、高城已暮。　　渔火烟村，但触目、伤离绪。此情向、阿谁分诉。那里思量，争知我，思量苦。最苦。睡不著、西风夜雨。

惜奴娇　（金元词）

元好问

画扇高秋，恨尘暗秦王女。涉东城、春烟绿树。燕子来时应解说，征鞍处。记取。未忘得、兰膏香聚。　　枕上新声，断肠是江南句。更行云无心也住。未了情缘，算惟有、相将去。□去。枉轻负、梨花暮雨。

224. 喜迁莺令 （一体）

正体 又名鹤冲天、万年枝、春光好、燕归来、早梅芳，双调四十七字，上阕五句四平韵，下阕五句两仄韵、两平韵

韦 庄

街鼓动，禁城开。天上探人回。
⊙⊙● ； ●○△ ⊙●●○△

凤衔金榜出云来。平地一声雷。
⊙○⊙●●○△ ⊙○●○△

莺已迁，龙已化。一夜满城车马。
⊙⊙○ ； ○⊙▲ ⊙●⊙○⊙▲

家家楼上簇神仙。争看鹤冲天。
⊙⊙●●○◇ ⊙⊙●⊙△

（平韵亦可不换用。上阕第二句偶有不用韵：○●●。下起可用韵。下阕第三句偶有拆为三字两句。张元干词下阕第三句少一字，不予校订。）

喜迁莺令　（五代词）

薛昭蕴

残蟾落，晓锺鸣。羽化觉身轻。乍无春睡有余醒。杏苑雪初晴。　　紫陌长，襟袖冷。不是人间风景。回看尘土似前生。休羡谷中莺。

喜迁莺令　（五代词）

薛昭蕴

清明节，雨晴天。得意正当年。马骄泥软锦连乾。香袖半笼鞭。　　花色融，人竞赏。尽是绣鞍朱靮。日斜无计更留连。归路草和烟。

喜迁莺令　（五代词）

冯延巳

宿莺啼，乡梦断。春树晓朦胧。残灯和烬闭朱栊。人语隔屏风。　　香已寒，灯已绝。忽忆去年离别。石城花雨倚江楼。波上木兰舟。

喜迁莺令　（宋词）

晏　殊

烛飘花，香掩烬，中夜酒初醒。画楼残点两三声。窗外月胧明。　　晓帘垂，惊鹊去。好梦不知何处。南园春色已归来。庭树有寒梅。

喜迁莺令　（宋词）

周端臣

西湖

青嶂绕，翠堤斜。晴绮散馀霞。一湖春水碧无瑕。可惜画船遮。　　燕交飞，莺对语。风软香尘凝路。一年春事又杨花。诗酒□韶华。

喜迁莺令　（宋词）

晏几道

　　莲叶雨，蓼花风。秋恨几枝红。远烟收尽水溶溶。飞雁碧云中。　　衷肠事。鱼笺字。情绪年年相似。凭高双袖晚寒浓。人在月桥东。

喜迁莺令　（宋词）

仇　远

　　三叠曲，四愁诗。心事少人知。西风未老燕迟归。巢冷半干泥。　　流红句，回文字。除燕知，谁能记。一声恰到画楼西。云压小鸿低。

225. 喜迁莺 （一体）

正体 又名烘春桃李，双调一百三字，上下阕各十一句，五仄韵

康与之

秋寒初劲。看云路雁来，碧天如镜。
⊙○●▲　　●　●○●○　；　●○○▲

湘浦烟深，衡阳沙绕，风外几行斜阵。
○●○○　；　○○○●　，　○●●○○▲

回首塞门何处，故国关河重省。
⊙●●○○●　；　●●○○○▲

汉使老，认上林欲下，徘徊清影。
⊙●●　；　●●○●●　，　○○○▲

江南烟水暝。声过小楼，烛暗金猊冷。
⊙○○●▲　　⊙●●○　；　⊙●○○▲

送目鸣琴，裁诗挑锦，此恨此情无尽。
⊙●○○　；　○○⊙●　；　●●●○○▲

梦想洞庭飞下，散入云涛千顷。
⊙●●○○●　，　●●○○○▲

过尽也，奈杜陵人远，玉关无信。
⊙●●　；　●●○○●　，　●○○▲

（上阕第二句，上下阕第十句，例用一字领。上、下起句可不用韵。下起有折为两字、三字各一句，两字句用韵，三字句可用或不用韵。上下阕末两句可重组为三字、六字各一句。下阕末三句可重组为六字两句。两结亦有重组为四字三句者。上阕第二句有作：●⊙○⊙●。第七句有作：⊙●●●○○，或作：⊙○○○○。第十句有作：●○●○○。下阕第七句有作：⊙●●●○○。第十句有作：●⊙●⊙○○。史达祖词下阕第七、第八两句重组为五字、七字各一句。姜夔词上阕第八句多一字，林伯镇词下阕第八句多一字。张元干词及无名氏别首，差异较多。皆不予校订。）

喜迁莺　（宋词）

黄　裳

端午泛湖

　　梅霖初歇。乍绛蕊海榴，争开时节。角黍包金，香蒲切玉，是处玳筵罗列。斗巧尽输年少，玉腕彩丝双结。舣彩舫，看龙舟两两，波心齐发。　　奇绝。难画处，激起浪花，飞作湖间雪。画鼓喧雷，红旗闪电，夺罢锦标方彻。望中水天日暮，犹见朱帘高揭。归棹晚，载荷花十里，一钩新月。

喜迁莺　（宋词）

李　纲

自池阳泛舟

　　江天霜晓。对万顷雪浪，云涛弥渺。远岫参差，烟树微茫，阅尽往来人老。浅沙别浦极望，满目馀霞残照。暮云敛，放一轮明月，窥人怀抱。　　杳杳。千里恨，玉人一别，梦断无音耗。手捻江梅，枝头春信，欲寄算应难到。画船片帆浮碧，更值风高波浩。几时得向尊前，销却许多烦恼。

喜迁莺 （宋词）

赵彦端

秋望

登山临水。正桂岭瘴开，蘋洲风起。玄鹤高翔，苍膺远击，白鹭欲飞还止。江上澄波似练，沙际行人如蚁。目断外，见遥峰蹙翠，残霞浮绮。　　千里。关塞远，雁阵不来，犹把阑干倚。数叠悲笳，一行征斾，城郭几番成毁。白塔前朝寝陵，青嶂故都宫垒。念往事，但寒烟满目，秋蝉盈耳。

喜迁莺 （宋词）

高观国

代人吊西湖歌者

歌音凄怨。是几度诉春，春都不管。感绿惊红，蘜烟啼月，长是为春消黯。玉骨瘦无一把，粉泪愁多千点。可怜损，任尘侵粉蠹，舞裙歌扇。　　转盼。尘梦断。峡里云归，空想春风面。燕子楼空，玉台妆冷，湖外翠峰眉浅。绮陌断魂名在，宝奁返魂香远。此情苦，问落花流水，何时重见。

喜迁莺　（宋词）

高观国

凉云归去。再约著，晚来西楼风雨。水静帘阴，鸥闲菰影，秋到露汀烟浦。试省唤回幽恨，尽是愁边新句。倦登眺，动悲凉还在，残蝉吟处。　　凄楚。空见说，香锁雾扃，心似秋莲苦。宝瑟弹冰，玉台窥月，浅澹可怜偷聚。几时翠沟题叶，无复绣帘吹絮。鬓华晚，念庾郎情在，风流谁与。

喜迁莺　（宋词）

彭　耜

吾家何处。对落日残鸦，乱花飞絮。五湖四海，千岩万壑，已把此生分付。怎得海棠心绪，更没鸳鸯债负。春正好，欢流光有限，老山无数。　　归去君试觑。紫燕黄鹂，愁怕韶华暮。细雨斜风，断烟芳草，暑往寒来几度。锁却心猿意马，缚住金乌玉兔。今古事，似一江流水，此怀难诉。

喜迁莺 　(宋词)

蒋　捷

暮春

游丝纤弱。谩著意绊春，春难凭托。水暖成纹，云晴生影，双燕又窥帘幕。露添牡丹新艳，风摆秋千闲索。对此景，动高歌一曲，何妨行乐。　　行乐。春正好，无奈绿窗，孤负敲棋约。锦幄调笙，银瓶索酒，争奈也曾迷著。自从发凋心倦，常倚钩阑斜角。翠深处，看悠悠几点，杨花飞落。

喜迁莺 　(宋词)

无名氏

早梅天气，正绣户乍启。琼筵才展。鹊渡河桥，云游巫峡，溪泛碧桃花片。翠娥侍女来报，莲步已离仙苑。待残漏，鸳帐深处，同心双绾。　　欢宴。当此际，红烛影中，檀麝飘香篆。掷果风流，谪仙才调，佳婿想应堪羡。少年俊雅狂荡，蓦有人言拘管。镇携手，向花前月下，重门深院。

喜迁莺 （金元词）

王特起

登山临水。正桂岭瘴开，苹洲风起。玄鹤高翔，苍鹰远击，白鹭欲飞还止。江上层波似练，沙际行人如蚁。目断处，见遥峰簇翠，残霞浮绮。　　千里。关塞远，雁阵不来，犹把阑干倚。数叠悲笳，一行征旆，城郭几番成毁。白塔前朝陵寝，青嶂故都营垒。念往事，但寒烟满目，愁蝉盈耳。

喜迁莺 （金元词）

张 萧

琼花

东风吹尽。但一片绿阴，空留春恨。后土祠荒，飞琼谪久，还喜玉容堪认。二十四桥夜月，二十四番花信。便载酒，怕芳菲易老，阴晴难稳。　　娇困。羞起晚，伫立画阑，净洗闲脂粉。沉水浓熏，蜂黄淡染，自有绝尘香韵。也知世间无对，肯许浮花相近。凤箫远，待数枝折与，玉峰人问。

226.夏云峰 （一体）

正体　双调九十一字，上下阕各八句，五平韵

柳　永

宴堂深。轩楹雨、轻压暑气低沈。
⊙⊙△　⊙⊙●、⊙⊙⊙●○△

花洞彩舟泛骋，坐绕清浔。
○●●○●●；●●○△

楚台风快，湘簟冷、永日披襟。
●○○●；⊙●●、⊙●○△

坐久觉、疏弦脆管，时换新音。
⊙●●、○●●●；⊙●○△

越娥蕙态兰心。逞妖艳、昵欢邀宠难禁。
⊙○●●○△　●○●、●○⊙●○△

筵上笑歌间发，舄履交侵。
○●●○●●；●●○△

醉乡深处，须尽兴、满酌高吟。
⊙○○●；○●●、●●○△

向此免、名缰利锁，虚费光阴。
⊙●●、○⊙○●●；⊙●●○△

（下阕起句较上阕多三字，其余句式似同。赵长卿词下结重组为五字、六字各一句。曹勋别首，下阕第三、第四句重组为四字、六字各一句，下结少两字重组为两字、七字各一句，且两字句用韵。不予参校。）

夏云峰　（宋词）

赵长卿

初秋有作

露华清。天气爽、新秋已觉凉生。朱户小窗，坐来低按秦筝。几多妖艳，都总是、白雪馀声。那更玉肌肤韵，胜体段轻盈。　　照人双眼偏明，况周郎、自来多病多情。把酒为伊再三，著意须听。销魂无语，一任侧耳与心倾。是我不卿卿，更有谁可卿卿。

夏云峰　（宋词）

无名氏

琼结苞，酥凝蕊，粉心轻点胭脂。疑是素娥妆罢，玉翠低垂。化工深意，巧付与、别个标仪。怎奈向，风寒影里，独是开时。　　缘何不与春期。此花又、岂肯争竞芳菲。疑雨恨烟，忍风岭畔江湄。冷烟幽艳，曾不许、霜雪相欺。只恐向，笛声怨处，吹落残枝。

227. 相见欢　　（一体）

正体　又名秋夜月、上西楼、西楼子、忆真妃、乌夜啼、月上瓜州，双调三十六字，上阕三句三平韵，下阕四句两仄韵、两平韵

薛昭蕴

罗袜绣袂香红。画堂中。
⊙⊙⊙●○△　●○△

细草平沙蕃马，小屏风。
⊙●●○⊙●；●○△

卷罗幕。凭妆阁。思无穷。
⊙⊙▲　⊙⊙▲　●○△

暮雨轻烟魂断，隔帘栊。
⊙●⊙○⊙●；●○△

（仄韵亦可用叶韵。可改为平韵词，亦即下阕起两句不用韵；或下阕起两句并为六字句不用韵；或下阕第一句不用韵，第二句改平韵。）

相见欢 　（五代词）

李 煜

林花谢了春红。太匆匆。常恨朝来寒重，晚来风。
胭脂泪。留人醉。几时重。自是人生长恨，水长东。

相见欢 　（五代词）

李 煜

无言独上西楼。月如钩。寂寞梧桐深院，锁清秋。
剪不断。理还乱。是离愁。别是一番滋味，在心头。

相见欢 　（宋词）

毛 滂

秋思

十年湖海扁舟。几多愁。白发青灯今夜，不宜秋。
中庭树。空阶雨。思悠悠。寂寞一生心事，五更头。

相见欢 （宋词）

朱敦儒

东风吹尽江梅。橘花开。旧日吴王宫殿，长青苔。
今古事。英雄泪。老相催。长恨夕阳西去，晚潮回。

相见欢 （宋词）

向子諲

桃源深闭春风。信难通。流水落花馀恨，几时穷。
水无定。花有尽。会相逢。可是人生长在，别离中。

相见欢 （宋词）

石孝友

潇湘雨打船篷。别离中。愁见拍天沧水，搅天风。
留不住。终须去。莫匆匆。后夜一尊何处，与谁同。

相见欢 （宋词）

张　辑

寓乌夜啼南徐多景楼作

江头又见新秋。几多愁。塞草连天何处，是神州。

英雄恨，古今泪，水东流。惟有渔竿明月，上瓜洲。

相见欢 （宋词）

吴文英

题赵三畏舍馆海棠

醉痕深晕潮红。睡初浓。寒食来时池馆，旧东风。

银烛换。月西转。梦魂中。明日春和人去，绣屏空。

相见欢　（宋词）

陈逢辰

月痕未到朱扉。送郎时。暗里一汪儿泪，没人知。
搵不住。收不聚。被风吹。吹作一天愁雨，损花枝。

相见欢　（宋词）

无名氏

都无一点残红。夜来风。底事东君归去，太匆匆。
桃花醉。梨花泪。总成空。断送一年春在，绿阴中。

228. 潇湘神　　(一体)

正体　单调二十七字，五句三平韵、一叠韵

刘禹锡

斑竹枝。斑竹枝。泪痕点点寄相思。
○●△　　○●△　　●○⊙●●○△

楚客欲听瑶瑟怨，潇湘深夜月明时。
⊙●⊙○○●●；⊙○⊙●●○△

（起两句亦有：●○△　　●○△。）

潇湘神　(唐词)

刘禹锡

湘水流。湘水流。九疑云物至今秋。若问二妃何处所，零陵芳草露中愁。

潇湘神　(宋词)

黄公绍

月明中。月明中。满湖春水望难穷。欲学楚歌歌不得，一场离恨两眉峰。

229. 小重山 （二体）

正体 又名小冲山、小重山令、柳色新，双调五十八字，上下阕各六句，四平韵

薛昭蕴

春到长门春草青。玉阶华露滴，月胧明。
⊙●○○⊙●△　⊙○○●●；●○△

东风吹断玉箫声。宫漏促，帘外晓啼莺。
⊙○⊙●●○△　⊙⊙●；⊙●●○△

愁起梦难成。红妆流宿泪，不胜情。
⊙●●○△　⊙○○●●；●○△

手挼裙带绕花行。思君切，罗幌暗尘生。
⊙○⊙●●○△　⊙⊙●；⊙●●○△

（上下阕后五句句式似同。）

变体 又名小冲山、小重山令、柳色新，双调五十七字，上阕五句四平韵，下阕六句四平韵

刘景翔

枕屏风

山翠晴岚曲曲偎。红香浮玉醉窝颏。
⊙●○○⊙●△　⊙○○○●●○△

不烦人筑避风台。潇湘路，随意自徘徊。
⊙○○●●○△　⊙⊙●；⊙○●○△

春倦怕频催。琵琶私语近、问谁来。
⊙●●○△　⊙○○●●；●○△

春风那隔锦云堆。梦中蝶，飞去又飞来。
⊙○⊙●○○△　⊙⊙●；⊙●●○△

（较正体，唯上阕第二、第三句减一字并为七字句。）

小重山 （五代词）

毛熙震

梁燕双飞画阁前。寂寥多少恨，懒孤眠。晓来闲处想君怜。红罗帐，金鸭冷沉烟。　　谁信损婵娟。倚屏啼玉箸，湿香钿。四支无力上秋千。群花谢。愁对艳阳天。

小重山 （宋词）

贺　铸

花院深疑无路通。碧纱窗影下，玉芙蓉。当时偏恨五更钟。分携处，斜月小帘栊。　　楚梦冷沉踪。一双金缕枕，半床空。画桥临水凤城东。楼前柳，憔悴几秋风。

小重山 （宋词）

祖　可

谁向江头遣恨浓。碧波流不断，楚山重。柳烟和雨隔疏钟。黄昏后，罗幕更朦胧。　　桃李小园空。阿谁犹笑语，拾残红。珠帘卷尽落花风。人不见，春在绿芜中。

小重山 （宋词）

汪　藻

月下潮生红蓼汀。浅霞都敛尽，四山青。柳梢风急堕流萤。随波处，点点乱寒星。　　别语寄丁宁。如今能间隔，几长亭。夜来秋气入银屏。梧桐雨，还恨不同听。

小重山 （宋词）

李清照

春到长门春草青。江梅些子破，未开匀。碧云笼碾玉成尘。留晓梦，惊破一瓯春。　　花影压重门。疏帘铺淡月，好黄昏。二年三度负东君。归来也，著意过今春。

小重山 （宋词）

沈　晦

湖上秋来莲荡空。年华都付与，木芙蓉。采菱舟子两相逢。双媚靥，一笑与谁浓。　　斜日落溟濛。鸳鸯飞起处，水无踪。望湖楼上两三峰。人不见，林外数声钟。

小重山　（宋词）

赵　鼎

漠漠晴霓和雨收。长波千万里，拍天流。云帆烟棹去悠悠。西风里，归兴满沧州。　　谩道醉忘忧。荡高怀远恨，更悲秋。一眉山色为谁愁。黄昏也，独自倚危楼。

小重山　（宋词）

吴淑姬

春愁

谢了荼蘼春事休。无多花片子，缀枝头。庭槐影碎被风揉。莺虽老，声尚带娇羞。　　独自倚妆楼。一川烟草浪，衬云浮。不如归去下帘钩。心儿小，难著许多愁。

小重山　（宋词）

何大圭

惜别

绿树莺啼春正浓。钗头青杏小，绿成丛。玉船风动酒鳞红。歌声咽，相见几时重。　　车马去匆匆。路随芳草远，恨无穷。相思只在梦魂中。今宵月，偏照小楼东。

小重山　(宋词)

岳　飞

　　昨夜寒蛩不住鸣。惊回千里梦，已三更。起来独自绕阶行。人悄悄，帘外月胧明。　　白首为功名。旧山松竹老，阻归程。欲将心事付瑶琴。知音少，弦断有谁听。

小重山　(宋词)

吴　潜

　　溪上秋来晚更宜。夕阳西下处，碧云堆。谁家舟子采莲归。双白鹭，惊起背人飞。　　烟水渐凄迷。渔灯三数点，乍明时。西风一阵白蘋湄。凝伫久，心事有谁知。

小重山　(宋词)

陈允平

　　岸柳黄深绿渐饶。林塘初雨过，涨蒲萄。秋千亭榭彩旗交。莺声里，春在杏花梢。　　慵整翠云翘。眉尖愁两点，倩谁描。斜阳芳草暗魂销。东风远，犹凭赤阑桥。

小重山　（宋词）

程　武

香减鲛绡添泪痕。彩云长是恨，等闲心。玉笙犹记夜深闻。湘水杳，寂寞隔巫云。　　翠被冷重熏。做成归梦了，却销魂。重杨浓处著朱门。依然是，风雨掩黄昏。

小重山　（宋词）

张　炎

题晓竹图

淡色分山晓气浮。疏林犹剩叶，不多秋。林深仿佛昔曾游。频唤酒，渔屋岸西头。　　不拟此凝眸。朦胧清影里，过扁舟。行行应到白蘋洲。烟水冷，传语旧沙鸥。

小重山　（宋词）

无名氏

鼓报黄昏禽影歇。单衣犹未试，觉寒怯。尘生锦瑟可曾阅。人去也，闲过好时节。　　对景复愁绝。东风吹不散，鬓边雪。些儿心事对谁说。眠不得，一枕杏花月。

小重山　（宋词）

无名氏

　　络纬声残织翠丝。金风剪不断、雁来时。梦回缄泪寄征衣。寒到早，应怪寄衣迟。　　心事有谁知。黄昏常立尽、暗萤飞。秋来无处不生悲。情脉脉，月转辘轳西。

小重山　（金元词）

刘秉忠

　　一片残阳树上明。百禽争啅噪、雨初晴。西风鸿雁落沙汀。归舟远，渔笛两三声。　　烟草逐人行。前山青未了、后山横。山川人物斗峥嵘。黄尘路，鞍马笑平生。

小重山　（金元词）

束从周

题钱德钧水村图

　　杨柳丝丝两岸风。前村溪路远，小桥通。人家依约水西东。舟一叶，移过荻花丛。　　清景迥涵空。好山青未了，暮云重。是谁惊起几征鸿。天然趣，却在画图中。

小重山 （金元词）

元好问

　　酒冷灯青夜不眠。寸肠千缕、两相牵。鸳鸯秋雨半池莲。分飞苦,红泪晓风前。　　天远雁翩翩。雁来人北去、远如天。安排心事待明年。无情月，看待几时圆。

230. 撷芳词 （二体）

正体 又名折红英、清商怨、惜分钗、钗头凤、玉珑璁，双调六十字，上下阕各七句，六仄韵

秦　观

别武昌

临丹壑。凭高阁。闲吹玉笛招黄鹤。
○○▲　　○○▲　　⊙○○●○○▲

空江暮。重回顾。
○⊙◆　⊙○▲

一洲烟草，满川云树。住、住、住。
●○○●；●○○▲　▲、▲、▲

江风作。波涛恶。汀兰寂寞岸花落。
○○◆　⊙○▲　⊙○○●⊙○▲

长亭路。尘如雾。
○○◆　⊙○▲

青山虽好，朱颜难驻。去、去、去。
⊙○○●；⊙○○▲　▲、▲、▲

　　（上下阕句式似同。唯唐婉词上阕第三句平仄改为：●●○○○●▲，且上下阕第四句起改为平韵。曾觌、史达祖词上下阕第六句平仄改作：●●○○。）

变体 又名折红英、清商怨、惜分钗、钗头凤、玉珑璁，双调五十四字，
上下阕各七句，六仄韵

《古今词话》无名氏

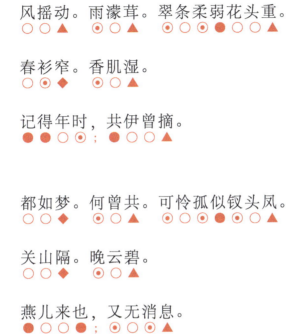

风摇动。雨濛茸。翠条柔弱花头重。
○○▲　◉○▲　◉○○◉●○▲

春衫窄。香肌湿。
○◉◆　◉○▲

记得年时，共伊曾摘。
●●○◉；●○○▲

都如梦。何曾共。可怜孤似钗头凤。
○○◆　◉○▲　◉○○●○○▲

关山隔。晚云碧。
○○◆　◉○▲

燕儿来也，又无消息。
●○○●；◉○◉▲

（较正体，两结皆减去三字叠韵。刘辰翁词下阕第五句平仄为：
○●▲。吕渭老词两首，两结后皆添两连绵字作一句，不予校订。）

撷芳词 　(宋词)

程　垓

桃花暖。杨花乱。可怜朱户春强半。长记忆。探芳日。笑凭郎肩，殢红偎碧。惜、惜、惜。　　春宵短。离肠断。泪痕长向东风满。凭青翼。问消息。花谢春归，几时来得。忆、忆、忆。

撷芳词 　(宋词)

陆　游

酥手。黄縢酒。满城春色宫墙柳。东风恶。欢情薄。一怀愁绪，几年离索。错、错、错。　　春如旧。人空瘦。泪痕红浥鲛绡透。桃花落。闲池阁。山盟虽在，锦书难托。莫、莫、莫。

撷芳词 　(宋词)

唐　婉

世情薄。人情恶。雨送黄昏花易落。晓风干。泪痕残。欲笺心事，独语斜阑。难、难、难。　　人成各。今非昨。病魂尝似秋千索。角声寒。夜阑珊。怕人寻问，咽泪装欢。瞒、瞒、瞒。

撷芳词　（宋词）

史达祖

寒食饮绿亭

春愁远。春梦乱。凤钗一股轻尘满。江烟白，江波碧，柳户清明，燕帘寒食。忆、忆、忆。　　莺声晓，箫声短，落花不许春拘管。新相识。休相失，翠陌吹衣，画楼横笛。得、得、得。

231. 谢池春　（一体）

正体　又名玉莲花、卖花声、风中柳、风中柳令，双调六十六字，上下阕各六句四仄韵

陆　游

贺监湖边，初系放翁归棹。
⊙●○○；⊙●●○○▲

小园林、时时醉倒。
●○○、○○●▲

春眠惊起，听啼莺催晓。
⊙○⊙●；●●○○▲

叹功名、误人堪笑。
●⊙○、●○○▲

朱桥翠径，不许京尘飞到。
○○●●；●●⊙○○▲

挂朝衣、东归欠早。
●○○、○○●▲

连宵风雨，卷残红如扫。
○○⊙●；●○○○▲

恨樽前、送春人老。
●○⊙、●○○▲

（上下阕句式似同。上下阕第五句例用一字领。无名氏词上阕第二句少两字，不予参校。）

谢池春 （宋词）

李 石

烟雨池塘，绿野乍添春涨。凤楼高、珠帘卷上。金柔玉困，舞腰肢相向。似玉人、瘦时模样。　　离亭别后，试问阳关谁唱。对青春、翻成怅望。重门静院，度香风屏障。吐飞花、伴人来往。

谢池春 （宋词）

陆 游

壮岁从戎，曾是气吞残虏。阵云高、狼烽夜举。朱颜青鬓，拥雕戈西戍。笑儒冠、自来多误。　　功名梦断，却泛扁舟吴楚。漫悲歌、伤怀吊古。烟波无际，望秦关何处。叹流年、又成虚度。

232. 新荷叶 （二体）

正体　又名折新荷引、泛兰舟，双调八十二字，上下阕各八句，四平韵

黄　裳

落日衔山，行云载雨俄鸣。
⊙●○○；⊙○⊙●○△

一顷新荷，坐间总是秋声。
⊙●○○；⊙○⊙●○△

烟波醉客，见快哉、风恼娉婷。
⊙○●●；⊙○⊙、⊙●○△

香和清点，为人吹在衣襟。
⊙○○●；⊙○○●○△

珠佩欢言，放船且向前汀。
⊙●○○；⊙○⊙●○△

绿伞红幢，自从天汉相迎。
⊙●○○；⊙○⊙●○△

飞鸿独落，芦边对、几朵繁英。
⊙○⊙●；⊙○⊙、⊙●○△

侑觞人唱，乍闻应似湘灵。
⊙○⊙●；⊙○⊙●○△

变体 又名折新荷引、泛兰舟，双调八十三字，上下阕各八句，四平韵
赵彦端

秀州作

玉井冰壶，人间有此清秋。
⊙●○○；⊙○○●○△

笑语雍雍，从今庭户初修。
⊙●○○；⊙○○●○△

迎风待月，香凝处、四卷帘钩。
⊙○●●；⊙○●、⊙●○△

月波奇观，未饶当日南楼。
⊙○○●；⊙○○●○△

闻说三吴，江湖胜、从古风流。
⊙●●○；⊙○●、⊙○●○△

况有双辎，旧谙黄阁青油。
⊙●○○；⊙○⊙●○△

金瓯屡启，应难解、久为人留。
⊙○⊙●；⊙○⊙、⊙●○△

天池波滟，可怜蘋满汀洲。
⊙⊙⊙●；⊙○○●○△

（较正体，唯下阕第二句添一字，读作三、四。李清照词上阕第二句亦然。）

新荷叶 (宋词)

赵长卿

咏荷

冷彻蓬壶，翠幢鼎鼎生香。十顷琉璃，望中无限清凉。遮风掩日，高低衬、密护红妆。阴阴湖里，羡他双浴鸳鸯。 猛忆西湖，当年一梦难忘。折得曾将盖雨，归思如狂。水云千里，不堪更、回首思量。而今把酒，为伊沈醉何妨。

新荷叶 (宋词)

辛弃疾

再和赵德庄韵

春色如愁，行云带雨才归。春意长闲，游丝尽日低飞。闲愁几许，更晚风、特地吹衣。小窗人静，棋声似解重围。 光景难携。任他鹈鸠芳菲。细数从前，不应诗酒皆非。知音弦断，笑渊明、空抚余徽。停杯对影，待邀明月相依。

233. 新雁过妆楼 （一体）

正体 又名雁过妆楼、瑶台聚八仙、八宝妆、百宝妆，双调九十九字，上
阕九句六平韵，下阕十句四平韵

吴文英

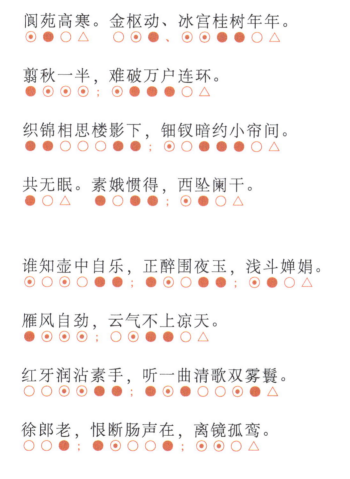

阆苑高寒。金枢动、冰宫桂树年年。
⊙●○△　○●●、⊙●○●○△

翦秋一半，难破万户连环。
●⊙○⊙；⊙○●●○△

织锦相思楼影下，钿钗暗约小帘间。
●⊙○○○●；⊙○●●○△

共无眠。素娥惯得，西坠阑干。
●○△　●○○●；⊙●○△

谁知壶中自乐，正醉围夜玉，浅斗婵娟。
⊙○⊙○●●；⊙●○○●；⊙●第七句○△

雁风自劲，云气不上凉天。
●⊙●⊙；○⊙●●○△

红牙润沾素手，听一曲清歌双雾鬟。
○○●⊙○●；○●●○○●○△

徐郎老，恨断肠声在，离镜孤鸾。
○○●；●⊙○○●；⊙⊙○△

（张炎别首起句不用韵，吴文英别首及陈允平词上阕第七句不用韵。张炎
别首及陈允平词，下结并为九字句读作三、六。下阕第二、第七句例用一字领。）

新雁过妆楼　（宋词）

张　炎

赋菊

风雨不来，深院悄、清事正满东篱。杖藜重到，秋气冉冉吹衣。瘦碧飘萧摇露梗，腻黄秀野拂霜枝。忆芳时。翠微唤酒，江雁初飞。　　湘潭无人吊楚，叹落英自采，谁寄相思。淡泊生涯，聊伴老圃斜晖。寒香应遍故里，想鹤怨山空犹未归。归何晚，问径松不语，只有花知。

新雁过妆楼　（宋词）

张　炎

菊日寓义兴，与王觉轩会饮，酒中书送白廷玉

楚竹闲挑。千日酒、乐意稍稍渔樵。那回轻散，飞梦便觉逍遥。似隔芙蓉无路到，如何共此可怜宵。旧愁消。故人念我，来问寂寥。　　登临试开笑口，看垂垂短髮，破帽休飘。款语微吟，清气顿扫花妖。明朝柳岸醉醒，又知在烟波第几桥。怀人处，任满身风露，踏月吹箫。

新雁过妆楼　（宋词）

陈允平

秋宵有感

望远秋平。初过雨、微茫水满烟汀。乱荻疏柳，犹带数点残萤。待月重帘谁共倚，信鸿断续两三声。夜如何，顿凉骤觉，纨扇无情。　　还思骖鸾素约，念凤箫雁瑟，取次尘生。旧日潘郎，双鬓半已星星。琴心锦意暗懒，又争奈、西风吹恨醒。屏山冷，怕梦魂、飞度蓝桥不成。

234. 行香子 （二体）

正体　双调六十六字，上阕八句四平韵，下阕八句三平韵

晁补之

前岁栽桃，今岁成蹊。更黄鹂久住相知。
⊙●○○；⊙●○△　●⊙○⊙●○△

微行清露，细履斜晖。
⊙○○●；⊙●○△

对林中侣，闲中我，醉中谁。
●⊙○⊙；⊙○⊙●；●○△

何妨到老，常闲常醉，任功名生事俱非。
⊙○⊙●；○○⊙●；●⊙○⊙●○△

衰颜难强，拙语多迟。
⊙○⊙○；⊙●○△

但醉同行，月同坐，影同归。
●⊙○⊙；⊙●●；●○△

（上下阕起句及下阕第二句可用韵。上下阕第三句可用一字领，亦可读作三、四。上下阕末三句例用一字领带对仗句。上下阕第三句首字，极少平声。无名氏词上阕第六句多一字，不予校订。）

变体 双调六十四字，上下阕各八句，五平韵

赵长卿

马上有感

骄马花骢。柳陌经从。小春天、十里和风。
⊙●○△　⊙●●○△　●●○、⊙●○△

个人家住，曲巷墙东。
⊙○○●；⊙●●○△

好轩窗，好体面，好仪容。
⊙○⊙；⊙○●；●○△

烛炧歌慵。斜月朦胧。夜新寒、鬥帐香浓。
⊙○⊙△　○○⊙△　●●○、⊙●○△

梦回画角，云雨匆匆。
⊙○⊙●；⊙●●○△

恨相逢，恨分散，恨情钟。
⊙○⊙；⊙●●；●○△

（两结皆减一领字，余同正体。杜安世词上下阕第四、第五句各添一领字，傅大询词两结皆作四字对仗三句，无名氏别首下阕第三句少一字，不予参校。）

行香子　(宋词)

王　诜

金井先秋，梧叶飘黄。几回惊觉梦初长。雨微烟淡，疏雨池塘。渐蓼花明，菱花冷，藕花凉。　　幽人已惯，枕单衾冷，任商飙、催换年光。问谁相伴，终日清狂。有竹间风，尊中酒，水边床。

行香子　(宋词)

苏　轼

述怀

清夜无尘。月色如银。酒斟时、须满十分。浮名浮利，虚苦劳神。叹隙中驹，石中火，梦中身。　　虽抱文章，开口谁亲。且陶陶、乐尽天真。几时归去，作个闲人。对一张琴，一壶酒，一溪云。

行香子 （宋词）

苏 轼

冬思

携手江村。梅雪飘裙。情何限、处处消魂。故人不见，旧曲重闻。向望湖楼，孤山寺，涌金门。　　寻常行处，题诗千首，绣罗衫、与拂红尘。别来相忆，知是何人。有湖中月，江边柳，陇头云。

行香子 （宋词）

晁端礼

别恨绵绵。屈指三年。再相逢、情分依然。君初霜鬓，我已华颠。况其间有，多少恨，不堪言。　　小庭幽槛，菊蕊阑斑。近清宵、月已婵娟。莫思身外，且鬥樽前。愿花长好，人长健，月长圆。

行香子 （宋词）

秦 观

树绕村庄。水满坡塘。倚东风、豪兴徜徉。小园几许，收尽春光。有桃花红，李花白，菜花黄。　　远远围墙。隐隐茅堂。飏青旗、流水桥傍。偶然乘兴，步过东冈。正莺儿啼，燕儿舞，蝶儿忙。

行香子 （宋词）

李清照

草际鸣蛩。惊落梧桐。正人间、天上愁浓。云阶月地，关锁千重。纵浮槎来，浮槎去，不相逢。　　星桥鹊驾，经年才见，想离情、别恨难穷。牵牛织女，莫是离中。甚霎儿晴，霎儿雨，霎儿风。

行香子 （宋词）

汪 莘

雪后闲眺

策杖溪边。倚杖峰前。望琼林、玉树森然。谁家残雪，何处孤烟。向一溪桥，一茅店，一渔船。　　别般天地，新样山川。唤家僮、访鹤寻猿。山深寺远，云冷钟残。喜竹间灯，梅间屋，石间泉。

行香子　（宋词）

蒋　捷

舟宿兰湾

红了樱桃。绿了芭蕉。送春归、客尚蓬飘。昨宵谷水，今夜兰皋。奈云溶溶，风淡淡，雨潇潇。　　银字笙调。心字香烧。料芳悰、乍整还凋。待将春恨，都付春潮。过窈娘堤，秋娘渡，泰娘桥。

行香子　（宋词）

无名氏

天与秋光。转转情伤。探金英、知近重阳。薄衣初减，绿蚁初尝。渐一番风，一番雨，一番凉。　　黄昏院落，恓恓惶惶。酒醒时、往事愁肠。那堪永夜，明月空床。问砧声捣，蛩声细，漏声长。

行香子　（金元词）

元好问

漫漫晴波。澹澹云罗。傍春江、是处经过。桃花解笑，杨柳能歌。尽百年身，千古意，两蹉跎。　　酒恶无聊，诗苦成魔。只闲情、不易消磨。几人樵径，何处山阿。恨夕阳迟，芳草远，落红多。

行香子　（金元词）

赵　元

山拥垣墙。水满溪塘。几人家、篱落斜阳。又还夏也，一霎人忙。正稻分畦，蚕卸簇，麦登场。　　老子徜徉。闲日偏长。鬓鬟松、只管寻凉。绿阴何处，旋旋移床。有道边槐，门外柳，舍南桑。

行香子　（金元词）

无名氏

阆苑瀛洲。金谷重楼。算不如、茅舍清幽。野花绣地，莫也风流。却也宜春，也宜夏，也宜秋。　　酒熟堪篘。客至须留。更无荣、无辱无忧。退闲一步、着甚来由。但倦时眠，渴时饮，醉时讴。